COLLECTION FOLIO

Françoise Giroud

Portraits sans retouches

1945-1955

Préface inédite de l'auteur

Gallimard

Ces textes ont été publiés précédemment dans Françoise Giroud vous présente le Tout-Paris *(1952), et dans* Nouveaux portraits *(1954) parus dans la collection « L'Air du temps » aux Éditions Gallimard.*

Née en 1916, ses activités littéraires, journalistiques et politiques ont marqué plusieurs générations. Journaliste à *Elle*, puis à *L'Express* dont elle est cofondatrice avec Jean-Jacques Servan-Schreiber, Françoise Giroud devient ensuite secrétaire d'État à la Condition féminine, puis à la Culture. Membre du jury du prix Femina, elle tient une chronique dans *Le Nouvel Observateur.*

Françoise Giroud est décédée en janvier 2003.

PRÉFACE

Les textes réunis ici ont un demi-siècle d'âge, ce qui devrait les disqualifier. Les articles sont vite écrits pour être vite lus et vite oubliés. Mais ceux-ci ont lancé, en leur temps, un genre, le Portrait, qui n'existait pas dans la presse française. J'en avais découvert le modèle dans The New Yorker *sous la plume souveraine de Janet Flaner, et j'avais pensé : « Voilà quelque chose que je saurais faire peut-être. » Alors, quand le directeur de* France-Dimanche *m'a dit : « Il me faut un papier de vous chaque semaine, vous avez une idée ? » j'ai répondu : « Oui. Un portrait dans l'actualité. » Et c'est parti.*

La formule a été immédiatement bien accueillie. Elle était installée lorsqu'un jeune écrivain en vogue, Maurice Druon, dit à René Julliard, l'éditeur : « Vous devriez en faire un livre. C'est très bon. » René Julliard était un homme adorable que j'ai beaucoup connu plus tard. Il me convoqua et me dit, embêté : « Mon directeur littéraire n'aime pas ça. Il dit que les recueils d'articles ne se vendent jamais. Mais si vous écrivez un roman, apportez-le-moi ! » Sachant que le directeur littéraire en question s'était illustré en refusant un manuscrit d'Hemingway, je ne fus pas excessivement affectée.

Quelques mois passent et Gallimard crée une nouvelle collection, « L'Air du temps », dirigée par Pierre Lazareff. Le deuxième titre de la collection[1] *réunit cinquante de mes portraits. En a-t-on vendu 200 000 exemplaires ? Ou 250 000 ? J'ai oublié. Ce fut un grand succès. Gaston Gallimard était heureux. De ce jour et jusqu'à sa mort, il m'a fait faire un service de la Pléiade.*

Cependant, une descente en flammes m'accueillit dans Les Temps modernes, *la revue de Sartre, me laissant sidérée. Ennemie du peuple, j'étais ! Que d'honneur... Heureusement, j'avais lu Paul Valéry : « Le triomphe de l'adversaire est de vous faire croire ce qu'il dit de vous. » Rien de tel comme vade-mecum pour traverser la vie publique.*

Devenus introuvables, mes portraits me sont en même temps devenus indifférents. J'ai écrit tant et tant d'articles. Si souvent j'ai refermé la main « sur une poignée d'eau »...

Quand Antoine Gallimard m'a proposé de les rééditer, j'ai regardé si quelques-uns méritaient cette exhumation. Peut-être ceux qui mettent en scène une femme, un homme tels que je les ai saisis au moment où ils ont attrapé la maladie, la maladie de la notoriété veux-je dire, dont les effets sont inévitables sur l'être humain et le déforment comme les rhumatismes déforment les articulations. En même temps, la notoriété est stimulante, elle rosit les teints jaunes, elle rend les cheveux brillants.

1. *Françoise Giroud vous présente le Tout-Paris.*

Percer l'homme ou la femme sous les masques de la notoriété, discerner le vrai talent qui va éclater du faux génie en vogue, c'est très amusant. C'est ce que j'ai tenté de faire en déchiffrant François Mitterrand à trente ans, Jean Rostand et ses grenouilles, Clark Gable toujours anxieux de savoir ce qu'on a dit qu'il a dit en 1930, Georges Brassens si malheureux de s'exhiber, Yves Montand pas encore dégrossi, Antoine Pinay saisi par une popularité inouïe... Et une poignée d'autres.

J'ai trié entre cent portraits pour que ce volume ne soit pas obèse, pour éliminer aussi ceux dont le nom ne dirait plus rien à personne, mais pas un mot n'a été modifié dans ces textes écrits et publiés entre 1947 et 1951. On verra s'ils sont assez vigoureux pour commencer une nouvelle vie.

F. Giroud

FRANÇOISE GIROUD
VOUS PRÉSENTE
LE TOUT-PARIS

MARCEL ACHARD

Quelque amour au cœur, le cœur sur la main et la main tendue, Marcel Achard, prince de la scène, tient depuis vingt-cinq ans dans le théâtre français, le rôle de l'auteur à succès.

Un double rôle.

Il écrit son soixante-seizième film, mais à dix-neuf ans il a failli se suicider parce qu'il crevait de faim.

Il fait répéter sa vingt-sixième pièce. Il est joué à la Comédie-Française, traduit dans toutes les langues, mais à vingt ans on l'appelait « l'Idiot ».

Il est le plus Parisien et le plus comique des auteurs dramatiques, mais il est né, avec le siècle, dans les brumes tristes de Lyon.

Il est officier de la Légion d'honneur, il tutoie les ministres, il sera académicien, mais il est le fils du bistrot-tabac de Sainte-Foy-lès-Lyon.

Il éclate d'un rire énorme à ses propres plaisanteries, jusqu'à ce que disparaissent ses petits yeux bleus derrière ses vastes lunettes, mais l'écho de ce rire a, dans ses pièces, le son des sanglots.

Il a démissionné de la Société des Auteurs dramatiques et du Syndicat des Auteurs parce qu'on voulait le contraindre à y faire de la politique ; mais il est prêt à mourir pour une cause : la liberté de ne pas faire de politique.

— Je n'y connais rien... Quand je pense que je vote ! Mais si je m'entendais parler politique, je me mettrais dans une pièce pour me moquer de moi, tu comprends ce que je veux dire ?

Il triche tellement au jeu qu'il est impossible de ne pas le lui faire remarquer, même lorsqu'on est son partenaire, mais il est incapable de vous faire tort d'un franc.

Il est soigné, coquet, parfumé ; il traîne trois heures tous les matins dans sa salle de bains et se ruine en cravates, mais il dit : « Avec la gueule que j'ai, tu penses bien qu'avec les femmes je ne peux compter que sur le baratin... »

Il est poli avec les dames, choyé dans les salons, reçu chez les ambassadeurs, soucieux de plaire à chacun et, y réussissant, affirme volontiers qu'« il n'y a pas de salauds ». Mais il sait que, poli ou grossier, aimé ou haï, les dames, les salons et les critiques ne changent rien à la carrière d'une pièce et que la partie se joue seulement, et à chaque pièce, avec le public.

Il connaît par cœur les titres de toutes les pièces qui ont été jouées depuis cinquante ans, avec le nom de l'auteur et ceux des créateurs, mais il ne sait pas ce qu'il a fait hier.

Il est gourmand, il rêve sur des entremets et se bourre de framboises à la crème. Mais il dit, tragique :

— Le drame de ma vie, c'est de grossir. Je voudrais être un fantôme... Autrefois, j'étais un fantôme...

Il s'amuse follement depuis qu'il est metteur en scène, parce qu'il a découvert les joies malsaines de l'autorité.

— J'ai l'impression de tenir le milieu entre un colonel et un sergent de ville. Je dis oui, je dis non et tout le monde dit : « Bien, monsieur Achard... » Je suis le crétin qui commande. Tu vois ce que je veux dire ?

Il se roule dans la vie comme on se roule sur l'herbe grasse un jour d'été, bute sur un tas de fumier, mais refuse de le voir et se hisse dessus pour humer les roses ; il proclame qu'il est heureux, et peut-être l'est-il puisqu'il est capable de tout, même d'applaudir frénétiquement aux succès de ses confrères.

Pourtant rien ne m'ôtera de l'idée que Marcel Achard, poète aux yeux tendres, aimé et comblé de gloire, eût préféré être un malabar, un de ces gars lourds aux hanches minces que l'on rencontre dans les chansons réalistes et que les filles ont dans la peau.

Il a la gaieté bruyante des clowns qui se retirent en trébuchant dans une pirouette, lorsque le bel athlète paraît.

Sous l'élégante carapace de « Monsieur le célèbre auteur » il semble que d'un coup d'ongle on pourrait atteindre et blesser le petit pion timide et bégayant, au faux col de celluloïd et aux lunettes d'acier, qui débarqua à Paris le vendredi

13 décembre 1918 avec quatre cents francs dans sa poche et de l'espoir plein le cœur ; le jeune homme maladroit qui apprit douloureusement à monter à bicyclette à vingt-six ans, tandis que blonde et belle et cruelle, Valentine Tessier le regardait tomber et riait, riait...

Avec ses quatre cents francs, il prit une chambre rue des Fossés-Saint-Jacques et s'acheta une paire d'énormes lunettes d'écaille pour ressembler à Harold Lloyd.

Et puis il se mit doucement à mourir de faim, parce qu'il était totalement incapable de vendre le papier à machine dont on lui avait follement confié la représentation, parce qu'engagé par Pierre Scize comme souffleur au Vieux-Colombier il fut si troublé par les jambes de la vedette, Jane Bathory, qu'il en eut le souffle coupé : aventure désagréable pour un souffleur ; parce qu'on lui avait tellement dit qu'il était idiot, qu'il avait fini par le croire.

L'Idiot apprit alors qu'on peut vivre sans manger ou presque ; mais que pour toucher le fond de la misère, il faut ne pas savoir où coucher.

Il eut, un soir, tellement envie d'étendre son dos las qu'il se pencha très bas sur le lit de la Seine. Henri Béraud le retint à temps et insista auprès du rédacteur en chef de *L'Œuvre*, Robert de Jouvenel, pour que l'on confiât quelque menu travail à l'Idiot.

Ce fut la rubrique des Halles. Il s'y montra lyrique. On se montra indulgent. C'était un tout petit peu d'argent, de quoi aller de temps en temps au théâtre, une salle de rédaction chauffée, quelques rédacteurs apitoyés par son incroyable maladresse à s'exprimer et qui lui témoignaient quelque gentillesse...

Et puis un soir... Un soir, il est encore là à 8 h 30, parce qu'en vérité il ne sait guère où aller, lorsque Jouvenel arrive en trombe : la délégation allemande, qui vient signer le traité de Versailles, est annoncée et *L'Œuvre* n'a pas envoyé de reporter. C'est l'oubli, la gaffe impardonnable. Quelqu'un doit bondir sur-le-champ.

— Il n'y a que ce c... d'Achard, déclare le secrétaire de rédaction.

Achard écoute, tremblant, recroquevillé.

— Envoyons-le, décide Jouvenel.

— C'est impossible, vous savez qu'il est idiot.

Mais oui, il est idiot. Il ne l'ignore pas. Il ne demande rien que de continuer à tirer à la ligne en écrivant le cours des Halles. Pourtant, il faut obéir à Jouvenel, trouver un taxi, partir en pleine nuit pour Versailles.

À Versailles, pas d'Allemands. Ils sont à Vaucresson. Le chauffeur erre dans l'obscurité, se trompe de route et, au compteur, les chiffres tournent, tournent. Et Achard se répète : « Je suis idiot. Je suis idiot... »

Sur la route, des automobilistes en panne font de grands signes. Achard arrêta son taxi. Toute sa vie, il s'arrêtera devant ceux qui sont en panne.

— Pouvez-vous nous emmener ? Nous allons à Vaucresson.

Il accepte et, complètement démoralisé, raconte son histoire. Il ne sait pas que la chance vient de s'asseoir dans son taxi. Elle s'appelle Andrée Viollis, reporter du *Petit Parisien* et Tom Topping, représentant de l'Associated Press.

Les deux grands journalistes prennent le petit sous leur aile. Le lendemain, *Le Petit Parisien* et *L'Œuvre* sont les seuls quotidiens qui publient une interview des plénipotentiaires allemands. L'article d'Achard est en première page.

Mais l'Idiot est convoqué dans le bureau du directeur. Son cœur, son pauvre cœur bat déjà très fort. On va le foutre à la porte, ça y est... Non, on le félicite et on lui assure deux mille cinq cents francs par mois.

Il n'y a plus d'idiot. Il n'y aura plus jamais d'idiot, jamais. Il y aura un critique et, plus tard, un auteur dramatique, le premier de sa génération. Pourtant, il lui arrivera encore de coucher à l'asile de nuit. Il a rencontré à Pau une jeune fille rousse aux yeux verts, au teint éclatant, Juliette. Ivre d'amour, il l'épouse, l'emporte... et termine son voyage de noces à côté des clochards.

Il échoue avec sa jeune femme à la Fleur de Lys, place Louvois, où le patron, Hauterive, un ancien comédien, leur déclare :

— Vous êtes chez vous... Vous paierez quand vous voudrez...

Ils veulent bien, mais ils ne peuvent pas souvent. Et, au bout de deux mois, la maison est pleine de jeunes gens bruyants qui discutent âprement de l'art de Chaplin, qui boivent, qui mangent et qui chassent, par leurs éclats, les rares clients sérieux de l'établissement.

Depuis, Marcel Achard, couvert d'honneur et de dollars, a été deux fois scénariste à Hollywood, où il est devenu un grand ami de Chaplin. Depuis, Juliette Achard est devenue l'une des femmes les plus brillantes et les plus redoutées de Paris. Belle, elle a inspiré de violentes amours et de grands désespoirs. Spirituelle, elle est la joie de ses amis et la terreur de ses ennemis, qu'elle choisit parfois parmi les amis de son mari.

Dans ces cas-là, chacun reste sur ses positions. Il y a les amis de Monsieur, les amis de Madame. Tous les vendredis, un déjeuner réunit dans le petit appartement plein de fleurs de la rue de Courty huit ou dix personnes aux noms illustres agréées par les deux : Édith Piaf, Noel Coward, Pierre Brisson, Annabella, Korda... Les autres, ils les voient chacun de leur côté.

Henry Bernstein est, depuis de longues années, l'ami très aimé de l'un et de l'autre. Chez lui se déroula un drame : la mort de Gamin.

Gamin était un caniche noir, un des chiens avec lesquels on peut parler, qui savent vous écouter et parfois même vous répondre. Il était très vieux et bien fatigué lorsque Juliette l'emmena un soir dîner chez Henry Bernstein. Que se passa-t-il exactement ? Elle est persuadée aujourd'hui encore que son chien s'est suicidé, qu'il s'est jeté par la fenêtre pour débarrasser ses maîtres bien-aimés de ce vieux Gamin impotent. Rien ne permet de dire qu'elle se trompe, et la mort tragique du caniche, écrasé sous ses fenêtres, a inspiré à Henry Bernstein une lettre très belle.

Entre Marcel Achard et sa femme, il y a ces liens de fer que crée un grand amour lorsqu'il a résisté à la double épreuve de la misère et du succès. Quelquefois, à un monsieur stupéfait, à une dame rougissante, Juliette demande :

— Vous avez vu *Nous irons à Valparaiso* ? Vous avez reconnu Marcel, naturellement, dans le héros de la pièce ? Mais si, voyons, c'est criant... D'ailleurs toutes ses maîtresses m'ont téléphoné pour me le dire...

Et elle enchaîne, impassible.

— « Je plains les femmes, je plains beaucoup les femmes », dit Marcel avec cette passion qu'il met dans chaque mouvement de son cœur, qu'il s'agisse d'un match de boxe, de la dernière pièce d'Anouilh ou d'un tournedos béarnais.

— « Et la tienne, tu la plains ? »

— « Ah non, pas la mienne. Elle, c'est spécial, tu comprends ce que je veux dire ? Elle est quelqu'un de formidable. Et puis avec moi, elle n'a pas dû s'ennuyer, si ? »

Non, elle ne s'est sûrement pas ennuyée. Avant que soit joué *Auprès de ma blonde*, elle a mis ses bijoux au clou parce que Marcel n'avait rien produit depuis trois ans, mais elle ne s'est jamais ennuyée, et elle a dépensé avec allégresse les millions qui ont glissé entre ses mains depuis vingt ans et qui continueront à glisser tant que Marcel Achard, tirant sur sa pipe, saisira son petit stylo en or, s'enfermera dans son bureau, reparaîtra hirsute trois jours après en disant :

— Je crois que je viens d'écrire quelque chose de très joli...

Sans lui, elle eût peut-être été une brillante pianiste. Sans elle, il ne serait peut-être pas devenu Marcel Achard, héros de cette tragi-comédie qu'il appelle sa vie et qu'il est prêt à rejouer depuis la première réplique du premier acte.

L'autre jour, elle téléphonait devant lui à un fournisseur négligent :

— Allô, c'est Mme Marcel Achard... Vous entendez ? Mme Marcel Achard...

Et comme elle s'énervait au bout du fil, il saisit le récepteur et déclara :

— Allô, ici c'est le mari de Mme Marcel Achard...

Il écrit comme les autres parlent, sans effort, sans angoisse devant la page blanche, saisi soudain par de longues crises de paresse d'où il émerge repentant, avec un nouveau sujet, une histoire d'amour.

Un homme, une femme ; une pièce, un succès.

JEAN ANOUILH

Quarante-deux ans, de gentils yeux bleus pointus, une tête châtain d'adolescent tourmenté par l'acné, et on le traite déjà comme s'il était mort ou académicien !

Fleurs, couronnes, commentaires respectueux sur son œuvre, sur ce qu'il a voulu dire (j'admire toujours ceux qui savent si pertinemment ce qu'un auteur a voulu dire alors que l'auteur le sait si rarement lui-même), critiques empreintes de « la plus haute considération » comme celle que l'on envoie à la fin des lettres ennuyeuses, bref, tout ce que l'on écrit à propos de Jean Anouilh a fatalement une odeur de notice nécrologique.

Et c'est de sa faute. Il s'est si bien caché qu'on ne le voit plus : on l'imagine. C'est le Greta Garbo du théâtre.

Tout en haut de la petite pyramide d'auteurs dramatiques sur laquelle s'est édifié le théâtre français contemporain, il siège, mystérieux, hostile, intouchable.

— Jo, est-ce que je peux lui raconter l'histoire de... ? demande Monelle Valentin.

— Non.

— Mais, tu ne sais pas ce que j'allais dire.

— Ne le dis pas.

De lui, il n'entend livrer que ses pièces. Là, il est tranquille, elles sont bonnes et, en outre, elles plaisent. Il les montre avec l'assurance tranquille d'un ingénieur qui expose un moteur éprouvé dans une nouvelle carrosserie.

— Je connais mon métier, je suis sûr d'être un bon ouvrier, dit-il avec cette pointe légère d'accent bordelais qui ensoleille ses propos gris.

Ce n'est pas qu'il déteste parler, au contraire. Et ses amis, rares et fidèles, le prétendent bavard, souvent gai.

Est-ce parce que deux écrivains célèbres qu'il admirait fort et qu'il eut l'occasion de rencontrer le désappointèrent vivement lorsqu'il les découvrit, platement humains, humainement imparfaits, enrhumés ou s'emportant pour une côtelette mal cuite, qu'il craint, à son tour, de désappointer ?

— J'ai dit leur nom, c'est idiot ! Et maintenant, naturellement, vous allez les répéter ? demande-t-il, presque satisfait d'avoir déjà une raison de regretter notre entretien. Pourquoi voulez-vous me faire raconter des c... ?

Comme il a peur ! Peur que ses paroles ne vaillent pas ses écrits, peur que l'auteur ne semble pas à la hauteur de l'œuvre, peur que l'on se dise :

— Hé quoi ! ce n'est que ça, Jean Anouilh ?

Que ça. Oui. Le poète ? Un monsieur banal et mal cravaté, plat comme un lac à la surface duquel on attend, haletant, de voir crever des bulles. Le révolté ? Un monsieur bourgeois et cossu qui donna un bal pour les quinze ans de sa fille Catherine dans son hôtel particulier de Neuilly.

Il a peut-être raison de se cacher. On attend trop de lui. Derrière ses œuvres bruissantes de pitié pour la condition humaine, où la misère et les additions sordides asphyxient l'amour et assassinent la pureté, derrière son Franz qui s'écrie : « Mon amour est imparfait, mais je sens tout près, dans l'invisible, un autre amour aux ailes immenses qui sera peut-être à moi si je sais le mériter. Nous avons tous une fois une chance d'amour ; il faut l'accrocher, cette chance, quand elle passe et construire son amour humblement, impitoyablement ; même si chaque pierre en est une année ou un crime... »

Derrière son Orphée qui murmure : « Je ne croyais pas que c'était possible de rencontrer un jour le camarade qui vous accompagne, dur et vif, porte son sac et n'aime pas non plus faire des sourires. Le petit copain muet qu'on met à toutes les sauces et qui, le soir, est belle et chaude contre vous. Pour vous seul, une femme plus secrète et plus tendre que celles que les hommes sont obligés de traîner tout le jour derrière eux, parées d'étoffes. Ma farouche, ma sauvage, ma petite étrangère... Je me suis réveillé cette nuit pour me demander si je n'étais pas un homme aussi lourd que les autres, avec de l'orgueil bête et de grosses mains, et si je te méritais bien... »

Derrière tant de monologues douloureux, où chacun a retrouvé, depuis ce jour de 1932 où *L'Hermine* éclata sur la scène du Théâtre de l'Œuvre, un lambeau, un reflet de son amour, de sa ferveur ou de ses désespoirs, on attend un homme-miracle. Et on trouve un homme tout court dont on essaye, en vain, de percevoir la rumeur. Peut-être parce qu'il n'y en a pas... Peut-être parce qu'il est une sorte de miroir qui capte des impressions, des personnages — toujours les mêmes — avant de les réfléchir, somptueusement travestis de son talent.

— Moi, dit-il, je suis la vieille comtesse, la vieille duchesse folle de mes pièces...

Peut-être faut-il rappeler qu'à la vieille lady du *Bal des voleurs*, il fait dire qu'« elle joue aux intrigues pour tâcher d'oublier qu'elle n'a pas vécu ». Toutes ses jeunes filles, de la Sauvage à Antigone, ont le visage menu, maigre et ardent de Monelle Valentin. Elle avait dix-neuf ans, elle avait été mariée, elle était un étonnant petit personnage flamboyant et blessé dont le peintre Vertès se servait souvent comme modèle quand il la rencontra. Il avait dix-neuf ans, il venait de découvrir Giraudoux, il gagnait à peu près sa vie dans une maison de publicité où il était entré en quittant la Faculté de Droit et, depuis qu'au casino d'Arcachon il avait suivi un été tous les spectacles d'une saison d'opérettes, il savait qu'il écrirait des pièces. Les premières ne furent peut-être que la déchirante orchestration de l'écho que sa jeune femme meurtrie trouvait dans son cœur.

Aujourd'hui, très fragile, très souffrante, elle est ravagée par le désir de remonter sur la scène, de créer cette *Médée* écrite pour elle comme toutes les « pièces noires » d'Anouilh où l'on retrouve toujours le thème de la petite fille pure et souillée, de celle qui demande dans *Eurydice* :

« Alors, si on a vu beaucoup de choses laides dans sa vie, elles restent toutes dans vous ? Bien rangés les uns à côté des autres, toutes les images sales, tous les gens, même ceux qu'on a haïs ? Même ceux qu'on a fuis ? Tous les tristes mots entendus, tu crois qu'on les garde au fond de soi ? »

Ils furent très pauvres ensemble, lorsque, après *L'Hermine*, qui atteignit quatre-vingt-dix-sept représentations, Anouilh décida d'abandonner tout emploi régulier pour se consacrer au théâtre.

— Mon amour est trop pur pour se passer d'argent ! criait le héros de *L'Hermine*. Ils s'en passèrent cependant et on connaît l'anecdote, cent fois contée, à propos des meubles qu'ils empruntèrent à Jouvet pour s'installer rue de Vaugirard. Ces meubles appartenaient au décor de *Siegfried*. Ils n'avaient qu'un défaut : ils étaient factices. Tiroirs de commode et portes d'armoire étaient simplement dessinés sur le bois. Encore Jouvet dut-il les leur reprendre quand il remonta *Siegfried*.

Le Bal des voleurs fut refusé par Robert Trébor, et la grande misère dura trois ans, jusqu'à la création de *Y avait un prisonnier*, pièce ratée, mais dont les droits furent achetés fort cher par Hollywood. Depuis — il avait 23 ans — le « miteux Anouilh » n'a jamais manqué d'argent. Il en gagne même beaucoup.

Quand Paulette Pax, directrice de l'Œuvre, reçut, sur les conseils de Pierre Fresnay, la première pièce de ce jeune homme de vingt ans, elle demanda :

— Pourquoi signez-vous Anouilh ?

— Parce que c'est mon nom.

— Vous savez qu'il est ridicule ? Qu'il peut prêter aux plus lamentables plaisanteries ?

— Puisque ce « nouille » vous déplaît, je veux bien changer. Changer une lettre. Faut-il vous dire laquelle ?

Et il garda ce nom, qui a fait le tour du monde.

Avec la vente de *Y avait un prisonnier*, les Anouilh achetèrent un cabriolet bleu ciel et partirent en voyage. Avec les gains qui suivirent, ils s'installèrent avenue Trudaine. C'est là qu'ils invitèrent un soir des amis à dîner. Événement !... Ils ne reçoivent pas plus qu'ils ne sortent.

On les connaissait maigrelets, toujours un peu dépenaillés, si semblables à leurs héros, révoltés ou accablés par la misère du monde...

Alors, avant de se rendre à leur invitation, lesdits amis engouffrèrent prudemment quelques bananes en se disant :

— Dieu sait dans quelle maison de fous nous allons tomber...

C'était la plus bourgeoise des maisons bourgeoises. Parquets cirés, beaux meubles nets, nappe immaculée, dîner succulent préparé par Monelle Valentin, fille du Nord, où l'on sait tenir sa maison et nourrir son mari.

Seule, une pièce peuplée de marionnettes géantes et de masques grimaçants dans la pénombre témoignait que les Anouilh n'étaient pas si peu Anouilh que ça.

C'est là aussi qu'il installa pendant la guerre une longue-vue pour observer ce qui se passait en face. Il ne manifestait ainsi aucune curiosité malsaine ; en face il y avait une épicerie. Et, grâce à la longue-vue, il pouvait annoncer à Monelle :

— Tiens, on dirait qu'il y a des pommes de terre aujourd'hui. Ça vaut la peine de descendre...

Le père et la mère qui, comme la jeune fille, traversent toutes ses pièces noires, sont si humblement abjects qu'on n'ose croire à une transposition, même cruelle, de ses propres parents. On sait que son père était tailleur. On dit que sa mère était violoniste dans un orchestre de casino.

Il y a beaucoup de violonistes dans l'œuvre d'Anouilh. Et les mères y sont effrayantes pour qui il exprime un mélange de haine et d'incommensurable pitié...

Mais, où commence la fiction, où s'arrête la réalité ? Tout fait partie, chez Anouilh, d'une sorte de jeu monstrueux où il mélange les fantoches et les humains pour en faire des pièces dont il affirme que, dans vingt-cinq ans, elles seront « inécoutables ». Éternellement, il refait le même puzzle : il mélange les morceaux et, hop ! il recommence. Mais, pour que le jeu continue à le divertir, il le rend chaque fois plus difficile. Avec les yeux bandés, cette fois-ci... Et maintenant, avec la main gauche... Et si j'essayais dans le noir ?

Monelle Valentin prétend qu'« il est dégoûtant de facilité » et qu'« il a le cerveau branché à un stylo ». Lui-même ressemble, en ce moment, à un homme qui a fait cent fois le saut périlleux sans filet et qui, pour que l'exercice l'amuse encore, est irrésistiblement entraîné à le faire quadruple, quintuple, sextuple, jusqu'au jour où il se cassera les reins, jusqu'au jour, qu'il attend avec une sorte de curiosité sceptique, où la meilleure mécanique agencée par Jean Anouilh, ivre de jeu, refusera de marcher, et où il tombera sur ce que les gens de théâtre appellent « un bide ».

En attendant, il écrit une pièce en un mois.

— Et, entre les pièces, que faites-vous ?

— L'idiot, comme tout le monde.

Étrange garçon, concentré d'orgueil, de cet orgueil qui rend hypersensible ou ridicule, de cet orgueil qui ne pousse si vigoureux que lorsqu'il a été planté dans le fumier de l'humiliation.

— Mais, je dois vous dire que...

— Quoi ?

— Non. Je reste à mes points de suspension.

On ne peut pas lui en vouloir ; il n'aime pas « les autres ». Il les supporte seulement. Il les supporte d'ailleurs très bien quand l'ennui qu'ils lui procurent a un sens et il avoue honnêtement que si le fait d'accorder cinquante interviews et de poser la tête en bas devant un photographe était nécessaire pour amener des spectateurs au théâtre, il s'y plierait aussitôt.

Il est aussi, de tous les auteurs « arrivés », le plus capable d'accepter sans façon la commande d'un dialogue de film, quand il a le temps — et il l'a souvent —, quand il a envie de gagner quelques centaines de milliers de francs supplémentaires, et, peu importe le film, pourvu qu'il soit payé.

Il obtient, le plus souvent, de ne pas signer ces dialogues et de ne pas s'abaisser ainsi aux yeux de la postérité et des jeunes gens qui, semblables au jeune Anouilh d'autrefois, souffriraient de voir leur grand homme se plier sur son piédestal pour ramasser de l'argent. Et puis, il arrive que ces travaux l'amusent. Il ne s'est pas ennuyé une minute en écrivant le texte de *Monsieur Vincent*, et pas davantage en adaptant *Caroline chérie*, qu'il tient pour un excellent roman.

Si tout ceci vous semble un peu incohérent, c'est parce qu'il est incohérent, ou plutôt parce que le hiatus est tel entre Anouilh tel qu'on le voit, avec son air de séminariste rusé, son goût du confort, sa gentillesse interchangeable, et l'homme dont on entend la voix trouée de larmes à travers quelques chefs-d'œuvre, qu'il est presque impossible de trouver ce qui relie les deux personnages.

Il est sans lumière, sans éclats, sans pointes. Il ressemble à un sac richement brodé d'étincelantes pierreries, mais que l'on aurait retourné. Les broderies sont à l'intérieur et, du sac précieux, on ne voit que la doublure.

Ce sac, Monelle Valentin essaye doucement de le montrer du bon côté.

Mais il se détourne et déclare :

— J'aime mieux vous prévenir que personne ne me connaît aussi mal que cette dame...

Alors, elle lève vers lui son petit visage crispé et frémissant : ils se sont aimés pendant dix-neuf ans. Mais, qu'est-ce que c'est, l'amour ? Il a répondu quelque part « c'est la guerre ».

JEAN-LOUIS BARRAULT
MADELEINE RENAUD

On a toujours envie de lui prendre sa température, de passer une main fraîche sur son front, de lui dire comme à ces enfants maigres aux yeux brillants qui courent trop vite jusqu'à ce qu'ils s'abattent, suffocants :

— Calme-toi, mon petit bonhomme... là... tu n'es pas raisonnable. Et puis, tu n'as encore rien mangé à midi. J'en suis sûr...

Jean-Louis Barrault est peut-être un grand homme de théâtre, l'animateur redouté et très aimé à la fois d'une troupe fameuse, l'interprète de Paul Claudel, de Shakespeare et d'André Gide, l'homme auquel Edwige Feuillère et Pierre Brasseur ont obéi avec joie (et pour qu'ils obéissent ces deux-là... Mais, ça, c'est une autre histoire). Jean-Louis Barrault est tout cela, bien sûr. Vous le savez, je le sais... Diable ! Comment ai-je fait pour ne pas le voir ? C'est peut-être que ça ne se voit pas.

Un grand homme, cet adolescent mal peigné et bondissant, rayonnant de gentillesse, avec ses yeux drôlement fendus où s'allument des petites flammes gaies et tendres ? Bon. Trente-neuf ans ? Bon. Mais, au nom de quelle force mystérieuse cet insoumis chronique et ardent, engraissé à la vache enragée, s'est-il arraché à sa route nationale toute droite de sociétaire de la Comédie-Française, la moins faite apparemment pour courir les chemins de traverse ?

Dans toutes les langues du monde, cette force-là s'appelle l'amour. Sur cet amour, Madeleine Renaud et Jean-Louis Barrault ont construit le foyer brûlant du théâtre français moderne. Mais il a fallu que le dieu du théâtre se donnât beaucoup de mal pour que ces deux-là se rencontrent.

Sans revers de fortune, Barrault, fils de pharmacien, eût été ingénieur agronome, ce qui lui eût, entre parenthèses, convenu comme des guêtres à un lapin. Faute d'argent, il est devenu comédien, après avoir été pion à Chaptal, comptable aux couleurs Lefranc et balayeur chez Dullin. On a raconté cent fois comment il vécut alors, gagnant quinze francs par jour et en dépensant cinq, mourant de faim, de froid, de misère, dormant sous l'escalier du théâtre, et parfaitement indifférent d'ailleurs à toutes ces contingences.

— Jean-Louis ? Un bifteck, un verre de vin, un matelas et il est heureux, dit Madeleine Renaud qui s'est résignée à le voir vivre entre des murs croulants de livres et une moquette râpée.

Le 8 septembre 1931, le programme du théâtre de l'Atelier indique, tout en bas de l'affiche : « Un garde : J.-L. Barrault. Un autre garde : Raymond Rouleau. »

Quatre ans après, avec sept mille francs sordidement amassés, il monte son premier spectacle, *Autour d'une mère*. Échec complet. Dix mille francs de dettes ; il n'a plus qu'à recommencer. Il recommence avec *Numance*.

Il est à ce moment-là à Madeleine Renaud, « de la Comédie-Française », ce qu'un danseur de corde déambulant avec un cirque est à la sous-préfète.

Madeleine Renaud, vous la connaissez ? Et, si ce n'est elle, vous en connaissez sûrement une autre, c'est la petite Française.

La petite Française telle qu'on la rêve, telle qu'on la peint, telle qu'elle est lorsqu'elle est parfaite. Rien de commun avec le produit d'exportation façon parisienne.

Elle, elle pratique avec un égal bonheur l'art de faire les confitures en laissant les fruits entiers, de servir le café bouillant et celui, non moins subtil, d'être pour l'homme qu'elle aime — il y en eut trois — irremplaçable, irremplacée. Puérile et maternelle, provocante et reposante, capricieuse et soumise, radio bien réglée que l'on trouve toujours à sa longueur d'ondes.

Dans sa petite tête ronde et rose, tout est aussi bien rangé que dans ses armoires. Elle est blonde, pas trop ; mince, pas trop ; coquette, pas trop ; raisonnable, pas trop ; prudente, pas trop. Elle est si absolument « tissée femme » qu'il est impossible de déceler où l'intelligence rejoint, chez elle, l'instinct et le cœur.

Elle est attirante comme une source d'eau claire, elle est adorable… et adorée. Elle est celle que tous les hommes ont rêvé de rencontrer un jour pour faire ensemble le chemin de la vie, celle qui a peur des souris mais qui est capable de tirer un lion par la queue, si le lion empêche son mari de passer.

Ses débuts sont de ceux qui font croire au miracle. Jeune fille de bonne famille bourgeoise, la « petite Renaud » voulait travailler pour être indépendante. Son rêve : devenir modiste. Le rêve de sa maman veuve : marier brillamment ses deux filles.

Mais, un jour de 1919, en vacances à Royan, la petite Renaud participe à l'une de ces inévitables fêtes de charité organisées par les dames de la bonne société au profit des blessés de la guerre. On monte une revue et on lui donne le rôle d'une sociétaire de la Comédie-Française. La petite Renaud apprend consciencieusement *La Brouette* d'Edmond Rostand. Dans la salle, Maurice de Féraudy écoute et bondit. Madeleine Renaud, c'est le don, le don à l'état pur, la comédienne-née. Il l'affirme. On est trop bien élevé, dans la famille Renaud, pour contrarier un illustre sociétaire du Français, mais tout de même, cette petite Madeleine, qui aurait cru...

Deux mois de leçons payées par un grand-père sceptique. Elle entre au Conservatoire, première, le même jour que Marie Bell. Elle en sort trois ans après, premier prix, en même temps que Marie Bell. Elle signe à deux heures son engagement au Français, Marie Bell le signe à cinq heures. De sorte que Madeleine entre en tête sur les affiches.

Mais elle est si menue, si jeunette, qu'on ne sait quels rôles lui confier. On l'appelle Bout de Bibi... Escande lui dit :

— Tu es mignonne, mais tu n'as pas de chic...

Comme si c'était facile d'avoir du chic avec des bas de coton et cent cinquante francs par mois.

Charles Granval, qui a vingt et un ans de plus qu'elle, l'épouse. Il est au Français depuis vingt ans, il gagne huit cents francs par mois. Elle l'admire de toute son âme. Mais il faut tout de même qu'elle fasse le marché, la cuisine et qu'elle promène elle-même dans les jardins du Palais-Royal le petit Jean-Pierre qui vient de naître.

Quand elle joue, une voisine garde l'enfant. Ce n'est pas la misère, c'est la pauvreté digne. Et on dépense toujours un franc de moins qu'on ne gagne.

Que Madeleine Renaud ait su demeurer la meilleure et la plus attentive amie de Charles Granval, tout en divorçant pour un autre « comédien français », Pierre Bertin, alors que les deux hommes jouaient tous les soirs ensemble, c'est une assez jolie performance. Que Pierre Bertin lui ait conservé toute sa tendre estime quand elle a divorcé pour épouser Barrault et que les deux hommes jouent tous les soirs ensemble au théâtre Marigny avec le fils du premier, Jean-Pierre Granval, appelez cela comme vous voudrez... Moi, je tire mon chapeau à Madeleine Renaud.

De quel amour rare faut-il qu'elle ait été, qu'elle soit aimée, pour que son bonheur soit plus cher au cœur des hommes que leur vanité. Et quelle estime ont-ils pour sa droiture pour comprendre qu'elle n'est pas femme à tricher... Avec quelle impitoyable douceur a-t-elle suivi le chemin de son cœur... Impitoyable comme une femme qui a changé d'amour, douce comme une femme qui n'aime pas à faire souffrir.

Quand elle rencontre Barrault, Renaud est déjà une grande vedette de l'écran : la Belle Marinière, Mistigri, la Couturière de Lunéville... Elle va tourner *Hélène* avec Benoît-Lévy qui lui annonce :

— J'ai trouvé un drôle de jeune premier. Il est laid. Il est sale, il s'appelle Jean-Louis Barrault, vous connaissez ?

Non. Elle ne connaît pas. Dans le « wagon plombé » du Français, du haut de son sociétariat, comment aurait-elle su ce qui se passe dans ces étranges théâtres où d'étranges jeunes gens montent d'étranges spectacles ?

Entre elle et lui jaillit un éclair fulgurant, dont Barrault est encore ébloui.

Lui, le minable, le mal nourri, le révolutionnaire, le débutant. Elle, la jolie, la fraîche, la sage, la vedette. Ils auraient pu se haïr ou simplement se mépriser : le dieu du théâtre les marie, en juillet 40, quand le soldat de deuxième classe est démobilisé. Il est à son tour devenu une vedette de l'écran, mais plus jamais ils n'ont tourné ensemble.

C'est en tremblant d'émotion que Barrault entre au Français en 40 pour y jouer *Le Cid*, puis pour y monter *Le Soulier de satin*. Mais il a trente ans. La Comédie en a deux cents. C'est une union impossible, dont il s'arrache, le cœur saignant. Quand, pour le suivre, Madeleine Renaud passe pour la dernière fois la porte de cette maison où elle est entrée vingt-trois ans plus tôt, elle est comme le patron de péniche qui quitterait soudain les rives sûres de la Seine pour s'en aller naviguer dans l'Atlantique.

Elle est le contraire de l'aventure. Tout la retient vers la terre ferme, dans le port tranquille où elle a jeté l'ancre depuis si longtemps. Et c'est pourtant l'aventure qu'ils ont tentée en fondant leur propre compagnie.

Tous les soirs, ils interrogent avec angoisse le bordereau des recettes. Dans cette salle immense, il faut que quatre cent mille francs rentrent tous les jours pour que la troupe puisse vivre. Ils n'ont ni subvention ni dégrèvements, ils n'ont que leur passion du théâtre, la confiance du public et celle de leurs compagnons qui préfèrent être mal payés là, que bien payés ailleurs.

Mais cette passion n'est ni solennelle ni tragique. Ils sont gais les Barrault ; ils ressemblent, dans leur théâtre, à ces jeunes ménages qui viennent de se mettre dans leurs meubles et qui soupirent très fort lorsque passe l'encaisseur du gaz...

Ils sont gais et chaleureux et jeunes comme l'espoir.

Dans la loge bleue et blanche où Madeleine Renaud saute du corset d'Amélie aux brocarts d'Elizabeth d'Angleterre, il y a toujours dix secondes de détente pour rire avec vous.

— Je monte *Le Bossu*, pour Pierre Brasseur, criait Barrault. Avec ça, il faut que j'arrive à faire pleurer le père Claudel !...

Et ses yeux se remplissaient de joie.

Comme un aventureux capitaine, il mène son vaisseau, son beau vaisseau orgueilleux. Et si la femme du capitaine est, quelquefois, un peu angoissée par tant de témérité lorsque l'heure vient de faire des comptes, elle suit bravement, sans protester, au contraire.

Barrault est au théâtre de dix heures à une heure du matin, acharné, inusable. Il a le plus joli appartement de Paris près de la place d'Iéna, mais je crois bien qu'il n'en sait rien. Il y rentre pour s'écrouler, exténué, sur son petit divan d'étudiant pauvre.

Il dîne d'un « casse-croûte » que sa femme lui apporte au théâtre, comme la femme du laboureur monte aux champs.

Il voudrait découvrir des pièces neuves, des auteurs neufs, il voudrait remuer le théâtre jusqu'aux entrailles et le public aussi.

Les soirs de générale, il guette, ravagé d'inquiétude. Il sait qu'une pièce prend comme une mayonnaise. Et si elle ne prend pas, c'est le cuisinier qui a tort. Mais, seuls ceux qui ne tentent rien ne se trompent jamais ; J.-L. Barrault et Madeleine Renaud revendiquent le droit à l'erreur.

Elle n'a plus le temps de s'habiller, elle n'a plus le temps de sortir, elle n'a plus que le temps de l'aimer et c'est très absorbant.

Mais, sous ses beaux meubles Charles X, vous pouvez chercher le grain de poussière. Et chaque femme vous dira que le balai de la meilleure domestique ne passe pas là où l'œil de la maîtresse de maison ne s'attarde pas.

Madeleine Renaud a prouvé quotidiennement depuis vingt-cinq ans qu'elle est, tout simplement, une grande comédienne. Mais que l'exercice de son art, les gros cachets et les grandes affiches n'aient pas réussi à lui imprimer leur marque, c'est un inexplicable mystère. Elle est le contraire du « monstre sacré » ; elle est celle avec qui on a envie d'échanger des adresses de couturières, de parler du prix de la vie, et des soucis que donnent les enfants ; elle est, ô miracle, celle qui sait aussi écouter.

PIERRE BRASSEUR

Après chaque générale, Pierre Brasseur perd le sommeil.

À six heures du matin, il enfile un pantalon pour courir jusqu'au kiosque le plus proche et là, le cœur barbouillé d'angoisse et de fièvre, il fouille les journaux pour y trouver la critique de J.-J. Gautier, celle de Robert Kemp… et puis :

— Nom de D…, se dit-il, ce que je suis c…. !

Mais une onde de plaisir l'envahit et, lentement, la joie d'avoir réussi se glisse à la place du trac, apaise son tumulte. Dans huit jours, il dormira. Et, près de lui, sa femme enfin reposera. Il ne se lèvera plus la nuit pour aller dans la cuisine se jouer à lui-même toute la pièce, pour fouiller en lui-même jusqu'à ce qu'il y trouve tous les morceaux de ce puzzle mystérieux douloureusement reconstitué que forme un personnage de théâtre, des morceaux que l'acteur poursuit et perd tour à tour à travers les nuits d'insomnie.

Il n'errera plus comme un animal blessé et

rugissant dans le petit appartement lumineux où Brasseur, le saltimbanque, a enfin jeté l'ancre.

Pierre Brasseur n'est pas un acteur : il est l'« acteur » monstrueux, génial, il est le grand méchant loup qui croque les petites filles, les millions et qui s'étire, ensuite, en criant joyeusement de sa belle voix profonde : « J'ai encore faim ! »

Éternel milliardaire, dilapidant son talent dans des films médiocres, sa santé dans la drogue et l'alcool, ses dons innombrables dans des dizaines de manuscrits inachevés et de toiles abandonnées, et retrouvant, quand on le croit physiquement, moralement, ruiné, d'éblouissantes richesses où puiser encore.

Prestidigitateur aux mains ouvertes, pour mieux laisser glisser l'argent, il joue *La Vie*, comédie en quelques actes, comme il a joué *Le Diable et le Bon Dieu* : en s'y jetant tout entier. Mais l'acte qui se déroule en ce moment va peut-être empêcher la comédie de se terminer en drame, parce qu'une jeune femme aux yeux clairs est brusquement entrée en scène.

Les trois coups ont été frappés, il y a quarante-neuf ans, aux Batignolles ; Pierre Espinasse, fils d'un comédien du Palais-Royal et d'une comédienne, Germaine Brasseur, faisait son apparition dans le monde. À cinq ans, il traîne dans les coulisses et, quand sa mère lui souffle : « Va féliciter M. Palau... », il répond : « Je ne peux pas. Il joue mal... »

Aujourd'hui non plus, il ne pourrait pas. En 1937, il joue à Paris avec Pitoëff devant le roi Carol de Roumanie qui l'invite à déjeuner. À la fin du repas, Brasseur déchaîné tape sur le ventre du roi en hurlant : « Et vive la République ! »

Un jour, il est parti pour l'Amérique pour suivre une des cent filles dont il a été, deux mois, amoureux. Il tourne là-bas un mauvais film : *Caravane* avec Charles Boyer. Quand il se voit dans le film, à Paris, il se lève indigné et commence à siffler.

— Chut ! crient les spectateurs.

— M... ! répond Brasseur. J'ai tout de même bien le droit de me siffler moi-même !

À dix-huit ans, figurant dans *Madame Sans-Gêne* (avec Tissier et Jean Sablon !), il se couche tous les matins ivre de vin rouge, se réveille à cinq heures dans l'un des mille petits hôtels qui ont jalonné sa vie errante, et puis il écrit. Des poèmes, des pièces, des articles. Il est déjà comme casserole de lait sur feu vif, ruisselant d'idées, habité par un perpétuel jaillissement poétique. Ses amis d'alors s'appellent Louis Aragon, Jacques Prévert, Robert Desnos... C'est le clan encore obscur des surréalistes qui se réunissent au Café des Pierrots place Pigalle. Ils adoptent Brasseur, publient ses premières œuvres dans la *Révolution surréaliste.*

Il a failli décrocher un rôle dans *L'Amant rêvé* de Jacques Deval, mais on lui préfère un autre débutant : Fernand Gravey. Il double Paul Bernard en tournée, dans *Le Greluchon délicat* auprès d'une actrice célèbre alors, Madeleine Carlier, qui intimide grandement le petit acteur. Il a joué aussi un vague rôle dans l'adaptation qu'écrivit Cocteau de *Roméo et Juliette.* Les surréalistes n'aiment pas

Cocteau. Brasseur résiste. Et, de la caserne où on l'envoie faire son service militaire, il écrit des lettres de dix pages à Cocteau qui répond par cet admirable conseil à tous ceux qui croient avoir quelque chose à dire : « Attache-toi pour écrire... »

On veut lui faire passer le peloton d'élèves-officiers. Lui, l'anarchiste ! Il pousse des clameurs, insulte les gradés jusqu'à ce qu'on le fourre en prison. Quand on l'en sort, il recommence pour y retourner. Il envoie une pièce, *L'Ancre noire*, à un copain qui la dépose chez Lugné-Poe. Pièce acceptée ! La première... « Une permission, mon capitaine, on va jouer ma pièce à Paris. » Le capitaine se venge des boulettes de crottin qu'il a reçues dans les jambes. Brasseur ne verra jamais *L'Ancre noire* qui tient l'affiche neuf jours.

Aux arrêts, il a obtenu qu'un camarade lui fasse passer le journal *Comœdia* caché dans sa gamelle. Un jour que, accroupi derrière ses barreaux, il regarde « le ciel par-dessus le toit », un rayon de soleil tombe sur le journal déplié, auréole une photo... Une femme... Un visage de femme au creux du soleil... Que faut-il de plus à un prisonnier pour le meurtrir ? À un poète pour que chante son cœur gonflé ?... À la belle inconnue, il écrit quelques pages frémissantes. Et puis, il ramasse le journal pour savoir enfin à qui sa lettre folle apportera l'étrange message : alors, seulement, il reconnaît Madeleine Carlier. Il hésite... Il n'a jamais songé à elle autrement qu'à une comédienne respectée. Et puis, il écrivait à l'inconnue, pas à elle. Eh, tant pis ! Les feuillets partent.

Madeleine Carlier répond :

« Comment aviez-vous senti que nous pensions justement à vous, avec Lugné-Poe, pour vous faire jouer *Le Cœur ébloui* ? »

Elle n'a jamais su que cette lettre bouleversante ne lui était pas vraiment destinée.

Celui qu'elle appelle désormais « le petit Pierre » rentre à Paris et trouve auprès d'elle son premier grand rôle... et bien d'autres choses encore. Le comédien Pierre Brasseur est né : un peu plus tard, il triomphera dans *Le Sexe faible*.

Il se sent grand à défoncer les cieux, il prend la vie comme un soudard prend une fille, il veut tout comprendre, tout savoir, tout sentir, tout lire, il veut aussi échapper à cette malédiction du comédien : l'ennui, le grand ennui vide dès qu'ils ne jouent pas, un vide au bord duquel ils vacillent tous.

Il se drogue, pour voir, il boit, pour voir. Il change d'hôtel chaque fois qu'il change de femme. Quand il est, par chance, amoureux d'une personne dotée d'un appartement, il s'installe chez elle. Et puis, un beau jour, il ne rentre pas. On ne sait pas si c'est des rideaux ou de la femme qu'il est saturé.

Quand il épouse Odette Joyeux, qui joue une nouvelle et excellente pièce de lui, *Grisou*, il cherche déjà le havre. Mais, pour mettre un aigle en cage, elle est trop jeunette, il est trop turbulent. Ils se blessent l'un l'autre jusqu'au jour où ils se séparent, amis mais amers... Leur fils, Claude, a aujourd'hui treize ans.

Et Brasseur rentre dans la ronde des filles et des hôtels. Un jour, il a cinq millions... Un mois après, il a des dettes. Le jour, où, après la guerre, il part pour Bâle où il doit tourner *Petrus*, la femme du moment accrochée à ses basques l'accompagne à la gare et le supplie de l'emmener.

— Je suis avec M. Brasseur, je suis avec M. Brasseur, répète-t-elle à ceux qui veulent l'éloigner.

— Moi ? je ne connais pas cette dame ! déclare dignement Brasseur qui est à ce moment de l'aventure où l'on se demande comment diable on a bien pu...

En Suisse, il fait une mauvaise rencontre : le vin blanc de Neuchâtel. Il rentre dégoûté de lui-même, de la vie, des femmes... Il ne trouve même pas une chambre d'hôtel convenable. Des amis essayent de le persuader qu'une charmante voisine célibataire lui louerait volontiers une chambre... La charmante lui donne sa carte. Brasseur, fatigué, va dîner avec un camarade et s'offre la plus magistrale soûlographie de sa vie. Il régale, ce soir-là, tout Montparnasse. En sortant de La Coupole, il glisse sur la neige glacée et se casse la jambe. Les agents le ramassent, le fouillent, il n'a pas le moindre papier sur lui. Si, la carte de visite de la dame. On le ramène chez elle : il y est resté huit mois.

Huit mois, étendu la jambe dans le plâtre, quel entracte ! Il était temps, ou nous allions finir à Pont-aux-Dames.

Dans l'immobilité et la solitude, il s'interroge, il fait le point. « Pierre Brasseur, quarante-deux ans, c'est vous ? Pas très fier de vous mon ami. Vous tournez n'importe quoi sous prétexte qu'il vous faut de l'argent et vous êtes raide six mois sur douze... Vous vous soûlez la gueule, vous perdez votre temps avec des p... Vos amis ? Pas d'amis. Des salauds qui vous poussent à boire parce qu'ensuite vous les faites bien marrer avec vos c... »

Pendant huit mois, il réfléchit et il écrit. Il écrit l'histoire d'un homme qui vend sa femme et qui en garde l'ombre. « L'ombre est à moi aussi ! » crie l'acheteur. Mais à qui est l'ombre ?

Il émerge de cette longue retraite décidé à se ressaisir. Mais à qui, à quoi s'accrocher ? Qu'on ne lui parle plus de femmes, ni de mariage ! Au premier dîner qu'il fait avec des camarades, il pose cette condition qu'ils resteront entre hommes. Mais l'un d'eux va chercher sa femme. Sa femme a une amie. Cette amie va l'accompagner... Agacé, fatigué, Brasseur déclare :

— Moi, je m'en vais.

Lorsque l'amie en question entre dans le restaurant.

Elle est brune, lisse, avec d'extraordinaires yeux clairs qui se posent, tout droit, tout fiers, comme on pose une main sur une épaule. Il la regarde.

— Oh ! mais ça change tout ! s'écrie-t-il en plaisantant.

Ça a tout changé. Le dîner se passait il y a six ans. Six ans qui ont refait de Pierre Brasseur un magnifique acteur en pleine possession de ses moyens parce que Lina Magrini, sa femme, le retient sans effort sur cette rive heureuse où elle l'a hissé de sa main solide de pianiste.

Elle a renoncé à sa carrière de virtuose parce qu'il le lui a demandé, il a besoin d'elle à chaque instant comme de l'air qu'il respire. Il n'est pas amoureux. Il l'aime. Elle comprend tout, elle sait tout, elle est à lui, pour lui, avec lui. Elle sait l'heure des rendez-vous, les poèmes de Rimbaud et ce qu'il faut répondre à l'administrateur du Français. Autour de lui, soudain, tout est devenu clair, sain. Il ne boit presque plus, non parce qu'elle l'en empêche, mais parce qu'il n'en a plus envie. Elle a vaincu l'ennui, elle a triomphé des cauchemars et il a acheté, hier, de la vaisselle ! Vous verrez qu'il finira par avoir un compte en banque !

Pour rompre son contrat avec la Comédie-Française — où son père renonça, la mort dans l'âme, de le voir jamais entrer, il y a vingt-cinq ans, quand il fut refusé au Conservatoire — Brasseur a payé trois cent mille francs de dédit. Othello ? Cyrano ? Chez Barrault, il a joué Paul Claudel. Et, l'auteur du *Partage de midi* lui a écrit : « Bravo ! Brasseur. Je suis encore tout illuminé de ce beau spectacle d'hier soir. C'est beau de voir jaillir superbement le héros de ce *Bossu* tel qu'un arc difforme, tendu par les mains de la Justice. Je ne puis dire à quel point j'ai trouvé réussi et de quel cœur je me suis associé à ce sentiment de dilatation joyeuse qu'éprouvait le public. »

Ce sont des lettres qui valent d'être ravagé par le trac. Il va jouer Molière aussi.

— Que répétez-vous, monsieur ? lui a demandé un journaliste.

— *George Dandin.*

— De qui est-ce ?

Il a eu pour l'ignare un de ces regards en vrille sous lesquels on se sent déshabillé, fouillé, décortiqué comme une noix dont il sait en une seconde extraire ce dont il va ensuite nourrir ses rêves, ses personnages, ses cheminements intelligents et passionnés à travers l'âme humaine, ses anecdotes ou son mépris. Et puis, il a répondu tonitruant :

— *George Dandin* ? C'est un vaudeville de Jean de Letraz, voyons !

Et c'est une des mille histoires qu'il raconte avec cette verve inlassable où le poète rejoint le clown dans un fracassant feu d'artifice.

MARCEL CARNÉ

Dans la mauvaise chaleur des studios, un impitoyable petit monsieur strictement cravaté de gris use les nerfs et les muscles de quarante hommes qui le dépassent d'une tête.

Alors le soir, lorsque ces hommes suants, hirsutes, harassés, le voient sauter, rose et frais, dans sa petite Renault, passer d'un geste vif sa main soignée sur sa tête ronde où nul cheveu n'a osé osciller, ils murmurent :

— Décidément, il est increvable !

Si Marcel Carné ignore la fatigue — la sienne et celle des autres — dès qu'il foule de son pied bien chaussé le sol poussiéreux d'un studio, c'est parce que le cinéma n'est pas son métier : c'est sa patrie.

Il est le fils d'un ébéniste et le petit-fils d'un marquis de Carné qui mangea sa particule avec du curé, mais il pourrait être né des amours d'une caméra avec un projecteur. Derrière tout homme, il y a une toile de fond où se dessinent son rang social, son éducation, sa famille, ses amis, ses habitudes, ses rêves de jeunesse, et l'ensemble constitue un climat toujours perceptible. Autour de Carné, il y a un désert. Son personnage ne fait pas d'ombre. Tout seul, tout droit, il est planté au cœur du cinéma comme une flèche de bois précieux tirée de l'arc-en-ciel. Il habite seul un petit appartement de la rue Caulaincourt d'un luxe froid, on le voit parfois qui va chercher, seul, son pain chez la boulangère. On le rencontre, seul, à toutes les générales.

Il n'a pas encore quarante et un ans et il a réalisé une véritable « œuvre » cinématographique, la plus dense, la plus complète du cinéma français. *Quai des Brumes, Drôle de drame, Le jour se lève, Hôtel du Nord, Les Visiteurs du soir, Les Enfants du paradis*... Qui dit mieux ?

Il a créé une syntaxe, un style cinématographique, et entre dix films un amateur de cinéma reconnaîtra immédiatement celui de Carné.

Sa technique élégante est presque invisible tant elle est aisée. Si l'on compare le langage cinématographique à l'écriture, on peut dire qu'il écrit en phrases claires, sensibles, bien ponctuées, sans aucune boursouflure, sans adjectif sonore, sans point d'exclamation, sans enflure lyrique, mais sans sécheresse non plus. Le petit choc que l'on ressent devant certaines images de ses films, c'est celui que donne le choix d'un mot juste et harmonieux à la fois, le balancement d'un vers de Racine.

Carné est un classique, parfaitement maître de son art. Mais le metteur en scène est l'unique créateur qui ne peut pas faire de brouillon, de retouches — seul Charlie Chaplin se permet ce luxe. Chaque hésitation se chiffre par centaines de milliers de francs, puisque la journée de tournage coûte en ce moment environ 1 400 000 francs. Et lorsque le film est terminé, s'il n'obtient pas un succès suffisant, ce sont les semaines, les mois qui passent sans engagement. Parfois les années.

Alors, il ne faut pas juger les metteurs en scène selon les critères que l'on applique aux autres artistes, à ceux qui peuvent créer dans l'indépendance, la pauvreté et la solitude. Si l'on avait dit à Léonard de Vinci : « *La Joconde* ? D'accord. Mais vous n'utiliserez pas plus de 500 grammes de peinture et vous finirez en dix séances de pose, pas une de plus ! » il aurait peut-être répondu de façon à laisser aussi la réputation d'un homme irascible. Ou bien il aurait renoncé à faire *La Joconde*.

Carné ne renonce jamais. S'il demande 376 figurants, il n'en acceptera pas 375. Personne ne songerait d'ailleurs à lui faire cette extravagante proposition ! Aucun des grands réalisateurs ne tolère, en fait, que l'on réduise ses exigences, généralement indispensables à la qualité des films que l'on attend de lui. Mais les uns emploient la persuasion, les autres la ruse, les troisièmes la force d'inertie.

Si Carné passe pour être particulièrement difficile, c'est parce qu'il ignore ou méprise les vertus lénifiantes de la souplesse. C'est aussi parce qu'en dépit de ses succès, il est toujours rongé d'inquiétude, incertain, insatisfait, mécontent de son travail.

Alors, quand ce petit homme charmant et timide, au sourire malicieux, à la face ronde pétillante de finesse et d'humour, devient soudain blanc de rage parce que la quarante et unième figurante au fond avance le pied droit au lieu du pied gauche, une sorte de stupeur s'empare de ses collaborateurs.

On se chuchote à l'oreille :

— Attention, il est terrible aujourd'hui !

On marche sur la pointe des pieds, on essaye de ne pas se faire remarquer. Inutile : il remarque tout. Il a vingt paires d'yeux, quarante paires d'oreilles et il a raison par-dessus le marché. Il pourrait, bien sûr, avoir raison sans crier. D'ailleurs, s'il grandissait tout à coup de vingt centimètres, il n'aurait plus recours aux éclats de voix pour affirmer son autorité.

Si Carné était grand, peut-être ne serait-il pas méchant comme il lui arrive de l'être parfois. Mais il est semblable à ces enfants intelligents et fragiles, trop faibles pour se battre pendant les récréations avec le grand imbécile de la classe. Alors, ils dissimulent des pierres dans les boules de neige, et le grand imbécile qui les reçoit en pleine poitrine murmure, surpris : « Mais qu'est-ce qu'il a ? »

Il a qu'il souffre. On le sent conscient à chaque minute, d'une infériorité qu'il s'est inventée lui-même. Non seulement Carné attire immédiatement la sympathie pour peu qu'il le veuille, mais, lorsqu'il parle de son métier ou lorsque, assis au pied de sa caméra, il suit le travail d'un acteur, son visage illuminé de passion se pare d'une véritable beauté.

C'est un si grand bonhomme, ce petit monsieur !

S'il avait suivi ses premières impulsions, il monterait aujourd'hui des revues à grand spectacle. À quinze ans, il faisait l'école buissonnière au music-hall.

S'il avait suivi les conseils de son père, il serait aujourd'hui ébéniste à Montmartre, sérieusement établi.

Mais c'est Françoise Rosay qu'il a écoutée. Il l'avait rencontrée chez des amis communs, et la grande comédienne touchée par la ferveur intelligente avec laquelle ce jeune homme de dix-neuf ans parlait de cinéma, lui ménagea un rendez-vous avec son mari, le metteur en scène Jacques Feyder.

Feyder, glacial, lui accorda un quart d'heure.

— Alors, demande ensuite Françoise Rosay, il vous a jeté dehors ?

— Non, dit Carné, il m'a reçu, mais...

— Il vous a reçu ? Alors vous lui avez plu.

Quelques jours après, Carné devenait assistant de Jacques Feyder pour *Les Nouveaux Messieurs.* On imagine mal ce qu'était le cinéma à cette époque. La notion d'heure n'existait pas plus que les lois syndicales et les commissions de qualification professionnelle. Carné se souvient encore avoir travaillé auprès de Feyder dans *La Kermesse héroïque* pendant vingt-six heures de suite, et c'était lui alors qui murmurait :

— Il est increvable...

Feyder, au faîte de la gloire, partit pour Hollywood. Carné alla en Rhénanie faire son service militaire. Il dévorait les journaux de cinéma et découvrit dans *Ciné-Magazine* un concours de critique ouvert aux lecteurs. Il critiqua. Il critiqua énormément, envoya ses réponses, selon le règlement, sur le dos d'une carte postale, et finit par décrocher, outre le prix de deux mille francs, un engagement au journal.

L'après-midi il allait au cinéma, le soir au théâtre. C'était le temps du groupe « Octobre », formation révolutionnaire, où des jeunes gens fort excités montaient des spectacles fort excitants. C'est là qu'il entendit pour la première fois prononcer le nom d'un inconnu : Jacques Prévert, dont on jouait une pièce intitulée *Fontenoy*.

« Soldats tombés à Fontenoy, vous n'êtes pas tombés dans l'oreille d'un sourd ! » s'écriait le héros.

En l'absence de Feyder, l'orgueil de Carné lui interdisait de devenir assistant d'un metteur en scène de second ordre, si son estomac le lui conseillait. Mais il a toujours été plus sensible à la voix de l'orgueil qu'à l'autre et tout porte à croire — et à espérer — qu'il persistera.

Enfin, Feyder revint et le reprit comme assistant. Alors, auprès de ce maître incomparable, il apprit sérieusement son métier, et fut aussi un temps assistant-opérateur pour s'initier aux mystères de la photographie. Mais l'opérateur de Feyder vit d'un mauvais œil ce jeune homme trop ambitieux.

— Chaque fois que je lui demandais une indication, une explication, il me répondait à côté, raconte Carné. Je lui disais : « Pourquoi employez-vous cet objectif ? » Alors, avec un petit air gentil, il me foutait dedans. Exprès... Le salaud... Un jour, il est venu me voir, beaucoup plus tard, et il m'a demandé pourquoi je ne le faisais jamais travailler. « Moi qui vous ai vu débuter », disait-il... Ah ! le salaud !...

Carné apprit tout de même les rudiments de la photo, s'acheta péniblement une petite caméra portative et tourna, en 1932, un court documentaire : *Nogent, Eldorado du dimanche.* Une manière de petit chef-d'œuvre. Mais ce n'était pas encore le temps où chaque jeune homme un peu avancé pour son âge faisait nécessairement figure de « révélation ».

Entre les films de Feyder, Carné tourna avec sa caméra des petites bandes publicitaires où il affirme qu'il a beaucoup appris, parce qu'il pouvait beaucoup oser. Le plus célèbre fut l'objet d'un scandale. On y voyait un académicien en grande tenue sortir du quai Conti au pas de course.

— Je m'en vais ! criait-il indigné. On m'avait promis un fauteuil, mais un fauteuil Lévitan.

La maison Pathé-Natan refusa de passer le film dans ses salles, le jugeant trop irrévérencieux pour l'Académie. Bernard Natan avait été moins respectueux de plus simples académies.

Pour l'aider à tourner son premier grand film, Jacques Feyder accorda sa supervision. Le sujet qu'on lui imposa s'appelait *La Prison de velours*. Le dialoguiste qu'on lui imposa s'appelait Jacques Prévert. L'un compensant l'autre, le résultat fut un bon film qui sortit sous le nom de *Jenny* en 1936.

Quand son père vit son nom dans les journaux, il admit enfin que Marcel avait peut-être eu raison de s'entêter.

L'un des premiers hommes qui fit ensuite confiance à l'équipe Carné-Prévert s'appelait Raoul Ploquin. Il dirigeait alors à Berlin, en 1937, la production française de la U. F. A.

— Avez-vous une idée pour Gabin ? demanda-t-il à Carné.

— Oui. *Quai des Brumes*, de Pierre Mac Orlan, répondit Carné qui avait essayé de combler les lacunes d'une instruction médiocre en lisant beaucoup.

Gabin, consulté, accepta le principe d'une collaboration. Carné et Prévert se mettent au travail et livrent un premier scénario. Coup de téléphone désespéré de Ploquin : les services du docteur Gœbbels jugeaient que cette histoire était marquée du sceau infâme des ploutocrates, à moins que ce ne soit celui des démocrates. Bref, la U. F. A. ne tournerait pas *Quai des Brumes*. Que faire ? Bouleverser le scénario ? Prévert et Carné n'y songèrent pas un instant. Ploquin, désolé, entreprit de revendre toute l'affaire à un producteur français, c'est-à-dire libre. Quatre se déclarèrent preneurs. Oh ! *Quai des Brumes* les intéressait médiocrement, Prévert et Carné pas davantage ! Mais Gabin valait alors un million et Ploquin le donnait pour quatre cent cinquante mille francs.

— Vendez, ordonna le docteur Gœbbels. Quels sont vos éventuels acheteurs ?

— Il y a un tel, un tel, un tel… et Gregor Rabinovitch, dit timidement Ploquin.

— Un Juif ? Vendez au Juif, voyons. Lui au moins, nous sommes sûrs qu'il tiendra ses engagements !

— Je vous donne ma parole d'honneur que cette histoire est vraie, ajoute Carné, qui en sourit encore.

Ainsi fut tourné *Quai des Brumes.* Mais le film une fois terminé inspira d'affreuses angoisses au producteur. Alors il le montrait à tout le monde.

« Quand ses amis lui disaient : "C'est formidable", il téléphonait au laboratoire pour qu'en tête du film on écrive : "Gregor Rabinovitch présente…" Quand on lui disait : "C'est très mauvais", il retéléphonait vite pour qu'on enlève son nom. Quand on lui disait : "Ce n'est pas mal…", il retéléphonait encore pour que son nom figure en petites lettres, entre deux acteurs… On a refait vingt-sept fois le générique !… »

Des anecdotes sur son métier, Marcel Carné peut en raconter pendant des heures. C'est sa façon à lui de raconter sa vie. S'il ne dit jamais son âge, par exemple, c'est à la suite d'un serment provoqué par le producteur d'*Hôtel du Nord*, qui lui avait demandé :

— Combien voulez-vous gagner ? Quoi ?... Mais quel âge avez-vous ?... Trente ans ?... et à votre âge vous croyez que c'est moral de gagner autant ?

— Eh bien, je jure devant vous de ne plus jamais avouer mon âge, répondit Carné.

Il a tenu parole.

Pendant la guerre, il a été mobilisé comme pionnier de deuxième classe dans l'Est.

— On m'a fait faire des routes. Je ne trouvais pas ça ennuyeux, c'est un assez joli travail, mais je n'étais pas doué. Je ne voulais pas me planquer, je demandais seulement qu'on me mette une caméra entre les mains !

Mais le commandant dirigeant la Section cinématographique de l'Armée avait une rancune personnelle contre le metteur en scène : il n'avait pas reçu d'invitation pour son dernier film. Il réussit tout de même à être affecté au G. Q. G., à la Ferté-sous-Jouarre. Un jour, il vint à Paris, comme les camarades, avec un faux ordre de mission. Il prend un verre au Bœuf sur le Toit, deux verres, trois verres... Dans l'euphorie de l'alcool, il se fait des quantités de relations... Il passe ce qui reste de la nuit chez un camarade qui le conduit le lendemain matin à la gare. Le train est à 7 heures, ils arrivent à 7 heures moins le quart, s'asseyent pour prendre un café... 7 heures moins le quart ? Mais les pendules marquent 8 heures moins le quart !...

— Garçon, votre pendule avance d'une heure, n'est-ce pas ?

— Mais non, monsieur... Vous savez bien qu'on les a avancées cette nuit. C'est l'heure d'été !

Carné s'imagine déjà déserteur, fusillé, lorsque son camarade lui dit :

— Tu ne te souviens pas ? Hier soir ? Un monsieur qui nous a dit : « Si vous avez des ennuis un jour, moi j'ai une maison à la Ferté et un sauf-conduit pour y aller. »

Carné se souvient vaguement. Mais qui était-ce ? où le trouver ?

Les deux hommes se fouillent consciencieusement dans l'espoir qu'un échange de cartes... Et ils trouvent. Nom, adresse... Ils bondissent, tombent sur un monsieur furieux d'être réveillé et qui ne se souvient de rien. On lui rafraîchit la mémoire, on le supplie, on lui explique que c'est une question de vie ou de mort. Il consent à se lever et à reconduire Carné à la Ferté. Lorsque celui-ci arrive enfin, le cœur battant, ses camarades lui disent :

— Alors, mon vieux, tu es refait, hein ?

— Refait ?

— Ben oui, tu es refait comme les autres.

— Quels autres ?

— Tous ceux qui sont allés à Paris hier avec un faux ordre de mission ! Ce matin, à l'arrivée du train, les gendarmes les ont cueillis. Tous expédiés dans l'Est...

Tous ces garçons ont été tués ou prisonniers. Ainsi, l'heure de la chance a-t-elle épargné Marcel Carné.

Pendant qu'il bavarde, lançant ses petites phrases vives, courtes, le bout de la langue passant au coin des lèvres minces, lorsqu'il réfléchit, oubliant pour le temps d'un dîner sa prévention contre les femmes — ou faisant courtoisement semblant de l'oublier — je pense au mot de Cocteau : « S'il fallait à Carné un terrain vague, il ferait raser Paris... »

Et pourquoi pas ? Dès qu'il commence à tourner un film, Marcel Carné est dans l'état d'un homme qui vit les débuts d'un grand amour. Autour de lui et de l'œuvre qui va naître, tombe le rideau magique qui isole les amants des réalités des autres. Pour la défendre, la conquérir, pour la parer, il se battra jusqu'à la limite de ses forces. Pour lui offrir une rose, il abattra trois chênes.

Les élections américaines ? La Tunisie ? L'armée européenne ? se disent les gens sérieux en se réveillant. D'autres se disent : « Pourvu qu'elle me téléphone ce soir... » Et Marcel Carné se dit : « Pourvu qu'on ait pensé à changer la serrure Louis XV contre une serrure Louis XVI, sinon, je ne tourne pas. »

RENÉ CLAIR

René Clair est devenu l'un des rares auteurs qui maîtrisent absolument ce langage nouveau des hommes : le cinéma.

Le curieux de l'affaire, c'est que ce réalisateur, justement célèbre dans les deux continents depuis un quart de siècle, a fait du cinéma par hasard et sans nulle envie. Le journalisme, la reine de Roumanie, les circonstances et un cheval blanc, voilà ce qui l'a mené au studio. Il y est resté. C'était d'ailleurs la dernière fois qu'il se laissait mener.

Lorsqu'on pense à lui, un adjectif surgit : impeccable. Impeccables les pointes dures du faux col, la raie qui sépare ses cheveux châtains soigneusement lissés, sa courtoisie, l'ordre qui règne sur son bureau, la forme des vingt-trois films qui constituent son œuvre. Il écrit le cinéma comme La Fontaine écrit le français, en phrases impitoyables, claires, drôles et… impeccables.

Il fait aussi penser à ces plaques de verre dont on recouvre les bureaux. On pose la main et on sursaute : c'est glacé. On renverse de l'encre : elle glisse. On laisse tomber son stylo : il s'épointe. On veut soulever ce verre transparent : il est trop lourd.

René Clair est inhumain et gai comme un poisson rouge qui vous ferait de temps en temps un clin d'œil du fond de son aquarium pour vous dire :

— Et si j'étais un léopard qui s'est fait la tête d'un poisson rouge pour vous mystifier ?

Tout ce qu'il dit, tout ce qu'il fait, procède d'une intelligence féroce toujours en alerte, d'une habileté où il a atteint l'art suprême : celui de la camoufler.

Il est l'unique « cinécrivain » français qui ait fait œuvre humoristique. Ses personnages se débattent dans des situations tragi-comiques où interviennent toujours leur esprit, parfois leur cœur, jamais le reste.

René Clair est le seul auteur qui, s'inspirant de la vieille légende de Faust pour réaliser *La Beauté du diable*, a pratiquement supprimé Marguerite.

— Voyons, disait-il un jour à Clouzot pendant qu'il préparait le film, Faust est un homme intelligent, mûr... C'est un savant, un cerveau remarquable... Et vous vous figurez qu'il vendrait son âme au diable pour l'amour d'une femme ?

Allez, allez, Marguerite, rejoindre dans l'ombre discrète où toujours il les confina les héroïnes gracieuses et vides de René Clair, l'homme qui domine toutes les contingences y compris celle autour de laquelle on fait curieusement tant de bruit : les femmes.

Un de ses amis m'a dit un jour :

— René ? Que voulez-vous écrire à son sujet ? Il ne lui arrive rien…

Ce qui était un peu exagéré mais exprime assez bien l'impression qu'il donne d'être toujours plus fort que l'incident, de ne pas y participer.

Du temps qu'il obéissait encore à la vie au lieu de la faire obéir, il fut tout de même recalé à son bachot de philo en 1916. Son père, M. Chomette, lui passa un savon. C'est à peine une image : il en fabriquait.

Le jeune homme rêvait d'écrire et de voir son nom imprimé ? On lui fit remarquer que c'était déjà fait. Sur toutes les tables de restaurant se dressaient des gerbes de chalumeaux et de cure-dents signés « Chomette-Favor ». Mais ce n'est pas ce genre d'articles que René Chomette voulait signer.

Il préféra s'engager comme infirmier à la Croix-Rouge, traîna ses molletières dans la boue des Flandres et fêta en même temps l'armistice et ses vingt ans le 11 novembre 1918.

C'était un beau jour… C'était un bel âge… C'était un jeune homme maigre. Il découvrit le journalisme, et l'odeur de l'encre d'imprimerie fait encore frémir les ailes minces de son nez. Il sait maintenant que journalisme et cinéma sont métiers jumeaux puisque l'un et l'autre s'adressent au plus grand nombre, par le truchement d'une équipe.

À vingt ans, il méprisait « le plus grand nombre » comme tout jeune homme qui se respecte. Aujourd'hui, il sait que le film qui n'atteint pas le public a raté son but. Il fut, après Jacques Feyder, le premier réalisateur qui opéra la jonction entre « le film d'art » destiné à quelques heureux élus et le film commercial de grande tenue.

Son mépris n'en a pas diminué pour autant. Au contraire, il s'est étendu aux « heureux élus ». Mais ça ne se voit pas. Enfin... presque pas.

À vingt ans, il englobait aussi les réveille-matin et autres objets destinés à indiquer l'heure. Ce qui conduisit le jeune homme, un matin, à la caisse de *L'Intransigeant*, où on lui signifia qu'il n'aurait plus désormais l'occasion d'arriver en retard.

Ainsi finit René Desprès (c'était alors son pseudonyme), journaliste désinvolte et inexact, décidé à se faire un nom dans la littérature française.

Pour que naisse René Clair, il fallut que la reine de Roumanie, Loïe Fuller et Damia s'en mêlent.

La première avait écrit un poème : *Le Lys et la vie.* La deuxième voulut en faire un ballet filmé et cherchait un prince charmant. La troisième lui dit : « Tu devrais prendre le petit Chomette qui a de grandes mirettes et l'air distingué. »

Ainsi le chômeur Chomette entra-t-il dans le cinéma sur un cheval blanc, maquillé en prince oriental.

Timide, pudique et doué d'un sens vif du ridicule, comment eût-il pu être bon acteur ? Qu'un homme se maquille et consacre sa vie à feindre des sentiments qu'il n'éprouve pas l'étonne encore.

Passe pour les femmes... Elles ne font en somme que forcer un peu leur tempérament.

Jeune premier exécrable, moustachu et affamé, roulant ses « grandes mirettes » pour trois mille francs par mois, au coin des écrans muets de 1922, en ces temps héroïques qu'il a retracés dans *Le silence est d'or*, il devint un jour assistant de Jacques de Baroncelli.

— Tiens, tiens, se dit-il, de ce côté-ci de la caméra c'est beaucoup plus amusant.

D'amusé il devint possédé, et, pour tourner son premier petit film, il choisit la vedette qu'il connaissait le mieux, celle dont il a si tendrement et si souvent éclairé le visage : Paris.

— Tu es né à Belleville ? Banlieusard !... dit-il à Maurice Chevalier, parce que lui, il est né aux Halles.

Paris qui dort... quelques centaines de mètres de pellicule tournés au temps merveilleux où le cinéma, métier d'artisan illuminé, se nourrissait de foi plus que de millions.

Lorsqu'il commença son deuxième film, *Entracte*, il était inconnu. Ses amis, tout aussi inconnus, s'appelaient Henri Jeanson, Marcel Achard... Le lendemain du soir où *Entracte* fut projeté, Paris connaissait René Clair.

Le film lui avait été commandé par un mécène suédois, Rolf de Maré, qui engloutissait royalement des millions au Théâtre des Champs-Élysées pour y monter des ballets. Le peintre Francis Picabia et le compositeur Erik Satie eurent l'idée révolutionnaire de faire projeter, pendant l'entracte de leur ballet *Relâche*, un petit film. René Clair en fut chargé.

Lorsqu'on vit, en 1924, sur un écran, un corbillard chargé de couronnes de pain traîné par un chameau, Achard, Jeanson et Pierre Scize tenant les cordons du poêle, le chameau se mettant soudain à galoper, suivi au pas de course par le cortège funèbre, il y eut un moment de stupeur indignée.

On cria au scandale. C'est souvent ainsi que l'on crie au génie.

Ce vieux monsieur en chapeau melon et col dur qui traverse depuis tous ses films et qui fut toujours interprété par son vieil ami Paul Ollivier, c'est le souvenir d'Erik Satie, dont l'esprit était fait pour l'enchanter. Satie déclarait, par exemple : « Rien ne sert de refuser la Légion d'honneur... », il faisait allusion à Maurice Ravel. « Encore faut-il ne pas l'avoir méritée. »

Une jeune fille aiguë et blonde d'origine polonaise, Bronia, évoluait comme un chat sur un fil de fer dans ce milieu poético-surréaliste. Elle devint Mme René Clair : elle l'est toujours et a marché auprès de lui, avec une froide aisance, sur cette route qui l'a mené à la gloire internationale, au respect de tous ceux qui savent ce que lui doit le cinéma... et des autres aussi.

Les Clair, toujours accompagnés d'un caniche adoré, « Bijou », et rarement de leur grand fils Jean-François, photographe, font aujourd'hui partie des cinq cents personnes qui se rencontrent à New York, se donnent rendez-vous le lendemain à Paris, téléphonent à Hollywood, sont à Rome quand on les cherche à Londres, mais dans de grands hôtels tellement identiques qu'ils ne s'aperçoivent peut-être même pas lorsqu'ils changent de pays.

À Paris, ils habitent un grand appartement... impeccable... Lui y rapporte parfois l'objet étonnant qu'il a trouvé au marché aux puces, où il se rend tous les samedis avec son ami le compositeur Georges van Parys.

René Clair est une des hontes de la critique française qui attendit que l'Allemagne s'enthousiasme pour *Sous les toits de Paris*, avant de comprendre ce que cet homme-là avait créé : un style, mieux, une syntaxe et une poésie du comique qu'aucun réalisateur dans le monde n'a atteint après lui. Il en a laissé quelques éclatantes démonstrations : *Le Million* — son époque française —, *Fantôme à vendre* — son époque anglaise —, *Ma femme est une sorcière* — son époque américaine.

Il travaille avec rapidité et précision dans une atmosphère d'extravagante gaieté. Ses blagues sont célèbres. Dans *Le silence est d'or*, un ours empaillé avait été placé à l'entrée d'un décor où l'on tourna plusieurs jours. Tout le monde s'était habitué à le voir là. Un jour, il y eut un bâton dans les pattes de l'ours. Et, chaque fois que quelqu'un passait, pan ! un grand coup sur la tête. La victime se retournait, furieuse : personne. Sous sa casquette et son manteau de daim, Clair regardait et tout son visage à facettes se plissait de satisfaction. Il avait installé dans la peau de l'ours un assistant chargé de bastonner, de bastonner...

Quand on a bien ri, on travaille. Vite et bien. Ce n'est ni un improvisateur ni un hésitant. Au début du parlant, le micro était une sorte d'animal sacré avec lequel l'ingénieur du son terrorisait les techniciens. Résolu à se défaire de cette tyrannie, René Clair plaça un jour le micro là où il lui semblait bon, sans prévenir l'ingénieur. On tourna.

— Le son est bon ? demanda-t-il.

— Excellent.

— Bien. Alors, à partir de maintenant, vous ne m'ennuierez plus.

Le montage des bandes sonores devenait affaire de spécialistes. René Clair fit tourner un petit film à son assistant Georges Lacombe et s'attela lui-même à en exécuter le montage. Pour comprendre, pour éliminer là aussi la tyrannie du spécialiste.

C'est un homme dont on ne se moque pas, dont on ne sourit pas. L'ironie, c'est lui qui l'exerce aux dépens des autres, et on l'imagine mal tolérant la moindre plaisanterie à son sujet.

On le sent toujours conscient de lui-même, de son propre corps maigre comme de son rôle dans la société, prompt à se blesser... Qui sait où les complexes d'infériorité vont parfois se cacher...

Avec ou sans collaborateur — il fait toujours le contraire de ce que ses collaborateurs lui proposent — il a écrit le scénario de tous ses films. Il affirme que la mise en scène proprement dite s'apprend aisément et que sur deux cents personnes choisies au hasard dans la rue, il se fait fort de trouver et de former deux metteurs en scène. Mais, selon lui, on ne forme pas un scénariste, on n'enseigne pas à avoir des idées. On peut seulement apprendre ce qu'il ne faut pas faire et que lorsqu'on écrit par exemple : « Elle attendait tous les soirs sous le réverbère... », c'est une vue de l'esprit mais pas une prise de vue.

Inutile de lui envoyer des scénarios ; il ne les lit pas, à moins qu'ils ne soient rédigés sur une page.

Il ne dit jamais de mal de ses confrères, au contraire, et se plaît à penser qu'ils font preuve de la même tenue. En quoi il a raison d'ailleurs : il existe entre les grands du cinéma français un climat de cordiale admiration réciproque volontiers exprimée. Au fond de soi, chacun pense naturellement qu'il est le meilleur.

Mais quand René Clair parle de ses films, il dit :

— Cette scène-là ? Oui. C'était gentil...

Intelligent, trop intelligent pour tomber dans le piège de la vanité. Tellement intelligent...

DANIELLE DARRIEUX

Voulez-vous faire, aujourd'hui, connaissance avec Danielle Darrieux ? Autant essayer de vous lier avec un poisson rouge.

Derrière la vitre de l'aquarium, il va, vient, et virevolte, absorbé dans ses rondes capricieuses. Il est joli ce poisson rouge, mais comment le saisir ? Comment lui parler à travers cette vitre ?

Danielle vit ainsi dans une cage de verre invisible et dure à laquelle on se heurte chaque fois que l'on a envie de tendre la main vers elle pour la toucher, pour s'assurer qu'elle est un être pétri de chair et de sang.

Je ne serais pas étonnée si l'on découvrait un jour qu'elle est une fée, qu'elle se nourrit de muguet et qu'elle porte des algues là où d'autres ont l'intestin grêle.

Une fée indocile condamnée dans la nuit des temps par la reine des fées à l'amour éternel.

C'est terrible, l'amour éternel, c'est bien long et bien grand pour les hommes. Alors, de temps en temps, elle dénoue les liens de l'un et en attache un autre avec l'un de ses cheveux d'or.

Les registres d'état civil, qui sont bassement matériels, prétendent que cette Bordelaise doit à une grand-mère polonaise d'être une blonde perfection. Mais, pour modeler ce corps, ce visage où l'œil le plus cruel ne saurait déceler une erreur humaine, un petit défaut de fabrication, il fallait que quelque magicien s'en mêlât.

Il eut un petit moment de distraction en arrivant aux mains qui sont imperceptiblement moins réussies que le reste.

Les mêmes registres prétendent qu'elle est née le 1er mai 1917 dans une excellente famille à laquelle Mme Darrieux mère s'efforça de conserver un certain standing bourgeois lorsque le docteur Darrieux mourut et qu'elle dut élever seule ses trois enfants : Claudette, Danielle et Olivier, en donnant des leçons de musique.

L'enfant-fée était paresseuse. Mais, comme l'Ondine de Giraudoux, elle ne faisait rien et tout était fait, elle n'apprenait rien et tout était su, même le violoncelle.

Elle avait treize ans lorsqu'elle se barbouilla de rouge à lèvres, s'enroula dans le renard argenté de sa mère et se présenta sans en rien dire à personne chez Delac et Vandal où l'on cherchait une adolescente pour jouer *Le Bal* d'Irène Nemirowsky.

Elle rentra avec du fond de teint plein les cheveux en criant à tue-tête :

— Je vais faire du cinéma, je n'ai plus besoin d'aller à l'école...

Le cinéma fut pour elle un cortège éclatant. Dix-huit ans de succès qui la menèrent de l'adolescence à l'épanouissement, des studios de Berlin à ceux de Hollywood, tandis qu'à travers ses mains qui ne surent jamais retenir l'argent glissaient les visons, les diamants, les centaines de ces petits escarpins légers et cambrés dont elle raffole, les demeures somptueuses et les voitures nickelées qu'elle ne sut jamais conduire.

Elle monta de ses pieds ailés l'escalier roulant de la gloire, marche après marche, film après film. Comique dans *Quelle sacrée gosse*, inimitable dans *Mayerling*, bouleversante dans *Katia*, chantant comme les oiseaux dans *Battements de cœur*, dansant comme les elfes jusqu'au jour où les marches de cet escalier où l'on ne saurait cesser de monter sans commencer à descendre semblèrent se dérober.

La fée avait-elle perdu sa baguette magique en courant derrière l'amour ?

La folle adolescente de Berlin, la petite qui s'amusait avec Suzy Delair à se badigeonner les seins au vernis à ongles pour les rendre parfaitement provocants, la « sacrée gosse » trouva à la fois son maître et son premier mari en Henri Decoin.

Dans son grand filet de pêcheur impénitent, il la captura un jour, docile et éperdue d'amour pour ce beau pirate. Aimer Danielle, être aimé d'elle, n'est pas une situation de tout repos. De l'homme de sa vie, elle attend simplement qu'il soit auprès d'elle nuit et jour, minute après minute.

Pour LUI, elle est prête à frotter les parquets, à renoncer à sa carrière, ou à se jeter par la fenêtre ; toutes choses qu'il ne lui demande jamais. Alors elle se demande, elle, s'IL l'aime vraiment, si ce don absolu est bien réciproque.

Si elle était éprise d'un plongeur, elle laverait la vaisselle. Avec Henri Decoin, qu'elle épousa en 1935, elle fit de la course à pied et du crawl.

Sensiblement plus âgé qu'elle, cet homme de fer la ramenait d'une soirée, dans leur appartement de Neuilly, anéantie, et l'obligeait à aller dès 7 heures du matin s'entraîner au Bois, ivre de sommeil, mais toujours fraîche comme une rose, pour lui prouver qu'à sa façon il était plus jeune qu'elle.

D'une débutante prodigieusement douée, il fit une grande vedette, inaccessible, la seule Française qui réussit effectivement à Hollywood, où elle refusa de rester parce qu'elle s'y ennuyait encore plus qu'ailleurs.

Il sut la discipliner sans lui enlever ce jaillissement spontané qui était l'essence même de son talent. On ne dirige guère Danielle Darrieux et il faut, pour la guider, la main légère d'un cavalier.

Son texte, elle le sait sans le lire. Pour tourner en Amérique, elle apprit, en quinze jours, un anglais impeccable. À Budapest, où elle tournait *Retour à l'aube*, elle chanta plusieurs chansons en hongrois à la radio, sans comprendre un traître mot de ce qu'elle racontait, et le lendemain toute la ville affirmait que Mlle Darrieux était hongroise. Quant au russe, elle le parle, sans le savoir, avec l'accent d'un chauffeur de taxi.

Elle est là, un peu boudeuse, dans un coin du studio. Le metteur en scène parle. L'a-t-elle entendu ? On ne sait. Elle répète à peine, à regret. Et puis on tourne, et tout est miraculeusement au point.

Dans *Mayerling*, elle devait faire devant Charles Boyer une profonde révérence de cour.

L'excellent réalisateur Anatole Litvak, aidé de deux altesses royales, entreprit de lui enseigner à s'incliner.

Elle répéta dix fois, douze fois, en vain.

Alors, les larmes aux yeux, Danielle demanda timidement :

— Monsieur Litvak, est-ce que vous me permettez d'essayer de faire ce que je sens ?

Excédé, Litvak acquiesça. Et ce fut parfait.

Un jour, après *Premier rendez-vous*, Henri Decoin rêva d'avoir une femme qu'il pourrait quitter une demi-heure sans qu'elle le crût infidèle, des enfants, un ménage paisible. Humain, trop humain pour une fée éprise d'absolu.

Un beau diplomate sud-américain, Porfirio Rubirosa, fut, en 1942, le nouvel enchanteur de Danielle.

Elle avait été sportive, elle devint avec la même foi et la même aisance ambassadrice ou presque. Pour être plus vite sa femme, elle demanda et obtint une dispense qui lui permit de ne pas attendre le délai réglementaire imposé aux divorcées.

La main dans la main, ils partirent pour l'Espagne, et furent refoulés en France, où « Rubi » fut arrêté par les Allemands.

Danielle faillit devenir folle, remua le ciel, la terre et l'Allemagne, obtint enfin qu'on lui rende son Rubi, et supporta allègrement en sa seule compagnie quinze mois de résidence surveillée à Megève.

Il perdait trois cent mille francs par jour à la belote, elle apprit la belote. Il chantait en jouant de la guitare, elle apprit la guitare ; il buvait du whisky comme on ne boit pas de l'eau par les jours de grande chaleur, elle but du whisky, elle en but énormément.

Elle se nourrissait d'une cuillerée de caviar, d'un cachet d'aspirine et d'une crevette rose, avalait quatorze whiskies, fumait quarante cigarettes, laissait tomber sa tête ravissante sur le dossier d'une banquette de boîte de nuit, sombrait brusquement dans un sommeil de douze heures, et se réveillait prête à recommencer, en criant, angoissée : « Rubi, où es-tu ? »

Il était là, il fallait qu'il fût là, toujours présent.

Ce régime aurait dû la tuer, il eut seulement pour résultat de lui faire tourner quelques films où il ne restait que son gracieux contour, faute de conseils et de sommeil. Dans cette ronde folle, elle entraîna son frère Olivier et la jeune femme qu'il venait d'épouser.

Elle refusa, la même année, de tourner *Antoine et Antoinette, Le silence est d'or, La Belle et la Bête.* La petite fée devait aller jusqu'au bout de son amour.

Il fallut cinq ans pour que Rubi, qui l'avait laissée partir seule au Maroc, reçoive un câble où il apprenait qu'elle demandait le divorce, et qu'elle avait rencontré Pierre Louis.

Mais c'est Georges Midi, un ami d'Olivier, rencontré dans une piscine, qu'elle épousa — elle épouse toujours — quelques mois plus tard à l'église d'Osmoy, où elle possédait une admirable maison.

Georges Mitsinkidès, dit Midi, grand garçon brun et solide, aux yeux bleus très doux, un grand garçon sain qui ne boit pas. Alors elle ne boit plus. Qui aime la campagne. Alors elle aime la campagne et elle a échangé sa maison d'Osmoy contre une à Louveciennes, un pavillon Louis XIV avec quarante pièces, où ils vivent retirés du monde, épris et heureux, abattant les cloisons et en construisant d'autres, barbotant dans leur piscine, jouant avec les cinq chiens et les trois chats, cultivant leur jardin. Il écrit, avec talent dit-on. Elle a repris sa plus éclatante beauté. Dans l'ordre et le calme, elle est redevenue la grande vedette consciencieuse, exacte.

Son mari la conduit chaque matin au studio et demeure près d'elle, silencieux et sympathique. Le soir, ils repartent, elle dans sa petite robe de toile, le visage pur de tout maquillage, fraîche comme une fille de seize ans. Olivier Darrieux, saisi lui aussi par la vague de respectabilité générale, a ouvert, rue du 4-Septembre, un magasin d'articles pour dames. Il a une petite fille. Sa sœur Claudette et le mari de Claudette s'occupent des affaires de Danielle.

Le dimanche, on se retrouve en famille. Les

enfants jouent dans le parc. Mme Darrieux bavarde avec Mme Mitsinkidès et les sœurs de Georges. On va regarder si les rosiers poussent bien, on arrose le gazon, on lit beaucoup, on cherche de bons sujets. Danielle rêve d'être un jour la Thérèse Desqueyroux de Mauriac. À sa main gauche, une alliance d'émeraudes a remplacé l'alliance de rubis et de Rubi.

La petite fée, condamnée au grand amour, poursuit sa route étroite et regarde de ses grands yeux étonnés le monde féroce où les humains se lassent et se déchirent. Elle ne dit jamais du mal de personne. Du bien non plus, d'ailleurs. Elle est douce, timide, généreuse, aimée par ses compagnons de travail, effacée, heureuse.

Regardez-la tourner en rond dans son aquarium. Regardez, mais n'essayez pas de toucher. Il ne resterait dans vos mains vides qu'un peu d'eau glissante.

CHRISTIAN DIOR

Inconnu le 12 février 1947 et célèbre le 13, déjeunant à la gauche de Mme Truman, présenté à la reine d'Angleterre, dirigeant huit cents employés, cristallisant les rêves de millions de femmes à travers le monde, Christian Dior est timide.

Son sourire doux et incertain, son élocution hésitante, ses gestes courts, et jusqu'à sa manière de s'asseoir sur le coin d'un siège, suffiraient à trahir cette timidité, celle des grands orgueilleux : ceux qui souffrent tant de n'être point absolument parfaits qu'ils souffrent d'être, tout simplement, surtout lorsque le faisceau de la curiosité publique allumée les scrute brusquement, lorsque, sous la loupe monstrueuse de la gloire, leurs rides deviennent vallées et leurs confidences proclamations.

Christian Dior a voulu réussir, mais il eût aimé que, sous l'étiquette, l'homme n'ait pas à paraître. Étonné, puis choqué, il est aujourd'hui résigné. Mais, que l'on insinue devant lui qu'il fait bien sa publicité, voilà le Greta Garbo de la couture malheureux pour huit jours.

Ce couturier qui a pris rang d'ambassadeur est intéressant à plusieurs titres. Qu'il ait sauvé la suprématie de la couture française au moment où l'on allait cesser d'y croire est l'aspect le plus spectaculaire de sa réussite mais le moins passionnant à mon sens, bien que le magazine *Life* n'ait pas craint d'écrire : « Dior a fait pour la couture française ce que les taxis de la Marne ont fait pour la guerre en 1914. »

Voilà d'ailleurs le genre de formule le plus propre à le faire bondir. Bondir est un terme impropre : il faudrait plutôt dire qu'il « se rétrécit », comme s'il avait soudain besoin de rentrer ses pieds, ses mains, sa tête à l'intérieur d'une carapace, comme on fait lorsqu'on a froid. Là, c'est le sens du ridicule qui le fait frissonner.

En outre, si l'on songe que l'on peut évaluer à trois milliards environ le chiffre d'affaires annuel des dix grandes maisons de couture parisienne et que dans le même temps l'industrie automobile française réalise un chiffre de plus de quatre-vingt-dix milliards, on replace la haute couture à son véritable échelon dans l'économie nationale.

Certes, il n'y a pas seulement l'argent : il y a le prestige. Il y a que la reine d'Angleterre a demandé que lui soit présentée la collection, il y a que, grâce à Dior et à quelques autres, ressuscités par l'esprit de compétition, la France demeure le pays qui fait les meilleures robes du monde, si elle ne fait pas les meilleures mitrailleuses.

Mais la destinée de Christian Dior a d'autres pointes où accrocher l'intérêt. Par exemple, il n'a connu le succès qu'à quarante-deux ans, après s'être entendu répéter jusqu'à quarante et un ans et demi qu'il n'arriverait jamais à rien. Son père est mort trois mois avant qu'il présente cette bombe que fut sa première collection. Il y eût trouvé beaucoup de consolation... et encore plus de motifs d'étonnement, affirme Dior, tant il était persuadé que ce fils-là serait toujours le raté parmi ses quatre enfants.

M. Dior, grand industriel en produits chimiques, avait rêvé pour Christian d'une carrière dans la diplomatie. Un cousin germain, Lucien Dior, fut ministre du Commerce.

Or, à douze ans, dans une kermesse à Granville où il est né, où ses parents habitaient une admirable propriété, Christian s'entendit prédire par une diseuse de bonne aventure qu'il perdrait tout et qu'il atteindrait ensuite aux plus magnifiques succès grâce aux femmes.

Cette prédiction fut d'autant moins goûtée dans sa famille qu'on pouvait lui donner les interprétations les plus saugrenues. Mais Dior en a alimenté sa confiance dans les sciences inexactes, telles que la cartomancie, le marc de café et les itinéraires des chats noirs.

Lorsqu'en 1946, modéliste chez Lelong, il rencontra dans la rue un ami lointain qui lui demanda : « Tu n'as pas envie d'avoir une maison à toi ? », il répondit sans enthousiasme, effrayé par la perspective des responsabilités financières.

Huit jours après, il était mis en contact avec le magnat du coton Marcel Boussac qui lui proposait de le commanditer. Les pourparlers durèrent six mois. Ses amis affirment que, si, à ce moment-là, sa pythonisse préférée lui avait déconseillé l'opération, il y aurait renoncé.

Pour sa plus grande chance, pour la nôtre, pour celle de Marcel Boussac qui, après trois ans, était déjà remboursé de sa mise de fonds, elle annonça le succès. Ce succès dont les femmes furent évidemment les artisans. On serait superstitieux à moins, d'autant qu'effectivement il commença par « perdre tout » lorsque son père fut ruiné en 1931.

Les marges de ses cahiers d'enfant présentent les plans des innombrables maisons qu'il imaginait quand il ne rêvait que d'être architecte.

Quelques jambes de femmes toujours chaussées de hauts talons s'y égaraient parfois.

Aujourd'hui encore, il ne reproche aux Françaises si habiles à s'habiller sans argent qu'une faute de goût : leurs chaussures, semelles épaisses, talons lourds.

Comme il avait le bonheur — ou le malheur — d'appartenir à une famille fortunée, il ne connut pas l'obligation de gagner sa vie en terminant ses études à l'École des sciences politiques. Ses parents répugnaient à le voir architecte après l'avoir imaginé ambassadeur. Il répugnait à être diplomate. Il eut l'énergie de ne pas faire un métier qui ne l'amusait pas. Il n'eut pas celle de faire le métier pour lequel il se sentait du goût.

Son frère aîné, Raymond Dior, est devenu un écrivain politique apprécié, sa sœur Catherine, frappée également par la ruine familiale — et déportée plus tard à Ravensbruck — est aujourd'hui la seule femme mandataire en fleurs aux Halles.

Lui ne fut, jusqu'à trente ans, qu'un jeune homme raffiné et doué, parmi tant d'autres jeunes gens inconnus et doués qui s'appelaient Christian Bérard, Salvador Dali, Henri Sauguet...

Il avait un joli talent de compositeur et certains se rappellent encore l'avoir vu, sur la scène de l'Olympia, accompagnant au piano un ami danseur qui passait une audition.

On le crut alors — il se crut — paresseux parce qu'il n'exploitait pas ce don de composer. On comprend aujourd'hui qu'ayant conscience de ne pouvoir pas être là le premier, il ne pouvait admettre d'être le dixième.

Il était, il est toujours, l'homme le plus averti en peinture ancienne et moderne. C'est lui qui organisa dans la galerie de la rue Cambacérès, qu'il dirigea vers 1928 et jusqu'en 1935, la première exposition des toiles de Christian Bérard. La peinture est, dit-il, le métier qu'il connaît le mieux. Et pourtant, il n'a jamais voulu peindre. Toujours cette précieuse et terrible lucidité orgueilleuse de l'homme qui sait trop où se situe la perfection pour accepter d'être médiocre.

Amateur charmant, il eut à vaincre, lorsqu'il lui fallut monnayer ses dons, toutes les répugnances, toutes les difficultés intérieures et extérieures que rencontrent ceux qui naissent avec « une cuillère d'argent dans la bouche ».

Ce furent d'abord quelques dessins de chapeaux pour de grandes modistes, quelques croquis pour les pages de mode du *Figaro*, d'autres pour le couturier Robert Piguet qui pressentit la qualité de son talent et l'engagea.

Dior aime aujourd'hui à reconnaître qu'il a beaucoup appris avec Piguet. Ses premiers modèles prolongeaient ceux que l'adolescent dessinait pour les bals costumés, pour la grande fête annuelle de Granville, quand ses amis suppliaient : « Christian, trouve une idée pour moi. » Avec Piguet, il apprit à discerner là où s'arrête la robe pour devenir le costume.

1942 le retrouva modéliste chez Lucien Lelong. On sait la suite. Ah ! j'oubliais de vous dire que pendant deux ans cet homme auquel le luxe véritable, celui qui se remarque peu, est le climat le plus naturel, fit vivre son père, sa sœur, une ancienne gouvernante et lui-même en cultivant de ses mains les petits pois qu'il planta dans le jardin de la maison de Grasse où la famille Dior s'était réfugiée.

Il fut acharné cultivateur aux mains terreuses avec la bonne humeur et la simplicité d'un à qui plusieurs générations de grands bourgeois français ont transmis, outre le goût des beaux meubles, celui du veau à la crème, le sens de l'honneur familial et la répugnance pour les sports, le sens des valeurs exactes.

On peut donner beaucoup d'explications à son succès international — sur la liste des Français célèbres hors de leur pays il arrive en tête avant de Gaulle, avant Sartre —, au triomphe de ses conceptions et de sa technique de Stockholm à Buenos Aires.

La mienne vaut ce qu'elle vaut : Christian Dior m'apparaît dans son domaine comme l'une des expressions les plus authentiques d'une certaine France. Il est, physiquement, le fils de ces « donateurs » un peu gras dont les primitifs nous restituent les traits à la fois pointus et mous. Il est le fils du pays de François Ier, du pays qui a construit Versailles et dont le génie s'accompagne de rigueur, non de folie.

Les Américains ont été à la fois stupéfaits et déçus en le voyant « court, rond, chauve, petit *Frenchman* d'apparence insignifiante avec son faux col d'employé de bureau », ont-ils écrit. Et l'un d'eux a ajouté : « J'attendais une personnalité brillante. J'ai trouvé un entrepreneur français. »

Ils n'ont rien compris, ces braves ! Et surtout pas ce que ce monsieur-là, tout discret dans son costume sombre, ne sachant ni poser pour les photographes, ni exposer aimablement ses complexes sexuels à la curiosité des lecteurs de magazine, ni créer autour de lui une atmosphère dramatique — ni une atmosphère tout court — ils n'ont pas compris que, sur un mot de ce monsieur-là, leurs femmes changent de robes !

Ce monsieur-là n'était ni le symbole du « gay Paris », ni le moustachu monoclé qui fait du genou aux dames, ni le jeune homme dynamique du type pseudo-américain. Il pose outre-Atlantique des problèmes embarrassants : on ne sait pas dans quelle catégorie de Français le classer. Hé ! il fallait le classer monument historique.

— À la maison, on est pingre et j'en suis fier —, dit Dior, qui exprime ainsi qu'on ne perd pas un centimètre, pas un kilowatt, que le luxe de ses robes n'est que du luxe, jamais du gâchis, que sa maison de couture est « tenue » comme l'intérieur d'une bonne ménagère.

Il est un peu le résultat de vingt siècles de culture souriante, d'artisanat intelligent, de mesure. Sa voiture elle-même, il l'a choisie de cette marque qui se vante d'être « le juste milieu ». La maison qu'il a achetée, il y a dix-huit mois, aux environs de Fontainebleau, a les apparences rustiques d'une grande ferme.

C'est là qu'entre deux voyages, entre deux collections, il se repose en travaillant son jardin noble où chante une rivière. Un secrétaire, un chauffeur, une cuisinière couleur de nuit, une femme de charge, un valet, un fox-terrier et un boxer veillent sur son confort et sa paix de célibataire. Là, il « se vide » avant de reprendre un crayon et de dessiner les bases de sa prochaine collection. C'est le sort des couturiers de remettre toute leur popularité en question deux fois par an. Lorsque, outre sa propre situation, le sort de huit cents personnes dépend de son inspiration, le trac qui ravage le créateur le jour de la présentation est un peu plus qu'une nervosité d'artiste.

Les dessins qu'il accumule avant de choisir, ne traduisent pas les détails mais en quelque sorte le profil de la robe. Dans le dessin se concentre une violence qu'il essaie ensuite de retrouver en travaillant avec les tissus. La femme idéale pour laquelle il crée n'est pas très grande, très mince, mais blonde et féminine. La planche à pain lui fait horreur.

Il connaît à fond la technique de la grande couture. Avant l'autre guerre, les robes valaient essentiellement par la richesse ou l'ingéniosité de leur ornementation. Avec le dépouillement, est né ce qu'on appelle la « coupe », cette construction presque invisible d'où jaillit la ligne et qui s'apparente à l'architecture bien plus qu'à l'ouvrage de dames.

Ainsi est-il tout de même devenu une sorte d'architecte, cet homme bon et un peu ombrageux qui cultive l'amitié aussi sérieusement qu'il cultiva les petits pois et dont l'un des charmes réside dans cette simplicité gentille, cette espèce d'étonnement secret avec lequel il accueille le bruyant retentissement de son succès.

Tendu vers cet épuisant et constant renouvellement qu'exige ce métier, cet homme cultivé ne lit presque plus, ce musicien ne joue et ne compose plus, ce dilettante est devenu le plus sévère des spécialistes. Dans la voie soudain trouvée à ses dons, toutes ses forces vives se sont engouffrées.

Complètement dégagé des rouages administratifs et financiers où il se déclare d'ailleurs incompétent, il voit Boussac cinq ou six fois par an pour apprendre que tout va pour le mieux dans la meilleure des affaires. On a raconté que Mme Boussac ne commandait jamais chez lui. C'était drôle... et inexact.

S'il habille deux des femmes les plus élégantes du monde — la duchesse de Windsor et Marlene Dietrich — Dior habille aussi, comme tout couturier, des créatures que ni ses robes ni celles des autres n'initieront à l'élégance. Et puis une robe, fût-elle de Dior, ce n'est jamais qu'une robe.

C'est sa collection complète qu'il faut voir, c'est ce spectacle auquel assistent d'ailleurs pour le plaisir des yeux des hommes plus nombreux chaque saison.

Alors, dans les grands salons gris bondés et silencieux, c'est comme si toute la grâce et toute l'harmonie chassées d'un monde cruel étaient venues se réfugier là, entre les mains sages de cet ensorceleur normand.

FERNANDEL

Comique ou tragique, Fernandel est de la race des grands acteurs en ce sens que, lorsqu'il paraît, un petit frémissement parcourt la salle et avertit le plus réticent des spectateurs : IL est là. Nul ne peut l'ignorer.

Tout le reste peut s'apprendre. Mais le phénomène physique de la « présence » est un mystère qui demeure inexplicable.

Fernandel a obtenu un véritable triomphe à New York en chantant dix-neuf chansons auxquelles le public ne comprenait pas un mot. Tout seul, sur une scène, pendant cinquante-sept minutes, tout seul avec sa grande gueule et son œil rusé...

Quand il avait douze ans et qu'il était chasseur à la B. N. C. de Marseille, il regardait souvent la carte du monde qui ornait le hall et, devant ce nom magique, New York, il rêvait.

— Alors, dit-il, quand je suis arrivé et que j'ai vu leur statue de la Liberté, ça m'a fait quelque chose là...

Et pour lui faire « quelque chose là », il faut être fort !

Rien ne l'atteint, rien ne l'inquiète, rien ne le trouble. Pas le moindre petit grain de folie à se mettre sous la dent pour l'assaisonner, pas le moindre complexe à débrouiller… Un psychanalyste y perdrait son temps. C'est une tour de béton plantée sur la Canebière. On peut l'aimer ou ne pas l'aimer, l'admirer ou le détester, aucune importance. Quand un chien lève la patte contre un arbre, cela peut avoir des conséquences pour le chien, pour le maître du chien, pour l'agent du coin, pour les passants. Mais l'arbre s'en moque.

Quand on lui a dit :

— Nous nous proposons de demander à Henri Jeanson l'adaptation et les dialogues de *Meurtres*…

Il a répondu :

— Jeanson ? Celui qui m'insulte depuis quinze ans ?… Celui qui parle de moi en disant : « Feu Fernandel » ?

— Allons bon, se sont dit les producteurs. Mais Fernandel enchaînait :

— Jeanson ? D'accord. À condition que je ne sois pas obligé de le rencontrer.

S'il a préféré un bon texte, écrit par un ennemi, à un mauvais écrit par un ami, c'est parce qu'aucune passion ne l'aveugle et ne menace jamais son puissant équilibre.

Un seul homme l'a troublé : Raimu. Ils ont tourné deux films ensemble. Jamais l'un des deux n'a consenti à attendre l'autre sur le plateau. Il fallait prendre grand soin d'aller les chercher en même temps, de les faire entrer en même temps sur le décor.

Fernandel était mieux payé et plus populaire. Ce qui ne faisait pas plaisir à Raimu. Mais Raimu avait les suffrages du public difficile, du public élégant, des critiques. Ce qui ne faisait pas plaisir à Fernandel.

Raimu, c'était le petit caillou dans sa chaussure, le sel dans sa confiture, c'était la petite sonnette qui l'avertissait :

— Tu as magnifiquement réussi. Mais tu n'es pas le premier. Le premier, c'est lui…

— Non. C'est moi, se répétait Fernandel.

— Alors, reprenait la sonnette, si tu es le premier, il est hors concours.

Même la richesse soudaine, qui détraque tant de vedettes, ne l'a pas ébranlé. Il n'est ni prodigue, ni obsédé par la crainte de « manquer ».

Quand il s'est marié, petit chanteur de music-hall, il a déclaré à sa femme :

— J'arriverai à gagner cinq cents francs par jour, tu verras.

— Il est fou, disait gentiment sa femme. Cinq cents francs par jour !

En 1937, il touchait quatre cent cinquante mille francs par film. En 1937. C'est dire qu'il est riche, très riche. D'autant plus riche qu'il a su sagement administrer la fortune qu'il a gagnée. Il vient — dernier placement — d'acheter l'immeuble sans ascenseur qu'il habite depuis quinze ans, avenue Trudaine.

— Comme ça, dit-il, je n'ai plus de loyer à payer.

Eh bien, cet homme riche, âpre au gain et respectueux de l'argent qu'il a accumulé en travaillant, n'a même pas peur d'être atteint dans sa fortune, cette peur qui est la damnation des riches.

— Vous trouvez pas, dit-il, qu'ils nous les cassent, tous ces mélancoliques qui vous arrivent le matin en disant : « Mon cher... la situation internationale... Où allons-nous... » Diable, on le verra bien où on va !

Il faut dire que dans sa bouche, avec son accent et sa façon méridionale de supprimer les négations, de dire : « Je peux pas... », « Je viens pas... », l'expression « situation internationale » perd soudain toutes ses menaçantes résonances et retentit comme le début d'une chanson comique. On l'imagine, chantant :

« Ça va mal, ça va mal, ça va mal, la situation internationale... »

Et on rit.

J'en connais qui ne rient pas, aux films de Fernandel, mais je ne connais personne qui puisse garder son sérieux lorsqu'il entre dans une pièce et qu'il dit « Bonjour » d'une certaine façon.

Il fait rire sa femme, qui le connaît depuis trente ans, il fait rire ses filles quand il leur fait des remontrances, il fait rire son chauffeur en lui disant : « Je vous attends à cinq heures... »

S'il était de naturel morose, irritable, ou porté aux réflexions philosophiques, il y aurait de quoi devenir fou ! Mais l'ange qui veille sur lui depuis quarante-sept ans lui a accordé ce don suprême : l'optimisme et la paix du cœur avec celle de l'esprit.

Quand il a été mobilisé, en 39, comme soldat de deuxième classe, son adjudant voulut un jour le mettre en faction devant le Château des Fleurs où son unité était casernée.

— Mon adjudant, dit timidement Fernandel, c'est pas prudent...

— Quoi ? hurla l'adjudant. Soldat Contandin, en faction !

Résigné, jugulaire au menton, Fernandel dans le costume d'Ignace prit la garde.

Une demi-heure après, cinq cents personnes hilares stationnaient devant la caserne.

— Mais enfin qu'est-ce qui se passe ? demanda le commandant.

— Mon commandant, c'est le soldat Contandin... enfin, c'est Fernandel...

Et plus jamais il ne fut placé en faction. Cette histoire que l'on a contestée est rigoureusement authentique. Sacré Fernand ! a-t-on immanquablement envie de s'écrier quand on le voit. Il ne vieillit pas, il ne grossit pas, il ne blanchit pas, il est leste, malin, jovial, en paix avec le monde et avec lui-même.

— Les femmes ? dit-il. Dans notre métier, vous savez... Un qui est toute la journée vissé derrière son bureau, je comprends qu'il court le soir aux

Folies-Bergère… Mais quand on les voit de près comme nous ! Moi, ça m'est arrivé de venir le matin au studio, de rencontrer une fille verte, sans cils, avec une gueule ! Mais une gueule !… Je demandais : « Qui est-ce, ce monstre ? » On me répond : « Mais c'est Mlle X… » J'avais tourné avec elle la veille et, sans maquillage, je ne la reconnaissais pas ! Non, vues « en civil », les vedettes, elles ne vous font guère envie !

Le luxe ? Il ne se refuse jamais ce qu'il aime, mais il aime au-dessous de ses moyens, voilà tout. La grosse Cadillac, les chaussures avec des semelles comme des oreillers, la belle villa à Marseille dans un jardin plein de roses, les beaux cadeaux aux enfants…

Sa fille, Janine, jolie blonde à la taille flexible, rêve d'une Simca sport ? Avec un grand coup de charme à papa et la promesse de ne pas conduire trop vite, elle l'aura. Et Franck, son fils, aura sa pharmacie.

Franck a les gestes de son père et le don de l'imitation. Mais il ne sera pas acteur. La succession serait trop lourde, dit Fernandel. Il le dit tout bonnement, comme il le pense.

Et puis, il sait trop bien, lui, que pour réussir dans ce métier il faut un petit miracle plus difficile à décrocher que le certificat d'études, qu'il eut pourtant du mal à passer.

Toute la famille Contandin est montée sur les planches. Son père, employé de banque et acteur amateur sous le nom de Sined, anagramme de son prénom Denis. Ses deux frères, l'aîné Marcel et le cadet Francis, qui ont gardé le pseudonyme paternel. Qu'ont-ils de moins ? Quelques dents ? Même pas. Ils ont tous fait la même chose. À douze ans, placés dans une banque, vingt-cinq francs par mois. Et, le soir, chantant sur quelque petite scène de caf'conc'. Marc Sined, Fernand Sined, Fransined...

En cinq ans, Fernand est mis quatorze fois à la porte, il change quatorze fois de place. Mais le soir, en comique troupier, il a ses petits succès.

Il a dix-sept ans et il est employé à la Banque italo-française lorsqu'on lui propose douze cents francs de cachet pour aller chanter quatre jours à Toulon. Il demande quatre jours de congé : refus. Il donne sa démission : refusée. Et on le menace d'un constat d'huissier s'il s'absente. Alors il reste. Mais, ce jour-là, les clients de la Banque sont étrangement reçus. Un jeune gratte-papier leur tape sur le ventre, leur conseille d'aller placer leur argent ailleurs, jongle avec les billets de banque, tire la barbe du chef de service. Deux heures après, il est renvoyé. C'est la quinzième fois.

À dix-sept ans comme à quarante-neuf, il a confiance en lui. Et c'est pourquoi il ose faire la cour à la sœur de son meilleur ami, Jean Manse, qui est devenu depuis l'auteur de ses chansons.

— Ah ! là là !... Fernand et elle ! s'exclame dix fois par jour Mme Manse.

Fernand et elle ? Ainsi naît Fernand...el.

Ses premiers pas à Paris, il les fait en lever de rideau, à l'essai, sur la scène de Bobino. Le lendemain, il signe un contrat de dix-neuf semaines à cinq cents francs par jour pour le concert Mayol.

À treize ans, il a eu pour partenaire dans une revue d'enfants une petite fille qui s'appelait Renée Vittoré. Elle est devenue Renée Saint-Cyr.

À vingt-cinq ans, il tourne un sketch, *La Fine Combine*, avec une jeune fille que l'on appelle Cora Lynn. Elle est devenue Edwige Feuillère.

Dans les milieux professionnels, on commence à parler de ce garçon qui est si drôle... Deux producteurs de films associés, Braunberger et Richebé, prennent une option sur lui, lui font tourner quelques petits rôles. Et puis, au moment de lever l'option, de signer le contrat par lequel ils s'assureraient l'exclusivité de Fernandel pendant plusieurs années à une somme dérisoire, ils hésitent... et renoncent.

Quelques années plus tard, quand il tourne *Les Gaîtés de l'escadron* pour la société Pathé-Natan le même incident se reproduit. Option... Contrat... Hésitations... On le laisse encore une fois échapper. Ce lingot ambulant, aucun sourcier ne le décèle.

Personne ne sait, pas même lui, combien de films il a tourné : quatre-vingt-dix... quatre-vingt-quinze... Il reçoit plus de courrier qu'un jeune premier, et sa foudroyante réussite lui vaut parfois ce genre de lettres :

« Pourriez-vous m'indiquer un studio pas trop loin pour que mon fils puisse rentrer le soir à la maison ? » lui écrit un boulanger de Béziers qui a décidé de faire du « petit » un acteur. « Et pourriez-vous me dire si la première année on est nourri et blanchi ? »

D'autres, des milliers d'autres correspondants lui expriment simplement leur reconnaissance : grâce à lui, ils ont ri. Et Charlie Chaplin a daigné lui faire savoir qu'il l'admirait. Et Jean Renoir est allé voir *Ignace* deux fois.

Ah ! qu'il est donc heureux Fernandel !... Il n'a pas cessé d'aimer sa femme qui le lui rend bien, ses filles n'ont pas fait de bêtises et l'aînée s'est éprise d'un gentil garçon de Marseille qu'elle a épousé, son fils a de bonnes notes au lycée, ses voitures démarrent le matin même lorsqu'il fait froid, la bonne cuisine provençale ne lui fait pas mal au foie, il gagne plus d'argent qu'il n'en dépense, son briquet s'allume du premier coup, il peut parler de Raimu en disant :

— Ce pauvre Jules !... Hein, croyez-vous, quelle perte !...

Alors, on peut toujours ratiociner à son sujet, le caricaturer, lui réclamer ses dents pour en faire des touches de piano, bouder ses films militaires...

Il s'en moque à un point que vous ne pouvez pas même imaginer.

Il se regarde dans la glace, et, tout doucement, il se fait rire.

EDWIGE FEUILLÈRE

Si Edwige Feuillère pouvait demeurer en scène vingt-quatre heures sur vingt-quatre, peut-être serait-elle un être heureux. Seulement, lorsque les applaudissements meurent, lorsque le rideau tombe, lorsque les lumières s'éteignent, elle se retrouve en face d'une femme avec laquelle elle vit en perpétuelle discussion : une certaine Edwige Feuillère.

La première rentre, triomphante, dans la loge rouge de fleurs. La seconde ricane en lui disant : « Tu as mauvaise mine. » La première voudrait rire, s'enivrer de sa gloire et du trouble qu'elle fait naître dans le cœur de ce jeune homme, de cette femme qui la regardent.

La seconde dit : « Attention !... Tu vas avoir la migraine. Attention ! qui sont ces gens ? Que te veulent-ils ?... Es-tu certaine qu'ils t'admirent ? Et s'ils se moquaient ? Et s'ils allaient prendre de toi une mauvaise photographie ?...

— Je suis belle, répond la première. Je suis une

belle actrice blonde et mince. Je suis aimable et aimée.

— Belle ? N'exagérons rien, reprend la seconde. Ton nez, pense à ton nez. Blonde ? Pas à moi ! Tu es née brune. Mince ? Tu es née potelée. Aimée ?... Trop ou pas assez. Jamais exactement comme on voudrait. »

Ainsi Edwige Feuillère tourmente Edwige Feuillère jusqu'à ce que la chaleur d'une salle tendue vers elle la délivre pour trois heures de ce double insolent.

Ainsi sent-on toujours rôder autour d'elle une immobile et vigilante présence qui contrôle ses paroles, qui commande à ses gestes, qui retient ses élans, qui brise ceux des autres.

Elle est là, mollement étendue, dit de sa voix flexible de jolies phrases bien balancées en une langue admirablement pure ; elle renverse un peu sa belle tête lasse, elle est toute proche. Mais de cette grande peur qui la tenaille, peur d'être ridicule, peur d'être faible, peur d'être elle-même, elle a forgé une épée derrière laquelle elle se garde.

Elle ne déteste peut-être pas qu'on tente de la lui arracher. Des hommes, des femmes l'ont, pour un temps très court, désarmée, rendue humble, timide, passionnée. Alors, follement, ils ont cru qu'ils l'avaient gagnée. Mais, pendant qu'ils tournaient la tête, elle a ramassé l'épée.

Au cours d'une prise de vues d'un film réalisé en Italie, il y a quinze ans, l'auteur de son film, qui passait pourtant pour ne point aimer les femmes, s'est follement épris d'elle.

On les a vus se promenant en fiacre dans Rome baignée de lune, et puis, quelques jours après, le garçon s'est tiré une balle dans le cœur. Non, il n'est pas mort.

Quand elle est entrée à la Comédie-Française, en 1931, à vingt-quatre ans, après avoir décroché un premier prix de comédie au Conservatoire, on chuchotait qu'elle était laide. Un jeune comédien, Pierre Feuillère, la trouva belle, le lui dit, l'épousa. C'est son nom qu'elle a rendu célèbre. Lui demeura obscur. Ils étaient séparés depuis de longues années lorsque Pierre Feuillère se suicida, il y a cinq ans.

On prédisait son mariage, en 1939, avec un jeune producteur de films, lorsque la guerre éclata. Il était israélite et quitta la France clandestinement pendant l'Occupation. Autour d'eux, on crut un instant qu'elle abandonnerait tout pour le suivre. Mais elle a ramassé l'épée... Elle est restée. Et si elle a beaucoup pleuré, personne ne l'a vu. Elle est seulement devenue un peu plus distante, elle a serré plus étroitement sa cuirasse. Cette éternelle émigrante demeure toujours en fuite devant le grand péril : s'attacher, se soumettre. Et, comme ces malades qui voyagent avec l'espoir vain de laisser leur mal derrière eux, elle change d'horizon et d'amour avec l'espoir vain de se fuir. Elle arrache les souvenirs, brûle les lettres, déchire les photos. Pendant des années, elle a eu la manie de déménager. Maintenant, elle vit, seule, dans un appartement aux grandes pièces luxueuses, solennelles, entre une fidèle camériste,

Marie, et un chat noir. Le Champ-de-Mars lui offre ses arbres.

Aucune femme ne donne plus cruellement l'impression d'avoir moralement froid, froid jusqu'au fond du cœur.

Peut-être lui manque-t-il l'enfant qu'elle regrette si amèrement de ne pas avoir. Celui auquel elle pourrait enfin donner sans jamais reprendre.

Parce qu'un enfant, ça ne se fait pas avec de subtils raisonnements ! Ce n'est pas dans la tête — fût-elle la plus intelligente, la plus civilisée — qu'un enfant bouge, vous déchire ou vous émeut, mais dans ces entrailles sales et chaudes dont on essaye en vain d'entendre parfois le cri lorsqu'on tend l'oreille pour percevoir la voix intérieure d'Edwige Feuillère. Peut-être d'autres l'ont-ils entendu et n'ai-je pas l'oreille assez fine.

Professionnellement, Edwige Feuillère a pleinement atteint le but qu'elle s'est fixé depuis toujours.

— Qu'est-ce que tu feras, Vigette, quand tu seras grande ?

— Du théâtre.

Et M. Cunati, entrepreneur de travaux publics, à Dijon, murmurait :

— Ma fille est folle.

— Edwige, vous ne ferez jamais rien, déclarait le professeur d'algèbre du lycée de Dijon à l'effrontée qui répondait :

— Oh ! si, mademoiselle, je ferai du théâtre.

Lorsqu'elle vint habiter à Paris, à l'Union chrétienne des jeunes filles, elle provoqua une douce hilarité chez ses compagnes en répétant :

— Je viens faire du théâtre.

Elle en fait. Conservatoire (où elle est admise aussi dans la classe de chant), figuration, petites femmes plus ou moins nues, dans petits et grands films. Sous le nom de Cora Lynn, anagramme de son deuxième prénom, Caroline, elle est une des cocottes de *Mam'zelle Nitouche*, une des reines du *Roi Pausole*.

— Mes camarades m'aimaient bien, vous savez ? dit-elle, comme s'il était étonnant qu'on l'aimât.

Un jour de concours, elle se sent si pauvrement vêtue dans son chandail et sa jupe plissée qu'une camarade de l'Odéon, Germaine Delba, lui propose de lui trouver mieux. Edwige Cunati vient dans sa loge, essaye une robe, deux robes, rien ne va. Pendue à un cintre, il y a la tenue idéale. C'est le costume qu'une autre pensionnaire de l'Odéon porte en scène.

— Tant pis, dit Germaine Delba. Prends-la et tu la rapporteras vite, après le concours.

Elles avaient pensé à tout. Sauf à la présence du directeur de l'Odéon, Paul Abram, dans le jury. Quand il reconnut « sa » robe, il y eut un beau scandale. Les deux jeunes comédiennes faillirent y laisser leur carrière officielle.

Depuis qu'elle a quitté le Français, en 1933, on l'a vue dans cinquante-huit films. Lentement, elle est passée de la vamp du *Roi Pausole*, des mauvaises comédies de la Paramount, des rôles où l'on montrait beaucoup ses seins à ceux où elle ne montre qu'un profil, le bon.

Elle est devenue la grande dame de l'écran, qui lui a donné l'argent, la renommée, la gloire, ce deuil éclatant de bonheur.

Mais elle demande davantage. Elle ne veut pas être une vedette : elle veut être une grande actrice, une actrice de théâtre, l'interprète de Giraudoux, de Paul Claudel, l'actrice au sens noble du terme.

Étrange femme à la fois si sûre — et à juste titre — de son talent, de son intelligence rapide, de son goût, de sa culture et si inquiète en même temps... Affolée, comme Greta Garbo, lorsqu'on la reconnaît dans la rue, renonçant au secret plaisir des promenades solitaires par crainte du passant indiscret qu'elle pourrait décevoir, fuyant la foule, toujours consciente d'elle-même et de la moindre de ses imperfections.

Si brillante et si lasse en même temps, harcelée de migraines, à la merci de violentes colères et de longs découragements, mais jamais à la merci d'une confidence.

Dans le travail, dans la vie, toujours en représentations, jouant avec le même talent que sur une scène le rôle de « la grande actrice-qui-sait-être-simple-et-charmante ».

Un rôle qui lui pèse probablement puisque chaque été elle s'échappe : elle part, loin, là où personne ne la connaît. Ses dernières vacances, elle les a passées en Norvège, chez des amis pour lesquels elle est simplement une jeune femme française et oisive, à laquelle personne ne songe à parler de théâtre, que personne ne songe à photographier. Elle va à la pêche, elle fait du canoë, elle joue à son jeu préféré : imaginer. Dès qu'elle conduit, elle rencontre un réverbère. Alors, elle y a renoncé. Elle prend des taxis, des voitures de louage. Quand la nuit la protège enfin, elle marche.

Elle sait rire aussi et aime à monter des blagues. Un de ses bons amis se trouvait un jour dans une maison où l'on parlait d'elle. Il fit quelques remarques admiratives.

— Vous aimeriez la connaître ? C'est facile, dit la maîtresse de maison, assez satisfaite de montrer qu'elle avait une vedette dans ses relations. Je la connais très bien, nous allons organiser un dîner...

Le soir du dîner, Edwige Feuillère, d'accord avec son partenaire, feignit de le rencontrer là pour la première fois.

D'abord très cérémonieux, ils deviennent de plus en plus familiers sous l'œil attendri et passionné de la maîtresse de maison qui eut tout de même un choc lorsque, à minuit, elle entendit Edwige Feuillère, la réservée, dire au monsieur :

— Alors, tu me raccompagnes ?...

Elle n'en est pas encore remise.

Dans sa loge, les fleurs amoncelées témoignent du nombre et de la qualité de ses admirateurs. Mais, exception faite de quelques amis très chers, un barrage féroce la garde de toute intrusion.

On ne dérange pas « Mlle Feuillère. » Le régisseur et Berthe l'habilleuse se feraient plutôt tuer sur place. Tous les jours, ils sont là par dizaines ceux qui prétendent avoir rendez-vous, la connaître depuis le lycée ou depuis le Conservatoire.

Mais, chaque fois qu'on frappe à la porte, on sent que ses nerfs se déchirent, que chaque bruit l'exaspère, qu'elle voudrait disparaître au fond d'un trou noir, s'y enfoncer, fermer les yeux, mourir un peu.

Tout à l'heure, elle va entrer en scène, arrogante, superbe. Au premier rang, une femme va ajuster ses jumelles et murmurer : « Quel âge peut-elle bien avoir ?... »

Pendant une seconde, Edwige Feuillère la sentira, la haïra, et puis, de cette salle pleine, montera vers elle la ferveur du public qui attend son plaisir. Et, tressaillante de joie, cessant enfin de se poser des questions, se déposant enfin au bord de son rôle, Edwige Feuillère délivrée se donnera pendant trois heures.

PIERRE FRESNAY

Non, on ne devrait pas avoir le droit d'être parfait à ce point-là ! C'est décourageant, vous comprenez ? Décourageant pour l'acteur qui se dit : « Je ne serai jamais Fresnay... » Décourageant pour celui qui croit être probe, qui croit être courageux, qui croit être courtois, qui croit être exact, qui croit être exigeant pour lui-même et indulgent envers les autres, c'est décourageant puisque ce petit homme est tout cela un peu plus que qui que ce soit.

Quand j'ai appris, il y a trois ans, que Pierre Fresnay souffrait d'une jaunisse, j'ai eu — et d'autres avec moi — une curieuse impression de soulagement. Ainsi, il était lui aussi fait d'une humaine et méprisable matière, ainsi il devenait pensable que Fresnay se lave les dents, se coupe en se rasant, perde ses lunettes et ne maîtrise pas rigoureusement tout ce que vous et moi maîtrisons si imparfaitement. Ouf !

À vrai dire, je m'en doutais un peu depuis le jour lointain où j'avais regardé ses mains. Ne cherchez pas dans vos souvenirs, vous ne les avez jamais vraiment vues. Il possède l'art — encore un — de les escamoter, comme s'il savait qu'elles parlent plus en une minute que lui en dix ans. Et l'irrite tout ce qui peut aider à fracturer le coffre-fort où il se garde. Parler de lui, c'est déjà se sentir coupable d'un cambriolage.

Or, cet homme qui réunit toutes les distinctions, celle du cœur, celle du corps et celle de l'esprit, a des mains courtes, larges, aux pouces presque spatulés. Des mains brutales faites pour fracasser, pour tordre, pour écraser, comme si tout ce qu'il domine en lui d'impétueux se réfugiait là.

Mais j'aurais dû commencer par vous dire que Pierre Fresnay est protestant. Doublement protestant puisqu'il est aussi Alsacien, qu'il y eut plusieurs pasteurs Laudenbach — c'est son nom — et que, pour ce fils de professeur de philosophie, des mots tels que honneur, devoir, ont plus de sens que pour d'autres le pain et la vie.

Là où sa conscience impitoyable le mène, il va, tout droit, indifférent aux critiques comme aux louanges. Et l'admirable est qu'en outre il n'exige aucune réciprocité. On l'imagine aisément rendant à un voleur le bijou dérobé qui tombe de sa poche. « Volez, monsieur, moi je me baisse, je ramasse et vous restitue ce que vous venez de perdre parce que c'est pour moi une intime nécessité. Où prendrais-je le droit de vous blâmer si vos nécessités sont autres ? »

On peut penser ce qu'un tel homme eut à souffrir lorsqu'en 1932 il divorça d'une femme remarquable et éperdument éprise de lui, Berthe Bovy, parce que en jouant *Frans Hals* avec Sacha Guitry, il avait rencontré Yvonne Printemps.

Tout contribua à le torturer : la douleur imméritée qu'il provoquait, le scandale, les phares de la curiosité publique brusquement braqués sur lui. Il envisagea fort sérieusement de se suicider. À vingt ans, il l'eût fait peut-être. Mais à trente-cinq ans, un homme sain et amoureux à en perdre le souffle ne renonce pas à vivre.

Il vécut donc, le plus dignement possible, ce déchirement sur lequel il allait construire sa vie, fit le vœu de ne paraître désormais en scène qu'avec Yvonne Printemps et de ne jamais interpréter la moindre scène d'amour avec une autre partenaire. Il a aujourd'hui cinquante-cinq ans et n'a jamais failli à cet engagement. À celui-là non plus.

Quelques années plus tôt, alors qu'il était encore sociétaire du Français, quelques jeunes et charmantes personnes vinrent l'attendre à la sortie des artistes et le supplièrent, en l'appelant Pierrot (Pierrot !), de leur accorder quelques instants. Il les accompagna en face, au café de Rohan. Et savez-vous ce qu'il leur fit ? De la morale. Après quoi, il consentit tout de même à se laisser baiser au front.

Ceux qui ont vu Fresnay au Français affirment qu'il y fut un inoubliable interprète de Musset. Lui-même avoue que, dans toute sa carrière d'acteur, il n'a jamais perdu conscience de lui-même en scène, sauf une fois dans le rôle de Fantasio.

Il quitta la Comédie-Française avec éclat en 1927 : il y était entré dix ans plus tôt, jeune acteur prodige, suivant d'ailleurs les traces de son oncle Claude Gary, également sociétaire de la vieille maison. À seize ans, il jouait *L'Aigrette* avec Réjane sous le nom de Pierre Vernet, menait de front le Conservatoire et ses études, et entrait au Français à dix-sept ans. 1915, dix-huit ans, il tourne le premier de ses quarante films : *France d'abord*...

Puis il s'en va la défendre, la France, après avoir épousé une camarade de l'Odéon, Rachel Berendt, dont il divorce lorsqu'il est démobilisé.

J'ai connu Pierre Fresnay à l'époque où, entre deux prises de vues de *Fanny*, il courait... pardon, il marchait vivement, mais de façon à ne pas se faire remarquer, jusqu'au téléphone pour appeler dix fois par jour Yvonne Printemps.

Quelques années plus tôt, il avait déclaré au *Figaro* : (Ah ! comme on a toujours tort de déclarer quoi que ce soit !)

« Le cinéma parlant est un monstre non viable, la combinaison absurde de deux moyens d'expression antinomiques et vouée à un échec rapidement évident. Le directeur de théâtre qui a permis à ses administrés de jouer pour le cinéma parlant fait preuve d'une déplorable méconnaissance de la vraie nature de notre art. Je me sens incapable de simuler des sentiments devant une mécanique. Ce regard mort de l'objectif me glace. »

Il faut bien dire que cela se voyait un peu. Plus tard, en tournant *Sous les yeux d'Occident*, il fallait encore dissimuler derrière un portant le metteur au point, tant Fresnay se sentait mal à l'aise sous le regard indifférent des opérateurs.

C'est dans *La Grande Illusion* qu'il se trouva pour la première fois, je pense, en pleine possession de ses moyens au cinéma. Ce fut peut-être grâce au rayonnement du réalisateur Jean Renoir. Sa première rencontre avec Gabin dans la cour de la caserne de Colmar fut mémorable. Gabin, bon enfant, tutoyant tout le monde, tout auréolé de son célèbre *Pépé le Moko*, se mit soudain à balbutier devant ce petit homme sec et infiniment courtois qui l'appelait : « Monsieur Gabin. »

— Tu comprends, disait Gabin, c'est un grand type... Mais en face de lui tu as toujours l'impression de te tromper de fourchette.

En face de lui, nous n'y étions pas souvent. En trois mois de prises de vues à travers l'Alsace, Pierre Fresnay, qu'accompagnait Yvonne Printemps, ne prit pas une seule fois un repas avec la troupe du film.

Sans affectation, d'ailleurs, et sans jamais se départir de son exquise politesse, il fut, jusqu'aux ongles, le capitaine de Boieldieu.

Yvonne Printemps le torturait déjà de ses moqueries (Oh ! elle, il ne l'impressionne pas !) parce qu'il redoutait de grossir et mangeait à peine, qu'il résistait aux bons vins qu'il aime pourtant. Tandis qu'elle peut engloutir des spaghetti à tous les repas sans que ses cinquante-quatre centimètres de tour de taille varient. Parce que ce mari de rossignol est résolument fermé à la musique. Ça ne le dérange pas, non, c'est un bruit... comme les autres. Il le supporte, mais cet immense acteur n'a jamais pu apprendre à danser, même correctement. Les quelques tours de *Trois Valses* furent héroïques.

Elle, vive, joyeuse, éternellement puérile, spirituelle — et en langue verte —, semant ses bijoux opulents, cherchant ses deux petites chiennes, le harcelant, le rabrouant, s'énervant lorsque, avec sa scrupuleuse rigueur, il s'interdit d'abandonner le manuscrit de la pièce la plus médiocre avant de l'avoir lue jusqu'au bout, criant :

— Assez ! Ce n'est pas votre métier de découvrir les jeunes auteurs… Montez donc des succès sûrs… Alors, vous êtes dans la lune ?

Lui, imperturbable, supportant crises de nerfs et sarcasmes en disant :

— Excellent antidote contre la vanité.

Dur parfois et l'arrêtant d'un : « Voyons Mourey… »

Un jour qu'elle allait sortir avec un peu trop de perles et de diamants, un peu trop de chapeau, un peu trop de fourrure et tenant encore un boa à la main, il eut un de ses terribles regards.

— Il ne faut pas prendre le boa ? demanda-t-elle.

— Si, répondit Fresnay glacial, si c'est pour un déménagement.

Ils ne vivent ensemble que pour le théâtre, ce théâtre de la Michodière auquel il sacrifie tous les millions que lui apporte le cinéma.

Il refuserait de tels millions d'ailleurs s'ils ne l'aidaient à servir le théâtre, considérant que les cachets de vedettes sont indécents.

— Ça ne vaut pas ça, dit-il, personne ne vaut ça.

Mais il y a le théâtre, ce théâtre dans lequel il se fond avec cette intelligence sans folie qui le préserve de toute esthétique, de tous préjugés, le théâtre auquel cet homme capable de secrètes effusions profondes livre enfin son cœur brûlant.

Il n'y a pas un comédien, pas un auteur qui ne professe pour Fresnay plus que de l'admiration : de la vénération.

— Si j'ai un jour des difficultés en jouant une pièce, dit François Périer, si je sens que ça ne va pas, je téléphonerai à Fresnay. Et je sais qu'avec lui tout s'éclairera…

Cette vénération pour le comédien est inséparable du respect que l'homme inspire. Un écrivain maudit, Maurice Sachs, qui confessa dans *Le Sabbat* ses vices et ses fautes, dit à propos de sa rencontre avec Fresnay : « Il me semblait n'avoir connu jusqu'alors que des hommes qui fussent moins malhonnêtes que d'autres. » Et il fait allusion aux plus honnêtes : à Gide, à Maritain, puis ajoute : « Mais l'homme incapable d'un mensonge de politesse ou d'amitié, d'un calcul, d'un compromis, d'une démarche utile, d'une hypocrisie infime, de la moindre vantardise, je ne l'avais pas croisé. Je me disais : sur ce chapitre nul n'est parfait, je ne suis qu'un peu plus mal que d'autres. Lorsque j'eus vu Pierre Fresnay quelquefois : "Ah ! me dis-je, voici un homme entier. C'en est fait, j'ai compris, il me faudra devenir honnête." »

Lorsque Jean Anouilh traversa une crise où il était persuadé qu'il allait mourir brusquement écrasé dans la rue, il rédigea son testament en faveur de Fresnay. Puget, Sauvajon, Clouzot n'oublieront jamais ce qu'ils doivent à Fresnay d'encouragements efficaces, d'amitié délicate.

Tous les jours, il lit quatre, cinq manuscrits, il écoute de jeunes acteurs. Jamais il ne sort et il est probablement le seul comédien du monde qui déteste profondément qu'on lui demande des autographes.

Un, deux, passe encore... Au quatrième, il se met en colère.

Si son nom n'était un gage indispensable pour attirer le public en son théâtre, il l'effacerait, il se plongerait dans l'anonymat pour ne plus être que M. Vincent, Offenbach ou Boieldieu : jamais Pierre Fresnay. Pur de toute humaine vanité, il est l'expression la plus dramatique de l'orgueil qu'aucun cilice ne suffit à briser.

Dans la villa qu'il a fait construire à Neuilly sur ses propres plans, il vit reclus, recevant une fois, deux fois par an, mais alors avec une charmante cordialité. Il n'en sort que pour aller au studio ou au théâtre, dans la voiture anglaise qu'il a achetée avec le prix de mille livres que l'Angleterre lui décerna pour *Monsieur Vincent.*

Le matin, de ses mains fortes, il bêche, il creuse la terre de son jardin, il retourne le carré de pommes de terre avec une passion concentrée. Sa maison, il l'a conçue pour deux. L'immense living-room ivoire, classiquement beau, la chambre d'Yvonne Printemps, la salle de bains somptueuse en enfilade et donnant sur le jardin où s'avance une terrasse de marbre blanc.

À l'étage, les chambres de bonnes et une sorte de petite cellule où il dort souvent.

Je pense que rien ne saurait lui être plus désagréable que ces lignes puisqu'elles tentent de vous éclairer sur l'homme secret et inestimable qu'est encore Pierre Fresnay quand on lui enlève les cent masques de l'acteur.

PIERRE GAXOTTE

Un historien qui va voir les collections de Christian Dior, qui tutoie les danseuses et vous dit : « Louis XIV ? C'est lui qui m'a payé ma salle de bains... », vous reconnaîtrez avec moi que ce n'est pas un historien comme les autres.

Pierre Gaxotte sait tout. Mais il est unique dans l'art de le faire oublier parce que sa science est toute vivante, toute chaude et gaie comme lui, pailletée d'esprit comme lui.

Son *Histoire des Français*, j'espère que vous l'avez lue : c'est celle de votre famille, de votre rue, de votre métier. On y fait brusquement connaissance avec la France et c'est émouvant comme de retrouver une photo de jeune fille de sa mère, c'est passionnant comme de l'Alexandre Dumas, c'est renseigné comme un dictionnaire.

Un vieil historien, qui fut son professeur, a écrit à Pierre Gaxotte, après avoir terminé son livre : « J'ai commencé par les périodes que je connais bien. Là, j'ai découvert que vous savez vraiment de quoi vous parlez. Alors j'ai lu le reste... »

Du temps que Pierre Gaxotte était directeur littéraire du magazine féminin *Elle*, une collaboratrice du journal, stupéfaite d'apprendre que cet élégant petit monsieur soigné comme un chat, dispensateur de fruits confits, grand lecteur de romans policiers, posant un baiser sur la joue de sa secrétaire et discutant joyeusement broderie anglaise, était aussi l'auteur respecté de quelques gros livres et de milliers d'articles politiques, s'écria :

— Mais pourtant, Pierre Gaxotte, c'est un amour !

Il offre ce spectacle rare d'un homme qui a su maîtriser sa science au lieu d'être maîtrisé par elle. Il va, léger, ironique, impitoyable aux imbéciles, aux lourds, aux pédants, aux solennels, n'autorisant jamais le professeur qu'il fut à montrer sa profondeur, plus vain de son foie gras que de son *Louis XV*.

Il a été cacique (c'est-à-dire premier) d'agrégation en histoire et en géographie. Mais quand il présenta son concours, un examinateur bougonna :

— Celui-là, il fera un jour des conférences aux *Annales* !

Suprême expression du mépris pour ce jeune homme trop brillant montrant déjà à vingt-deux ans qu'il ne tiendrait pas l'histoire pour un musée accessible seulement à quelques élus.

On représenta à l'examinateur psychologue, mais hostile, que le jury n'était pas réuni pour juger de l'avenir, mais du présent. Pendant que ces messieurs délibéraient, Pierre Gaxotte, angoissé, passait deux heures à se promener aux Tuileries à se représenter, dit-il, « les conséquences calamiteuses d'un échec ». Quand il rentra rue d'Ulm, couronné, il fut accueilli avec les cris que les élèves de l'École normale réservent à chaque « cacique ». C'est un autre cacique devenu célèbre à des titres tout différents qui menait la ronde : il s'appelait Marcel Déat.

Pierre Gaxotte fut externe. Il trouvait l'École trop sale. On est Lorrain ou on ne l'est pas. Il l'est profondément et se souvient que tous les repas auxquels il assista dans son enfance se terminaient par un : « Encore un que les Prussiens n'auront pas ! »

Mais il était pauvre. La guerre avait détruit l'étude de maître Gaxotte, notaire dans un village de l'Est où les habitants eurent d'autres soucis, vers 1915, que d'enrichir leur notaire.

Quand il était interne au lycée de Bar-le-Duc, son père lui donnait le dimanche soir une pièce de deux francs et lui disait : « Voilà pour ton voyage et pour ta semaine. Tâche de ne pas dépenser ton argent trop bêtement. »

Il avoue qu'une fois étudiant boursier à Paris, il eut, à chacun des examens qu'il lui fallut subir, le sentiment de risquer son avenir. Mais l'École était néanmoins trop sale pour qu'il y habitât de bon gré. Muni d'un maigre viatique, il attendit impatiemment la ratification officielle de sa qualité d'externe et la petite mensualité qui l'accompagnerait jusqu'au jour où, fou de rage, il fit irruption dans le bureau d'un fonctionnaire de l'Instruction publique pour demander en termes vifs si l'on se moquait de lui.

Le fonctionnaire, paisible et hilare, lui répondit qu'il aurait désormais à s'habituer aux lenteurs de l'administration, puis il se remit à écrire des vers : c'était Pierre Benoit.

Les relations de Gaxotte avec l'administration sont restées fantaisistes. Professeur agrégé, il a demandé un poste en 1919 : il attend encore la réponse.

Il avait fait un remplacement d'un an au lycée d'Évreux. Quand il entra dans sa classe, à la rentrée d'octobre, il trouva un autre professeur à sa place : on avait oublié de le prévenir que le poste étant repris par un ancien titulaire, il devait postuler ailleurs.

Il commença alors à avoir de sérieux doutes sur la grandeur de cette institution à laquelle il avait désiré si vivement appartenir. Ces doutes furent soigneusement entretenus par le fameux éditeur Arthème Fayard, relation de son père, qui avait été son correspondant pendant ses années d'études.

— Ces gens-là ne sont pas sérieux, lui disait Fayard. Venez donc travailler avec moi.

Fayard avait de grands projets : il voulait fonder un journal d'une formule neuve. Il envoya le jeune homme à Charles Maurras, pour qu'au sein de *L'Action française* il se familiarisât avec la routine matérielle du journalisme.

Puis il lui dit : « Vous ne savez rien, c'est admirable. Si vous saviez quelque chose, vous auriez des idées et vous m'empêcheriez de réaliser les miennes. Vous êtes l'homme qu'il me faut : nous allons faire *Candide.* »

Ainsi naquit le célèbre hebdomadaire d'avant-guerre dont Pierre Gaxotte fut pendant quinze ans le rédacteur en chef. Plus tard, Fayard fonda également *Je suis partout* et *Ric et Rac.* Pierre Gaxotte a été l'âme de ces journaux, du temps qu'ils en avaient une.

De son vieux maître Charles Maurras qui vécut si longtemps dans la prison de la surdité avant d'être enfermé dans celles de l'État, il répugne à parler aujourd'hui. Parce qu'il l'a vénéré, mais qu'il fut le seul de ses disciples à refuser en 1940 la collaboration franco-allemande.

Beaucoup de ses sentiments profonds auraient pu l'y pousser. Mais jamais chez lui les passions n'aveuglèrent l'intelligence, jamais les jeux empoisonnés de l'esprit ne lui permirent de tricher avec le sang des paysans lorrains qui coule dans les veines de ses poignets fins.

Replié à Clermont-Ferrand pendant l'Occupation, il continua à diriger un *Candide* aussi agressif que possible jusqu'au jour où la verve frondeuse de ses « billets » provoqua l'indignation des censeurs de Vichy. On le somma de changer de ton ou d'abandonner. Il abandonna et ne dirigea plus que *Ric et Rac,* journal étonnant pour lequel la guerre n'existait pas. Pendant qu'on se battait à

Stalingrad, *Ric et Rac* entretenait ses lecteurs de la forme des crinolines sous le Second Empire.

Pendant ce temps, à Paris, *Je suis partout*, que les Fayard avaient vendu avant la guerre, insultait Pierre Gaxotte : ses amis, ses anciens collaborateurs signalaient à la vindicte publique Gaxotte le traître, le renégat, le vendu aux ploutodémocrates enjuivés !

Et lui, trottinant dans les rues de Clermont-Ferrand, cachait sous sa souriante désinvolture qu'il avait mal pour eux.

Des hommes de Vichy, il disait simplement : « Ils sont trop bêtes. »

Le drame des intellectuels fascinés par l'Allemagne nazie, le drame de Maurras persuadé que ses lecteurs, se souvenant de tel article écrit cinq ans plus tôt, sauraient déceler de subtiles allusions dans ses éditoriaux, le drame de ces érudits discutant avec pertinence les fautes commises par les maîtres de la Grèce quatre siècles avant Jésus-Christ, mais sourds et aveugles devant l'histoire quotidienne de leur temps, Pierre Gaxotte ne peut pas y être demeuré indifférent.

Mais il refuse le débat sur ce point. S'il est sans haine et sans rancune, ce n'est pas par bonté, c'est par hauteur. Il est passé pourtant tout près du camp de concentration. Signalé aux Allemands, averti qu'il figurait sur la liste noire des intellectuels qui seraient arrêtés le jour du débarquement, il s'était réfugié dans une étrange pension de famille de la région où se cachaient également le directeur de l'ABC, Mitty Goldin, et sa femme.

Mais il avait négligé de mettre en règle ses titres de ravitaillement. Il revint donc passer une journée à Clermont, dans ce but. Aux bureaux de *Ric et Rac*, les hommes de la Gestapo l'attendaient. Il ne sait pas par quel miracle il eut l'idée de passer à son appartement avant de se rendre au journal. Pendant qu'on fouillait son bureau, ses amis réussirent à le faire prévenir. « Je suis assez content de moi, dit-il, parce que j'ai eu du sang-froid. C'est le lendemain que j'ai eu peur. »

Il était à cinquante mètres de chez lui lorsqu'il vit la trop célèbre Citroën grise s'arrêter devant sa porte. Il s'en fut tranquillement vers la gare, prit un billet, s'assit dans un wagon garé sur une voie et attendit là, quatre heures. Son train arriva au moment où les Allemands commençaient à fouiller la gare. Il y monta en se mêlant à la foule des voyageurs ; ils étaient si nombreux que le train repartit avant que les vérifications d'identité fussent arrivées jusqu'à lui. La milice pilla son appartement, mais le début du manuscrit qui allait devenir l'*Histoire des Français* fut sauvé par son plus intime ami, Jean Fazil, auquel le livre est dédié.

Ses ennemis d'alors auraient peut-être appris avec satisfaction, pour s'en servir contre lui, l'histoire de son grand-père maternel. Quand le cher homme mourut, sa veuve constata avec surprise que, le jour de l'enterrement, un certain nombre de ses amis étaient restés hors de l'église pendant le service religieux. Un peu plus tard, en fouillant dans ses affaires, elle découvrit une truelle, un marteau et d'abondants flots de rubans : le grand-père était franc-maçon, et de haut grade. Elle fit de tout cela un joli paquet et, dans l'innocence de son âme, l'expédia à son petit-fils en lui recommandant de s'en bien amuser.

Ce qu'il fit avec entrain. Et l'on vit longtemps Pierre Gaxotte jouer à la marelle ou à chat perché, revêtu de tous les insignes de « vénérable ».

La conjonction Pierre Gaxotte-Mitty Goldin est de celles qu'il faut au moins une guerre pour créer. Il en fallait une aussi pour que l'homme d'*Action française* présidât, à Clermont, un banquet en l'honneur de la Troisième République. Mais le sens de l'humour est, de tous les feux dont brille Pierre Gaxotte, le plus étincelant. C'est à sa lumière qu'il se regarde, ce qui l'engage toujours à rire de lui avant de sourire des autres, ce dont il ne se prive guère, mais avec tant de drôlerie…

La petite maison qu'il possède à Amboise manquait de confort. En montrant les aménagements nouveaux, il annonce :

— Ça vous plaît ?… Je les ai payés avec Louis XIV !

La voiture, c'est Louis XV. Marché honnête : il a réhabilité ce roi dont nous savons surtout qu'il fut libertin et dont il sait, lui, que « s'il est fort décrié dans les manuels, ses sujets n'en ont pas moins connu un exceptionnel bonheur ». Vous vous en doutiez ? Cher Louis XV, il nous manque bien.

Depuis 1928, où il publia à trente-deux ans son premier grand ouvrage : *La Révolution française* qui fut traduit en toutes langues et même en japonais, il a donné un livre tous les cinq ans où l'on retrouve toujours ce double talent du détail anecdotique et de la synthèse.

Alors les aventures humaines redeviennent sous sa plume tissées de jours et de nuits, de joies et de larmes, de chair et de sang tout en s'inscrivant à leur place dans cette grande aventure qu'est l'histoire. S'il n'avait été l'ennemi naturel des clichés, des conventions, il le serait devenu le jour où, jeune professeur chargé de prononcer un discours de distribution de prix, il se contenta de copier mot pour mot une harangue honorée du prix d'éloquence de l'Académie française.

À la fin de son discours, il s'aperçut que tout le monde était plongé dans un état intermédiaire entre le sommeil et la consternation.

Depuis, il n'a jamais endormi personne.

Dans son petit appartement douillet de la rue Froidevaux, il reçoit volontiers les amis qu'il a choisis et auxquels il offre une amitié sans défaillance en même temps qu'une table raffinée sur laquelle veille une fidèle servante. Une tradition qui remonte à trente ans le réunit toujours, pour le réveillon, au couturier Christian Dior, au compositeur Henri Sauguet. Jeunes et inconnus, ils furent ensemble de subtils et enthousiastes balletomanes. L'entrechat cinq et le brisé-volé n'ont pas plus de secrets pour lui que le ravitaillement des Croisés par les Vénitiens.

Depuis quelques mois, sa santé déficiente l'oblige à ménager ses forces, mais, au pire de ses maux, il sourit avec cet air de dire : « Je vous en prie, ne parlons pas de moi, ce détail est sans importance », il aiguise son regard et hop ! en dix secondes, il a tout vu.

— Qui vous a fait cette jolie robe ? Montrez-moi votre bague.

— Mais, Pierre, vous la connaissez depuis cinq ans !

— Je sais, mais j'aime la regarder.

Prince de l'esprit et seigneur du goût, la dent dure et le cœur tendre, Pierre Gaxotte pourrait être aussi professeur dans l'art de vivre.

JOSEPH KESSEL

Joseph Kessel a mis onze ans à écrire *Le Tour du malheur.* En 1923, il avait rédigé en trois semaines son premier roman, *L'Équipage.* Ce fut le plus grand succès de sa carrière. Ce qui l'incite à constater maintenant avec un peu de mélancolie que, depuis, il n'a probablement pas fait de progrès. Pendant ces onze années, il a fait bien d'autres choses. La guerre, en particulier. Il n'en est plus à une guerre près.

Aujourd'hui, *Le Tour du malheur* est bouclé.

Quand il l'a commencé, il ressemblait à un jeune dieu triste couronné de boucles noires. Les boucles sont grises. La grosse ride du front s'est creusée davantage. Les fentes bleues des yeux ont pâli. Il a cinquante-quatre ans et ressemble à un tigre royal fatigué.

Les tigres fatigués sont beaucoup plus forts que les jeunes hommes forts. Et, le lendemain d'une nuit de soûlographie intégrale qui donnerait la jaunisse à un grenadier, Kessel ouvre un œil où toute la détresse du monde semble s'être réfugiée, secoue sa crinière grise et déclare :

— C'est curieux, je vieillis… J'ai un tout petit peu mal à la tête…

Il avait pourtant juré de ne plus boire à partir de cinquante ans, mais ce qu'il demande à l'alcool est irremplaçable.

Quand il s'enferme pour travailler et qu'il écrit seize heures par jour, il ne mange plus, il ne boit plus, il maigrit de dix kilos à chaque livre…

Je crois bien que Jef n'a jamais vidé un verre de cognac tout seul. Pour se sentir ivre de joie ou de désespoir, il n'a nul besoin d'alcool.

Ce qu'il attend de la vodka et des voix déchirées des tziganes, c'est la chaleur qui fait fondre les barrières humaines, qui brûle les conventions.

Au bout d'une nuit de vodka avec un homme, l'amitié est scellée, ou elle ne le sera jamais. L'ivresse fait gagner trois mois.

Et la culture de l'amitié virile est à la fois le thème essentiel de son œuvre et de sa vie. C'est pourquoi il n'aime pas la compagnie des femmes, ces ombres perfides qui obscurcissent la conscience des hommes, ces êtres flous dont il conviendrait d'user le plus possible en y pensant le moins possible.

Il en a usé plus qu'aucun jeune premier. Mais, dès qu'elles sont debout, elles l'ennuient. Il est le type de l'homme qui aime mieux passer deux heures avec le camarade de régiment le plus obtus qu'avec la femme de sa vie.

Elles ont eu, cependant, pour lui, toutes les

indulgences, toutes les patiences. Aujourd'hui encore, celle dont il divorça, après des années d'une vie hachée de drames que l'on ose à peine qualifier de commune, lui a gardé toute sa tendresse. Il s'est remarié avec une jeune Irlandaise, hautaine et noble comme une romanichelle. Elle aussi souffrira.

Cette grande peur virile de se tisser des entraves a empêché aussi Kessel d'avoir des enfants. Il n'a même pas eu un chien. Il prétend d'ailleurs que, pour ceux qui écrivent, l'œuvre satisfait l'antique instinct de reproduction.

Et puis, Maurice Druon, son neveu, prix Goncourt 1949, qui lui ressemble comme le dernier-né d'une portée de petits chats ressemble au premier, a repris le flambeau. Il est véritablement son fils selon son cœur.

Arrivé au milieu de sa vie, Kessel a épuisé tout ce que le monde offre aux hommes avides et passionnés : la gloire et la cocaïne, les petites Chinoises, les belles Anglaises et l'alcool ; les combats aériens, l'héroïsme, et l'opium, le plaisir de sombrer dans toutes les ivresses et celui de savoir s'arrêter.

Alors, il a soudain marqué le pas. Il semble qu'à travers son livre, il cherche une autre vérité : celle du couple, du couple obscur et simplement heureux l'un par l'autre.

Le Tour du malheur est un suprême hommage à son père, à sa mère, qui vit encore et qu'il décrit sous les traits à peine romanesques de Sophie Dalleau.

M. Kessel était juif. Dans les terres profondes de Russie où il vivait, l'université lui était fermée. Très loin, une grande nation généreuse rayonnait : la France.

Quand M. et Mme Kessel y arrivèrent, un jour de 1890, ils savaient quarante mots de français qu'ils avaient appris dans un exemplaire déchiré des œuvres de Victor Hugo.

Quelques années plus tard, M. Kessel recevait son diplôme de médecin, à la faculté de Montpellier.

Celui qui paya ses études, le baron Hirsch, avait fondé en Argentine une colonie pour les émigrés. On avait besoin de médecins. Le docteur Kessel résolut d'y partir.

C'est ainsi que, dans une baraque de bois perdue dans les forêts d'Amérique du Sud, naquit, d'une mère et d'un père russes, un grand romancier français.

Sa première vision de la Russie, où ses parents l'emmenèrent à dix ans, c'est le défilé des déportés qui marchaient vers la Sibérie.

Sa première vision de la France, c'est un petit bois tranquille du Lot-et-Garonne. Sa première passion, ce fut le théâtre. Les trois frères Kessel étaient beaux. L'aîné, Lazare, était, en outre, génial. Sculpteur, poète, danseur, comédien-né. Quand Lazare Sibère — pseudonyme inspiré de Sibérie — concourut au Conservatoire, l'enthousiasme du jury fut tel qu'il lui décerna, fait unique, un prix d'excellence.

Jef ne vivait, lui aussi, que pour le théâtre et tout en préparant une licence de lettres, il jouait, le soir, à l'Odéon, à la Renaissance.

Quand il chercha un pseudonyme d'acteur, son père, respectueux de sa liberté, mais ironique quand même, lui conseilla de choisir Dourak… Qui signifie en russe imbécile.

Dourak devient noblement d'Hourac. Un régisseur se trompe d'orthographe. D'Hourac devient d'Hourec.

La guerre seule pouvait l'arracher au théâtre. Il était fait pour la guerre, cette affaire d'hommes. Il s'y engagea à dix-huit ans et, contrairement à la légende, ne fut jamais pilote mais observateur.

Il fait partie de ce corps de volontaires pour la Sibérie que l'on expédia en 1918 à Vladivostok via l'Amérique pour prendre les Allemands à revers. Entre-temps, l'Allemagne capitula et les jeunes Français qui se trouvaient à New York en novembre 1918 purent pleinement apprécier l'état de vainqueurs.

Ils vendirent leurs molletières par morceaux, comme souvenirs : leur souvenir à eux, ce fut une immense, une ininterrompue soûlographie avec de belles Américaines offertes aux glorieux Français.

En fait, Kessel était officier à titre étranger. Il demanda la naturalisation française, l'obtint naturellement, perdit, en même temps, ses galons, ne s'en soucia pas et se retrouva en 1938 soldat de deuxième classe avec un livret militaire où, au lieu de journaliste, on avait écrit journalier !

Résultat immédiat : il fut expédié comme pionnier à Provins dans un régiment où, faute d'uniforme, on habillait les soldats en jaquette.

Il n'imaginait pas cette guerre-là quand il termina la première, glorieux et riche de souvenirs.

Lazare, son frère, était mort et avec lui le théâtre dans le cœur de Kessel.

Il publia *L'Équipage* et devint le romancier et le reporter le plus célèbre de l'entre-deux guerres.

Il a fouillé le monde, sautant des bas-fonds de Berlin au ciel de Mermoz ; il a su, en cent lignes, hâtivement dictées de toutes les cabines téléphoniques de l'univers, restituer au lecteur qui déplie son journal le soir, dans le métro, le souffle sanglant de l'Espagne en guerre, les nuits moites de la mer Rouge.

D'Irlande, il rapporta son premier grand reportage et un roman, *Mary de Cork.*

De Montmartre, où il passait ses nuits dans des brumes dorées de champagne, il rapporta *Nuits de princes.*

Il avait le don de mêler le tricolore au caviar, de frémir devant un drapeau et de pleurer en pensant à l'âme des prostituées, il écrivait avec une encre rouge comme le sang des héros, comme la rosette de sa Légion d'honneur, comme les jupes molles des tziganes.

Il a laissé dans l'histoire de Paris le nom d'un homme qui mange les verres après les avoir bus.

Et, un jour qu'à Montmartre, il reposait le pied d'une coupe dûment avalée, un monsieur lui dit, sur un ton de reproche :

— Voyons, monsieur… Vous laissez le meilleur !…

C'était Erich Maria Remarque.

Un autre jour, à La Baule, il vit arriver à l'hôtel un charmant barbu vêtu d'alpaga qui lui dit :

— Vous ne me reconnaissez pas ?… Hier soir… au Perroquet vert… J'étais à votre droite, vous vous rappelez ? Vous m'avez tiré la barbe et vous avez dit : « Tiens, il est gentil ce vieux-là… »

— Je vous demande pardon, dit Kessel, confus. J'avais peut-être un peu bu… Je venais de finir un livre… Alors après une longue abstinence… vraiment, je m'excuse, monsieur…

— Mais, voyons, trop honoré, monsieur Kessel !… Seulement… Pourquoi ?… Pourquoi avez-vous mangé mes lunettes ?

Ces histoires sont vraies. Mais, quand on aime Kessel — et nous sommes innombrables à l'aimer — cette légende de mangeur de verre, qui accompagna son nom, est irritante comme toutes les opinions grossièrement moulues. Aussi remarquable que paraisse cet exploit, c'est tout de même le moins glorieux d'une vie généreuse.

Le colonel Rémy a raconté comment un jour, à Londres, où il était arrivé enfin après avoir franchi clandestinement les Pyrénées, Kessel vint lui dire timidement :

— Ils me proposent d'être correspondant de guerre. Je voudrais faire autre chose. Me battre, moi aussi. Je sais bien que je suis trop vieux aujourd'hui pour voler. Mais…

— J'ai ce qu'il vous faut. Et vous volerez, répondit Rémy.

Il s'agissait de l'escadrille Sussex exclusivement composée de volontaires. Le capitaine Kessel commanda une de ces équipes auxquelles Rémy n'avait pas caché qu'elles avaient une chance sur cent d'en revenir.

Dans son cœur large et prompt à s'émouvoir, il n'y a pas de place pour la haine. Et quand on lui demanda, après la guerre, d'assurer pour *France-Soir* le reportage sur le procès de Nuremberg, il commença par refuser : il savait que le premier petit enfant allemand qui tendrait la main en pleurant aurait raison de lui.

Kessel a toujours besoin d'argent. C'est avec le chèque qui récompensait le grand prix du Roman qu'il paya, en 1927, le patron d'une boîte russe, le « Caveau caucasien », lequel devenait insolent, le traître !

C'est avec les chèques que lui signent les producteurs, lorsqu'il accepte d'être scénariste, qu'il paie ses dettes. Mais, le cinéma ne donne que de maigres joies aux auteurs.

Les droits que lui rapportera *Le Tour du malheur*, il les a déjà plus ou moins dépensés. On est Russe ou on ne l'est pas. Au fait, il ne l'est pas. Mais alors, c'est bien imité.

Il y a une véritable tribu Kessel qui partage les joies, les drames, les voitures, les appartements meublés et les maisons de campagne. Les femmes s'y cassent les ongles, y épuisent leurs ruses.

Quand ils sont réunis, dans quelque boîte russe, Jef, son frère Georges, journaliste, Pat, le fils de Georges, journaliste, et Maurice Druon, le tzar n'est pas leur cousin.

Personne ne sait exactement où ils habitent. À peine leur connaît-on une adresse qu'ils en changent...

Mais, eux, savent toujours où se trouver. Personne ne sait exactement où ils en sont de leurs mariages, de leurs divorces, de leurs enfants. Georges Kessel, voyons, c'est bien le mari de l'actrice Janine Crispin ?... Bon. Mais Pat Kessel, de qui est-il le fils ?... De sa première femme, bien sûr. Mais, alors, cette jeune femme brune qui dîne avec lui... Allons, vous n'y êtes pas. C'est une autre. Vous êtes sûr que Maurice est le fils de Lazare ? Mais que fait le poète Fernand Gregh dans cette affaire ?... Ah ! c'est le beau-père de Maurice ! vous voulez dire qu'il a épousé sa mère ? Mais non, c'est sa fille qui a épousé Maurice ! et ils divorcent...

N'essayez pas de comprendre. Tout cela n'a d'ailleurs aucune importance, sinon pour eux. Et, encore...

ANDRÉ MAUROIS

C'est à la veille de fêter ses noces d'argent, qu'André Maurois devint le « professeur de mariage » de la radio française.

Après avoir publié cent vingt volumes constituant une œuvre de romancier et d'historien conçue avec un scrupuleux amour, le tendre académicien s'aperçut, surpris, qu'une série d'œuvrettes vivement troussées braquait soudain sur sa bourgeoise personne les feux brillants et indiscrets de l'actualité.

On photographia Marie Déa, son interprète, blottie à ses pieds : on accourut de Stockholm, de Rome, de Londres pour l'interviewer ; un auditeur, ouvrier métallurgiste, lui écrivit pour lui donner ses impressions (il n'était pas d'accord)... Les ondes, portant sa voix et ses conseils de bonheur conjugal, ont franchi d'un coup la citadelle ouatée où vous confinent la maturité vieillissante, les honneurs, les amitiés des grands de ce monde et le respect d'un public bien élevé.

À soixante-sept ans, André Maurois fait encore

penser à ces enfants chaussés et gantés de blanc qui écrasent leur nez sur les vitres du salon et regardent avec un mélange de crainte, d'envie et de curiosité sympathique, les gosses de la rue jouer dans le ruisseau.

Le ruisseau, il ne le connaît que par ouï-dire. Il devrait être aujourd'hui l'un de ces grands patrons d'usine persuadés que l'on peut encore être aimé de ses ouvriers à condition de leur installer des douches et des terrains de sport. Il a eu l'usine pendant dix ans. Celle qu'il a décrite dans *Bernard Quesnay*, celle de son père, de son grand-père, celle où les familles Herzog et Fraenkel tissèrent pendant de longues années le bon drap noir d'Elbeuf, celle où les quatre cents ouvriers étaient les fils de ceux qui suivirent, en 1871, « les patrons », d'Alsace en Normandie, pour demeurer français.

C'était une famille — c'était une époque — où les notions d'honneur, de patrie et d'intégrité n'étaient pas encore devenues du folklore.

Quand André Maurois, qui s'appelait alors Émile Herzog, entra à l'usine familiale, et entreprit d'apprendre à connaître la laine, le vieux chef trieur déclara :

— Il a de la bonne volonté. Mais il n'est pas très intelligent.

Le jeune homme dont il parlait ainsi était licencié ès lettres, prix d'honneur au concours général, disciple du maître en philosophie Alain. « C'est bien, disait Alain au lauréat du concours général. À la condition que vous compreniez aussi que ce n'est rien. Maintenant, il faut vivre... »

Les élèves du lycée de Rouen étaient habitués à le voir chaque année croulant sous les couronnes de lauriers et les livres de prix à tranches dorées. Il y a plus d'anciens bons élèves parmi les hommes arrivés que les cancres s'efforcent de le faire croire.

Aujourd'hui, en dépit des cheveux blancs qui couronnent son visage fin et affable aux ombres tristes, André Maurois évoque encore le bon élève, par le goût qu'il conserve de remplir sans angoisse des pages blanches, par la joie avec laquelle il s'assied tous les matins à huit heures derrière son bureau.

Dans un cahier relié de maroquin qu'il a baptisé « le vivier », il trace un plan de travail. Tous les projets, toutes les œuvres en cours, toutes les demandes d'articles, de causeries, qui lui parviennent du monde entier, y sont consignés. Lorsque l'un de ces travaux est achevé, une petite croix au crayon rouge indique : fait.

Autour de lui, tout n'est qu'ordre et harmonie, pieusement entretenus par une femme passionnément attentive. Elle seule recueille les feuillets couverts de la petite écriture sensible et les transcrit aussitôt à la machine à écrire. Elle seule est capable d'énumérer sans une défaillance de mémoire la liste des œuvres du maître, le nom de ses héros. Elle est la secrétaire des matinées de travail, l'amie des promenades nocturnes à travers les allées du bois, la compagne élégante des grands dîners et des générales, l'archiviste qui réunit sous de nobles reliures les lettres signées « Albert, roi des Belges », ou Henri Bergson, Lyautey ou

Clément Attlee félicitant l'auteur de son œuvre, la bibliophile pertinente qui remplace lentement sur les rayons vides les neuf mille quatre cents volumes dérobés par les Allemands.

Mme André Maurois, née Simone de Caillavet, est l'incarnation la plus réussie et la plus émouvante dans sa sincérité de « la femme du grand homme ». Sa grand-mère, Mme Arman de Caillavet, avait été la célèbre amie d'un autre grand homme, Anatole France. « Nourrie dans le sérail », sa petite-fille « en connaît les détours ». Elle parlait « d'entrer en littérature comme on entre en religion », lorsqu'elle épousa André Maurois. Il était déjà l'auteur estimé de la *Vie de Shelley*, le romancier de *Ni ange ni bête*, il terminait *La vie de Disraeli*. Il se dégageait définitivement de son carcan d'industriel que la guerre avait fait craquer : elle rêva de lui en tisser un plus doux, l'habit vert.

Trois ans plus tard, il publiait *Climats*, son grand succès de romancier. Six à sept cent mille exemplaires. Traduit en toutes langues, adoré en Espagne, en Allemagne, en Italie, incompris dans les pays anglo-saxons où l'on s'étonna « qu'un homme puisse perdre autant de temps à se demander ce qui se passe dans le cœur de sa femme », *Climats* n'était pas exactement une autobiographie, mais on y trouvait les traits essentiels de son enfance et des deux visages de femmes qui marquèrent sa vie. Toutes ses lectrices eurent envie de ressembler à Odile et d'être à la place d'Isabelle.

Odile, la frêle, la mystérieuse, l'insaisissable Odile toujours vêtue de blanc, c'était un peu, c'était beaucoup Janine de Szymkiewicz, la jeune fille rencontrée à Genève qui fut la première Mme Émile Herzog et la mère de ses trois enfants, Michèle, Gérard et Olivier.

Isabelle, la sage, la tenace, la subtile Isabelle, c'était un peu, c'était beaucoup Simone de Caillavet, qui devint la deuxième Mme Émile Herzog, deux ans après la mort de la première. Mais il s'appelait déjà André Maurois, patronyme qui s'est d'ailleurs officiellement substitué à l'ancien par décret de juin 1947.

Il avait publié son premier livre sous l'uniforme, alors qu'il faisait la guerre dans la Somme comme attaché au corps expéditionnaire anglais. Un jeune officier de l'état-major britannique lui confia un jour une valise en le priant d'en prendre grand soin. Il crut avoir la garde de quelques précieux et secrets documents lorsque l'officier, reprenant un peu plus tard la valise, l'ouvrit : elle contenait un rasoir, un blaireau et du savon à barbe.

De ce premier choc avec l'âme anglaise jaillirent *Les Silences du colonel Bramble*. Un ami les présenta à un jeune éditeur, Bernard Grasset, qui accepta d'en éditer mille exemplaires à compte d'auteur. Officier en service actif, Émile Herzog dut demander l'autorisation de ses supérieurs. Il l'obtint à la condition de prendre un pseudonyme. Ainsi naquit André Maurois. André, parce qu'un cousin très aimé, André Fraenkel, venait d'être tué à l'ennemi. Maurois, nom d'un petit village proche de Cambrai où il cantonnait, parce qu'il en aimait « la sonorité triste ».

Triste... héroïque... sentimental... ces trois épithètes reviennent tel un leitmotiv au bout de sa plume comme s'il s'inscrivait lui-même entre les trois pointes de ce triangle.

La voix un peu terne, la parole rare et sans éclat — il préfère écouter, surtout les femmes qui savent si bien, dit-il, raconter leur vie —, la réserve courtoise ne trahissent rien de l'homme et de cette antenne ultrasensible par laquelle il perçoit chez l'autre le moindre froissement, le moindre bruissement, l'antenne qui frémit et le meurtrit dès que le moindre nuage vient troubler le ciel pur d'un instant.

Il est l'homme qu'irrite et que blesse la moindre fausse note sur le piano où se jouent les harmonies humaines.

De ces fines blessures naissent ses œuvres romancées, comme une plainte en bémol. André Maurois est une fugue en bémol majeur, sur une mélodie tendre.

Sur le thème de l'amour conjugal, il peut broder toutes les subtiles variations : mais on s'aime toujours dans son œuvre avec distinction, deux domestiques, une voiture et assez d'argent pour qu'il n'en soit jamais question. On ne parle bien que de ce que l'on connaît bien. Il y a dix-neuf ans, l'un de ses romans put néanmoins paraître assez hardi pour que le directeur de *La Revue des Deux Mondes*, M. René Doumic, en refusât la publication.

« Une fillette de six ans qui découvre l'adultère de sa mère, cette mère remariée avec son amant, tout cela que vous avez sans doute pris dans la vie serait difficilement acceptable pour le public de la *Revue...* », écrivait-il.

Le roman s'appelait *Le Cercle de famille.* Les lecteurs de *La Revue des Deux Mondes* n'eurent pas à souffrir des atrocités que l'on commettait dans le monde tout court, celui de M. André Maurois. Mais sept ans plus tard, en 1938, c'est précisément à René Doumic qu'André Maurois succédait, à cinquante-deux ans, au vingt-sixième fauteuil de l'Académie française. On l'a surnommé le « fauteuil de la longévité » parce que, depuis 1635, il n'eut que dix titulaires.

Sept ans d'exil volontaire aux États-Unis où il est l'un des Français les plus populaires, coupés par la campagne de Corse qu'il fit comme capitaine affecté à l'état-major américain, tandis que ses deux fils se battaient dans les rangs gaullistes, provoquèrent autour de son nom de violentes polémiques dont les rumeurs sont aujourd'hui apaisées. Je ne les réveillerai donc pas, sinon pour rappeler qu'André Maurois était — qu'il est toujours — le disciple d'un philosophe qui a écrit : « Dès qu'on change ses idées d'après l'événement, l'intelligence n'est plus qu'une fille. »

André Maurois ne changea pas ses idées. Et il y a trois hommes avec lesquels il serait inopportun de l'inviter à dîner : le général de Gaulle qui déclara, après leur première entrevue à Londres, en 1940 : « J'ai rencontré hier M. Maurois pour la dernière fois... » Winston Churchill qui lança : « Nous pensions avoir un ami, ce n'était qu'un client... » Et Henry Bernstein qui, retour d'Amérique, le dénonça comme traître au Comité national des Écrivains que présidait Louis Aragon.

Ces trois personnages mis à part, M. et Mme André Maurois reçoivent et sont reçus par le Tout-Paris, le Tout-Londres et le Tout-New York. Ils voient toutes les pièces, tous les films, toutes les expositions. Ils lisent tout ce qui paraît et beaucoup de journaux, ils écoutent la radio et manifestent, dans tous leurs actes et dans toutes leurs paroles, une volonté active et assez émouvante d'être de leur rude et sanglante époque, de saisir le message des jeunes auteurs, la révolte des jeunes gens, les cris d'un jeune monde convulsé... et même la plainte du fou qui écrit tous les jours en précisant qu'il envoie la même lettre au pape, à Staline et à Maurice Chevalier.

Mais que l'on remarque cette volonté est déjà la preuve qu'elle surprend, comme surprendrait la présence d'un vase de Chine sur une table de cuisine.

Pourtant, André Maurois charrie encore dans son regard clair infiniment de jeunesse, et j'oserai presque dire de pureté. Comme si l'homme grisonnant, confit dans une réussite sans fissure, réservait encore une place aux rêves de l'adolescence, comme si en quelque coin de lui-même grouillait encore un royaume merveilleux où, pour l'amour de belles et pures jeunes filles, combattent et meurent de preux chevaliers.

Pour écrire : « La réussite temporelle en ce monde appartient à ceux qui savent s'ennuyer, et plus encore à ceux qui supportent l'ennui avec un air de ravissement... » il faut avoir refusé ou accepté l'ennui. Il semble que, pour sa part, il l'ait accepté, puisque la réussite temporelle, du bicorne à la rosette, lui appartient. Il trouva sur l'autre plateau de la balance sa récompense : le droit au travail quotidien, poursuivi sans effort, dans le luxe, le calme et la douce tiédeur d'un vaste et lumineux cabinet de travail.

Tout autour de lui, la vie semble ne battre qu'à coups feutrés. Son concierge lui-même est anormalement souriant et affable : encadrant la porte de son noble appartement de Neuilly, deux Amours de pierre sculptés semblent veiller sur ce bonheur conjugal entretenu comme une belle pièce d'argenterie par l'intelligent et constant effort d'une femme lucide qui mit toutes ses forces au service de ce chef-d'œuvre : un mariage réussi. Pour leurs noces d'argent, il eût aimé lui offrir un manteau de fourrure. Elle préféra de beaux livres, ce qui agaça imperceptiblement son mari. Mais si elle avait préféré la fourrure, il aurait regretté peut-être qu'elle n'apprécie pas davantage les livres et redouté la frivolité dont il a écrit, après Alain, qu'elle est « un état violent ».

Si l'on remarque ces infimes vibrations dans le climat qui les baigne, c'est qu'au creux d'une si parfaite douceur on oublierait presque que les hommes et les femmes sont si peu faits pour s'entendre, même instruits par un « professeur de mariage ».

PIERRE MENDÈS FRANCE

Dimanche. Les enfants n'étaient pas encore las de leurs jouets, les parents se préparaient mollement à enterrer 1951, c'était, pour tout le monde, vacances, sauf pour une centaine de vieux écoliers bruyants rivés à leurs pupitres.

Entre une double haie de gardes municipaux présentant les armes, le surveillant de cette classe dissipée fit son entrée, tandis qu'un roulement de tambour interminable, intolérablement long, ponctuait la marche lente qui le menait jusqu'à son fauteuil.

La scène se passait dans la sombre enceinte de l'Assemblée nationale. De la droite à la gauche, on bavardait sur tous les bancs tandis qu'au milieu de l'indifférence, des orateurs faisaient des phrases. Surveillant, M. le président Édouard Herriot toisait d'un œil lourd ces élèves indisciplinés auxquels il semblait distribuer mentalement des zéros de conduite, qui ne figureront jamais sur aucun carnet… Au premier rang, il y avait, naturellement, les premiers de la classe, c'est-à-dire les ministres en exercice, qui semblaient, plongés dos rond dans leurs dossiers, repasser une leçon difficile... Et puis soudain, vers six heures moins le quart, on entendit :

« La parole est à M. Mendès France... »

Alors, un léger frémissement parcourut les travées... Les têtes se levèrent, les murmures cessèrent, le président Herriot se fit brusquement attentif... Un homme petit, brun, au visage pâle et presque douloureux, quitta le siège qu'il occupait au centre du groupe radical, monta posément à la tribune, ouvrit un dossier épais, commença à parler. Deux heures plus tard, il parlait encore.

Et l'école du dimanche se transforma d'un coup en un solennel prétoire où un impitoyable avocat général prononçait un impitoyable réquisitoire.

Il est difficile sinon impossible pour le profane de dire si MM. Pleven, René Mayer et Georges Bidault avaient tort, si les critiques que M. Mendès France adresse inlassablement au gouvernement français depuis cinq ans sont justifiées.

Il s'agissait, ce dimanche, du débat le plus important de l'année, celui au cours duquel on décide du budget du pays.

Si j'ai bien compris, M. Mendès France dit :

« Vous vous préparez, une fois de plus, à dépenser quinze cents francs alors que vous n'en avez que mille. Dans tous les budgets, ces opérations ont pour conclusion la faillite. Dans le budget d'un pays, la faillite s'appelle l'inflation. Au lieu de voter de nouveaux impôts, faites des économies. »

S'il ne s'agissait pas de politique, le raisonnement de M. Mendès France semblerait tomber sous le sens de la plus simple ménagère.

Il paraît qu'en politique les ménagères n'y connaissent rien et que les lois qui sont valables pour les individus ne le sont pas forcément pour les États. Qu'on nous garde d'avoir à en juger ! Mais, quels que soient les arguments, les réactions, les excellentes raisons que les groupes parlementaires opposeront à la politique d'austérité que préconise M. Mendès France, on pouvait être, ce dimanche, témoin d'un spectacle étonnant. On pourrait affirmer sur l'honneur que, pendant les deux heures dix où parla le député de l'Eure, il n'y eut pas un seul de ses auditeurs qui ne s'est dit :

« Je voudrais avoir le courage de cet homme quand il me faudra défendre la cause que je crois juste. »

Courageux, c'est le qualificatif que tout le monde, ami ou ennemi, applique à ce député de quarante-six ans, auquel les uns prédisent l'avenir d'un très grand homme d'État, tandis que les autres voient en lui un éminent spécialiste, mais seulement un spécialiste, en matière de finances.

Ce que l'on nomme communément son « courage » pourrait porter d'autres noms probablement plus exacts. Quand on connaît l'homme, on conçoit qu'il lui en aurait fallu surtout pour accepter d'être ministre dans un gouvernement dont il désapprouve les actes.

Qu'il préfère se lever le matin député mais d'accord avec lui-même plutôt que ministre, mais honteux de lui-même, paraît courageux parce que le cas se produit rarement.

Mais il semble que chez Pierre Mendès France la conscience soit une sorte de troisième poumon essentiel à son existence. Il ne peut pas traiter avec elle, il ne peut pas la reléguer pour le temps de satisfaire des ambitions immédiates, il ne peut pas se priver du poumon par lequel il respire.

Et cette rigueur à laquelle on le croirait presque physiquement tenu se manifeste dans tout son comportement. La concession, l'accommodement, la poignée de main à celui qu'on méprise, le compliment que l'on ne pense pas, on dirait qu'il ne peut pas s'y résoudre.

Il vit moralement comme un homme qui refuserait d'installer le chauffage chez lui en pensant :

« Si j'admets cette chaleur artificielle, j'oublierai qu'il fait froid dehors. »

D'où il résulte qu'en dépit d'une extrême courtoisie Pierre Mendès France est pour beaucoup un homme gênant, celui qui vous montre toujours le chemin de la porte étroite. Pis, qui l'emprunte !

Quand il fut arrêté en 1940 par Vichy avec les autres parlementaires du *Massilia* sous l'inculpation de « désertion à l'intérieur en temps de guerre », il était l'un des rares députés combattants. Lieutenant de l'armée de l'Air, il avait demandé en 1939 à passer dans le personnel navigant et fut envoyé en Syrie.

La désertion c'était bien ce dont il
incapable. Incarcéré à Clermont, il eut
bilité d'évasion mais la refusa parce qu ... à
comparaître devant ses juges. Accusé, mais non fuyard. Un tribunal militaire hâtivement improvisé le condamna à six ans de prison. Alors, seulement, il s'évada, selon les meilleures traditions : barreau scié, draps tressés en corde... Il disposait d'un quart d'heure entre la nuit tombante et le moment où le cinéma voisin dégorgerait ses spectateurs. Il se hâtait, maladroit parce qu'il ne fut jamais sportif ; enfin, il allait passer le dernier mur lorsque, du sommet, il aperçut dans la rue un couple d'amoureux. Arrêtés, ils discutaient. Et les minutes précieuses passaient. « Il lui demandait des choses qu'elle ne voulait pas lui accorder, raconte-t-il. Et, jamais il ne m'a paru plus urgent de voir fléchir la vertu d'une femme... »

Enfin, tandis qu'il désespérait, elle accepta de suivre son galant où celui-ci voulait la mener. Ils s'éloignèrent. Mendès France sauta... Quelques minutes après, il était dans le train et atteignit bientôt la région de Grenoble, où il se cacha. Il n'a jamais su à quel jeune homme pressant, à quelle jeune femme conquise, il doit la liberté.

Sa femme et ses jeunes enfants étaient au Maroc. Il voulait, lui, gagner l'Angleterre pour reprendre les armes. Aucun avion ne vint le chercher. Pour atteindre d'abord l'Espagne, il se procura de faux papiers qui le donnaient pour Jean Lemberg, olonais, âgé de quarante-huit ans, c'est-à-dire non mobilisable.

Il en avait trente-trois et découvrit qu'en dépit des excellents motifs qu'il aurait eus de se faire des cheveux blancs, les siens, obstinément noirs, trahissaient à la fois sa jeunesse et sa maladresse dans l'art du camouflage.

Toujours patient et précis, il se teignit les cheveux un par un avec de l'encre argent... et arriva en Espagne le jour où le gouvernement du général Franco rompait ses relations avec le gouvernement polonais de Londres.

Il atteignit néanmoins l'Angleterre et fut incorporé au groupe de bombardement « Lorraine » comme capitaine observateur.

« Si tu avais reçu l'ordre de bombarder la France, l'aurais-tu fait ? » lui demanda un jour un ami qui voulait l'acculer à l'un de ces choix où la conscience doit lutter contre le confort intellectuel.

Il avait répondu à cette question dans une plaquette *Roissy en France* où il raconte l'un des bombardements auxquels il participa sur la France.

« Avons-nous le droit de bombarder des Français ? La discussion dure depuis des mois, nous lui donnons tous la même réponse affirmative, mais nous éprouvons le besoin de la reprendre encore et toujours, comme c'est le cas chaque fois que le cœur et la raison paraissent en désaccord, écrit-il. Si nous n'allons pas sur la France, d'autres aviateurs alliés iront à notre place. Viseront-ils leurs objectifs avec autant de soin, de scrupule, d'inquiète minutie ? Quelles que soient leur conscience, leur volonté d'épargner des vies françaises, nous avons une raison de plus qu'eux d'opérer avec le maximum de précautions, même s'il en résulte pour nous un risque supplémentaire. »

Cette réponse est assez caractéristique de l'homme qui refuse toujours de détourner les yeux.

Quand, au bout de deux ans, il réussit à rejoindre sa femme et ses enfants, ceux-ci ne reconnurent pas leur père et il semble avoir été marqué par ce détail douloureux. Il parle avec tendresse de ses deux fils qui ont maintenant seize et dix-sept ans, de sa femme jolie, élégante, fragile, qui sut toujours se plier à l'existence à la fois agitée et morne que les hommes politiques harcelés, débordés, intoxiqués, réservent à leur épouse. Mais on sent que le foyer familial n'est qu'une pierre dans l'édifice de sa vie.

Quand on lui demande pourquoi il a fait de la politique, il répond : « Parce que j'étais fou... »

Il est issu d'une vieille famille de marchands de tissus de Bordeaux. Son père fut le premier à s'installer à Limoges. Lui, il fit ses études à Paris, s'inscrivit au barreau et, sous l'influence du professeur Jèze, se passionna pour les questions financières. Il était le plus jeune avocat de France. Sa thèse de doctorat portait sur la *Stabilisation du franc* et lui valut les félicitations personnelles de Raymond Poincaré auquel il n'avait, cependant, pas ménagé les critiques. Déjà.

En 1928, il accompagna dans l'Eure un ami qui faisait campagne pour les élections, l'appuya de quelques discours. Dès 1929, on lui demanda, dans le département, de se présenter aux élections suivantes. Il s'inscrivit au barreau de Louviers où il eut un cabinet jusqu'à la guerre.

Il fut élu, à une faible majorité, sous l'étiquette radicale. Il avait vingt-cinq ans, il était le plus jeune député de France. À trente ans, il était sous-secrétaire d'État aux Finances dans le ministère Blum et président de la commission des Douanes de la Chambre.

Il fut aussi maire de Louviers où il possède une maison. Et, pendant le temps qu'il passa en prison à Clermont, il eut la curiosité d'établir le bilan de huit ans d'activité.

Au crédit du maire de Louviers, il trouva beaucoup de choses utiles : installations d'eau, de gaz, routes, écoles... Dans ce domaine restreint, il avait du moins été efficace. Mais au crédit du député...

— En huit ans, j'ai fait voter une loi à propos de lapins, dit-il. Et encore, elle subit tant de modifications que ce qui fut voté ne ressemblait plus à ce que j'avais proposé... Alors quand on me dit : « Par votre attitude, vous indisposez ceux qui vous confieraient un portefeuille et c'est une attitude courageuse », je réponds : « Non, parce que je n'ai pas envie d'être ministre si je suis un ministre impuissant... »

Être efficace, construire, édifier une œuvre, voilà la véritable ambition de ce véritable ambitieux pour qui les hochets de la vanité et les petites ivresses du pouvoir illusoire ne seraient que de médiocres ersatz.

Il a été commissaire aux Finances à Alger, en 1943, puis ministre de De Gaulle à l'Économie nationale en 1944. C'est lorsqu'en avril 1945, entre sa politique et celle de René Pleven, de Gaulle choisit Pleven en lui confiant le ministère des Finances, que Mendès France démissionna et entra dans l'opposition après avoir déclaré :

— Dans la position affaiblie de la France, il n'y a pas de remède facile ni agréable.

Un an après, il refusait également sa participation à Félix Gouin puisque l'on n'acceptait pas son plan financier dans toute sa rigueur.

Depuis, il demeure le spécialiste français des questions monétaires dans toutes les conversations internationales et, au cours de la conférence de septembre 1951 à Washington, un journaliste français a écrit : « Je ne puis sans stupeur redire que M. Mendès France a été le seul à pouvoir citer des chiffres précis. »

Le matin, il travaille chez lui, noircit des rames et des rames de papier, mobilise trois secrétaires. Il passe pour maniaque dans ses habitudes parce qu'il déteste abandonner une vieille voiture, un vieux costume. Il porte encore une écharpe tricotée qu'il chérit parce qu'il s'en servit pendant toute la guerre. Il est indifférent au luxe, sensible au confort minimum qui évite les gaspillages de temps et d'énergie. L'après-midi, il siège à la Chambre ou à la commission des Finances où il apprend, dit-il, son métier parce que cette commission est obligatoirement informée de toutes les mesures adoptées, qu'il s'agisse de construire le palais de l'O.N.U., de tanks et de canons ou du budget de la radio.

Il rentre épuisé, très pâle, enroué, ayant à peine le goût d'avaler distraitement un repas. Sa seule distraction est l'étude de l'histoire. S'il avait eu le temps, il serait peut-être devenu un très bon pianiste. Mais il ne réussit même pas à entendre un concert. Il comprit, il y a trois ans, qu'il devait, une fois dans sa vie, prendre quelque repos. Alors, méticuleusement, scientifiquement, il a prévu, en janvier 1950, d'aménager, entre janvier et mars 1951, quelques semaines sans rendez-vous, sans conférence, sans commission, et il est parti pour Megève où il a découvert que « la vie politique est une excellente préparation au ski ».

Pierre Mendès France n'est visiblement pas un homme content de lui parce que son impitoyable censure s'exerce aussi à ses dépens ; il disait, l'autre jour, à un parlementaire dans les couloirs de la Chambre :

— Si je ne vous pardonne pas votre conduite, c'est parce que vous êtes un homme très intelligent.

Il doit lui arriver de se faire des reproches analogues. Il doit aussi se demander parfois si l'épuisant combat qu'il livre a un sens, s'il n'a pas choisi de marcher dans un désert alors que la vie est riche de sources rafraîchissantes, d'êtres passionnants, de joies toniques auprès desquels il passe, aveugle ou frustré, comme presque tous les hommes habités par le démon politique.

Mais dans un monde que l'on s'efforce de nous représenter pourri et lâche, il est dans le camp de ceux qui font crédit aux hommes de son pays, qui les croit dignes et capables de supporter les plus dures vérités, de les souhaiter peut-être.

Il a la terrible voix pure de ceux qui sont certains d'avoir raison.

FRANÇOIS MITTERRAND

Que M. le ministre soit imbattable au ping-pong, malgré la blessure de guerre qui lui abîma l'épaule droite, vous paraîtra peut-être secondaire.

Qu'il énumère sans erreur les gagnants du Tour de France depuis 1933, l'exploit vous paraîtra peut-être frivole.

Mais, qu'à ces sciences il ajoute la culture la plus vaste et le talent d'un grand orateur, voilà qui est caractéristique du plus jeune ministre de France depuis l'Empire : François Mitterrand.

Il devrait être irritant, il sait tout ! Mais il n'abuse pas de sa supériorité et sait assez bien se la faire pardonner. Sa mémoire est comme un classeur bien tenu par une secrétaire modèle. On appuie sur un bouton. Et hop ! le dossier s'ouvre et livre ses pièces dans un ordre parfait.

De tous les hommes réputés brillants, François Mitterrand est peut-être le plus éblouissant parce qu'il réunit dans sa conversation deux éléments généralement contradictoires : il est à la fois précis jusqu'à la méticulosité, abondant en détails, en chiffres, en dates, et en même temps le détail ne l'empêche jamais d'exprimer et de narrer les faits dans leur ensemble et sous leur aspect le plus large, voire avec de brèves incidences philosophiques.

Le tout dans une langue colorée et « cordialisée » par une pointe d'accent, où les périodes se balancent selon la plus pure tradition de l'éloquence française.

Cette structure d'esprit qui permet au même homme de vous dire la date de la mort de Louis XVI et de synthétiser en six phrases les raisons pour lesquelles il a été guillotiné, d'orner l'ensemble d'une anecdote et d'enchaîner sans effort sur une revue rapide des gouvernements révolutionnaires, cette structure d'esprit à la fois analytique et synthétique est infiniment rare. Et particulièrement fascinante de la part d'un homme jeune et gai qui vient de vous écraser sur un court de tennis et qui est, en outre, chevalier du Tastevin !

Quand on prononce son nom devant les vieux politiciens, ils hochent la tête et se sentent un peu plus vieux, un peu plus las, un peu plus lourds de leurs erreurs passées, un peu plus près du jour où ils tomberont du cocotier.

Ah ! ce n'est pas un rêveur. Tout en lui est net. La pensée, la poignée de main, le regard brun... C'est un homme dessiné à l'encre de Chine, d'un trait large et ferme.

Son ambition est immense et ne se nourrira pas de merles là où il y a des grives. Mais elle est à peu près pure de basse vanité et se situe très haut dans l'échelle des exigences humaines.

S'il ne change pas, il ne sacrifiera jamais à l'argent, au confort (physique ou intellectuel), aux petites satisfactions qui endorment l'appétit des grandes, comme ces bouchées qui accompagnent les apéritifs.

Il est né pauvre et s'en soucie fort peu, circule en métro lorsqu'il n'est pas ministre, s'habille comme un monsieur qui n'a jamais songé que s'habiller ne signifiait pas seulement se vêtir et semble insensible, sinon ignorant, des raffinements de luxe, indifférent à la possession des biens matériels.

Il appartient, d'ailleurs, à une génération pour laquelle le bas de laine est, tout au plus, un ornement de cheminée. C'est la tirelire des parents. Mais les enfants savent bien que ce n'est pas sérieux.

François Mitterrand est le fils d'un cheminot qui était lui-même fils de cheminot et qui abandonna le rail à l'âge de la retraite, pour s'occuper d'une vinaigrerie appartenant à la famille de sa femme.

Mais s'il exerçait, le jour, la profession si décriée de chef de gare, il lisait, le soir, le grec et le latin, dans le texte.

Le jeune ministre a, pour parler de son père, ces mots que l'on trouve seulement lorsqu'à la tendresse se joint la vénération.

L'humble fonctionnaire modeste et lettré qui souffrait fort de ne pouvoir développer sa vie intellectuelle soutint ses quatre fils de toute sa ferveur.

On considéra longtemps que François était le moins doué. L'un de ses frères entrait à Polytechnique, le second à Saint-Cyr, le troisième demeurait attaché à la terre de Charente où le hasard et le vinaigre avaient conduit la famille Mitterrand, d'origine berrichonne, et devenait fermier, et le père fut profondément déçu lorsque le quatrième renonça à entrer à l'École normale. Déçu et inquiet, l'avenir ne lui paraissait sûr que dans le fonctionnariat.

François Mitterrand termina l'École des sciences politiques, une licence en droit, une licence ès lettres, et s'en fut faire le zouave — ou plutôt le fantassin — dans un régiment d'infanterie coloniale. Antimilitariste, il refusa de suivre le peloton d'élèves officiers et se retrouva un triste matin de 1940 dans un stalag. Il avait vingt-trois ans. Il s'évada.

Il marcha pendant vingt-deux nuits à travers l'Allemagne et atteignit la frontière. C'est là qu'il fut repris. Il eut huit mois pour réfléchir aux charmes des camps disciplinaires et pour écrire un livre — dont le manuscrit a été égaré — et puis il recommença.

Arrivé à Metz après toutes sortes d'aventures, communes, dit-il, à tous ceux qui se sont évadés, trop communes pour les mentionner davantage, il demande une chambre dans un hôtel. Le patron décèle l'évadé, le dénonce aux Allemands. Et il est repris. Cette fois, on l'envoie au camp de Boulay.

De là, sa troisième évasion réussit enfin grâce à l'organisation de la fameuse sœur Hélène.

Et, en 1941, François Mitterrand, devenu Morand, arrive en zone libre où il touche... une prime d'évadé, celle que Vichy réservait alors — détail peu connu, je crois — aux prisonniers échappés.

La suite, c'est l'engrenage classique. L'officier du B. C. R. A. qu'il a connu en Allemagne et qu'il retrouve en France, l'organisation clandestine qui n'a d'abord d'autre but que de secourir les prisonniers et de munir les évadés de faux papiers, puis les allers et retours avec Londres, etc.

Un jour qu'il rentre avec une valise contenant des armes, des documents, des ampoules de cyanure, un policier l'interpelle dans une gare :

— Ouvrez votre valise...

Il l'ouvre.

— Pas de beurre ? Pas de jambon ?... Bien. Ça, dit le policier, ça ne me regarde pas. Moi, je suis du contrôle économique. Allez.

Mais combien de fois avez-vous entendu raconter des histoires semblables ? Les rendez-vous où l'on est sauvé parce qu'on arrive en retard, cinq minutes après le départ de la Gestapo, les amis arrêtés sous vos yeux, les faux papiers et les vraies angoisses, tout le folklore de la résistance, tout ce qui fut, pendant quelques années, pour quelques hommes et quelques femmes, le goût inoubliable de l'aventure aux portes de la mort.

C'est dans la maison de Cluny, qui servait de relais aux passeurs entre les deux zones, que fut arrêtée Bertie Albrecht, celle que les Allemands décapitèrent à la hache dans la cour de Fresnes.

Dans cette maison, vivait avec ses parents une jeune fille jolie et timide, aux grands yeux bleus craintifs, Danielle Gouze. Elle est devenue, en 1945, Mme Mitterrand. Mais, à l'époque, il ne la connaissait pas.

Lorsqu'un soir de novembre 1947 l'heure du dîner sonna, puis 9 heures, puis 11 heures, sans qu'elle voie rentrer son mari, sans qu'il téléphone, Danielle Mitterrand retrouva intacte la vieille angoisse des temps d'occupation.

Quand on sonna, à minuit, et qu'elle demanda à travers la porte :

— Qui est-ce ?

Quand on répondit :

— Police...

Elle retrouva le vieux réflexe et refusa d'ouvrir.

— J'ai un papier urgent à vous remettre..., insistait-on.

— Glissez-le sous la porte, répondit-elle méfiante.

Le papier surgit. Elle le lut. C'était la convocation officielle du président de la République à François Mitterrand, député de la Nièvre, le priant de se rendre sur-le-champ à l'Élysée où Ramadier formait son cabinet et voulait lui confier le portefeuille des Anciens Combattants.

Ainsi apprit-elle que son mari de trente ans allait être ministre. En fait, Mitterrand était déjà à l'Élysée, où un ami l'avait conduit en sortant de l'Assemblée nationale. Et il avait quelque excuse, ce soir-là, de n'avoir pas trouvé le temps de prévenir sa jeune femme.

Elle ne fut nullement éblouie par cette promotion. Sans vanité, les satisfactions de la vie publique lui semblent faibles en regard des servitudes qu'elle impose. Et, s'il ne tenait qu'à elle, il y aurait un homme politique en moins et un paisible commerçant en plus.

Mais on ne met pas les aigles en cage, fût-ce à côté de la plus douce tourterelle. Alors, courageusement, elle essaie de se persuader que tout est ainsi pour le mieux. Seulement, il n'y a pas de femme plus heureuse lorsque le gouvernement tombe et qu'elle retrouve un mari piéton qui a soudain l'occasion de s'apercevoir que ses deux petits garçons ont grandi, que sa femme est toujours charmante, que le bonheur peut avoir aussi le goût des simples joies familiales.

La trêve dure un mois, deux mois, pendant lesquels, comme tous ceux qui détiennent le pouvoir, il est presque soulagé de l'avoir un temps perdu. Et puis, sur l'homme de braise, le diable souffle, et la paix s'envole.

Mitterrand signifie « milieu des terres » et il est bien, sans mauvais jeu de mots, un homme du milieu, un dont la force est faite de patience et d'équilibre entre l'enthousiasme et le scepticisme.

Entre lui et ses collègues, il y a l'épaisseur d'une guerre. « Avant la guerre » est une expression vide de sens pour lui et qui ne s'orne d'aucune nostalgie. Il ne regarde en arrière que pour y trouver de quoi se passionner pour sa rude époque et la trouver à la fois enivrante et moins exceptionnelle que veulent bien le soupirer ceux qui ont oublié l'histoire ou qui ne l'ont jamais sue.

— Pour l'instant, vous avez une grande gueule. Mais quand les Russes seront à Toulon, vous la fermerez..., lui cria un jour un adversaire communiste.

Il se présentait aux élections dans le canton de Montsauche.

— Je me présente dans un canton très dur, je le sais, déclara-t-il. Je l'ai choisi pour battre un communiste. J'espère réussir. Cela en fera un de moins.

— Je passerai comme une lettre à la poste, rétorqua le candidat communiste.

— La poste est fermée le dimanche, répondit Mitterrand.

— Je ne voterai pas pour vous, lui dit un jeune homme. Le gouvernement n'est pas sportif. Il n'y a pas un seul terrain de football dans la région.

— Pas sportif ? On fait un ping-pong ?

— Vous tombez mal, avoua honnêtement le jeune homme, je suis le meilleur du pays.

Le match fut acharné. Mitterrand le gagna.

— Je ne voterai pas pour vous, mais, tout de même, vous n'êtes pas une cloche ! conclut son adversaire.

Il faisait partie, à la Libération, du premier gouvernement provisoire, celui dit « des secrétaires généraux ». Il siégea un temps à l'Assemblée consultative, puis démissionna. Et, comme il fallait bien vivre, fût-ce médiocrement, il s'occupa d'une maison d'édition en attendant son heure.

Il sait admirablement attendre.

Il se présenta aux élections à Paris. Et fut battu. Il recommença dans la Nièvre, et fut élu le 10 novembre 1946, il avait exactement trente ans. Quelques mois après, il était ministre. Il fut tour à tour aux Anciens Combattants, à l'Information, à la présidence du Conseil (comme secrétaire d'État) et à la France d'Outre-Mer. Pendant le court espace de temps où il cessa d'être dans les conseils du gouvernement, il devint président du groupe parlementaire U. D. S. R. en remplacement de M. René Pleven. Et, entre-temps, il refusa (fait sans précédent) par fidélité à son groupe, de devenir (comme le voulait Robert Schuman), à trente ans, ministre de l'Intérieur.

Il n'est pas mondain, n'appartient à aucune coterie parisienne, se rend avec simplicité (mais rarement à l'heure !) là où on l'invite, détonne toujours un peu dans les salons comme un gratte-ciel dans un village moyenâgeux.

On s'aperçoit, soudain, en sa présence, que les maisons du XVIe siècle ont bien du charme, certes, mais qu'elles s'écroulent lentement et sûrement. On est bien libre de le regretter ou de se laisser ensevelir sous leurs ruines, on ne peut pas les empêcher de tomber.

François Mitterrand vieillira, comme tout le monde. Il aura des coups durs, comme tout le monde, ses échecs et ses remords, ses petites trahisons et ses heures de doute, comme tout le monde.

Mais il est, aujourd'hui, à ce moment extraordinaire où l'homme, en pleine possession de ses moyens, contrôle, maîtrise déjà ses forces et ne les a pas encore usées.

GABY MORLAY

« Ma mère me disait : “Soit, tu n’es pas jolie... Mais qu’est-ce que la beauté ?” »

Quand Gaby Morlay prononçait cette phrase dans la pièce de Montherlant : *Celle qu’on prend dans ses bras*, un petit remous soulevait la salle.

Pas jolie, elle ?... Ni son âge ni le filet de fines égratignures que le temps, cet impitoyable griffu, a tissé sur son visage, ne réussissent à détruire le plus charmant profil de Paris.

Et que les coins de sa bouche mobile tremblent, vous pleurez. Et que les coins de ses yeux sombres s’étirent en un sourire, vous souriez. Parce qu’elle a « le don ». Et il y a trente-cinq ans que ça dure. L’art de jouer la comédie, l’art que l’on apprend à l’école ? Elle n’y croit pas. Elle, elle n’a rien appris. Et elle a toujours su.

Petite flamme noire et rouge, brûlante et gaie, corde toujours tendue à se rompre et qui ne rompt pas, équilibriste de génie dont la voix vacille toujours au bord d’un sanglot et les sanglots au bord du rire, Gaby Morlay est tonique comme le champagne de haute qualité dont elle se nourrit essentiellement.

Dès qu'elle paraît sur une scène, les répliques sonnent juste et ses partenaires sonnent faux. Ils sont soudain des acteurs qui jouent un personnage à côté d'un bout de femme qui est LE personnage.

N'importe lequel. Amoureuse déchirée (124 fois), ingénue espiègle (15 fois), mère douloureuse (29 fois), elle peut tout jouer, elle a tout joué, sur toutes les notes de la gamme, les noires et les blanches. Et elle ne se trompe jamais d'un demi-ton.

Elle lit un rôle, à voix basse, pour elle. Quand, après avoir terminé sa lecture, elle dit en parlant de l'héroïne : « Alors, à ce moment-là, JE tire sur lui... », c'est qu'elle accepte. Mais si elle dit : « À ce moment-là, ELLE tire sur lui... », c'est un refus. Inutile d'insister : elle ne pourra pas l'interpréter si elle ne réussit pas à s'assimiler immédiatement au personnage qu'on lui propose.

Elle fait du théâtre pour se consoler de faire du cinéma, et du cinéma pour gagner de l'argent.

— Parce qu'il y a, dit-elle, un type de Rueil qui est bizarre avec moi. C'est vrai, il a des idées fixes, le pauvre cher homme... Il me demande tout le temps quelque chose. C'est mon percepteur.

De l'argent, elle en a eu plus que n'importe qui. Et des maisons dans le Midi, et des rivières de diamants, et des parures d'émeraudes, et des fleuves de rubis, et l'Hispano à la porte. Il lui reste une petite villa au-dessus de Nice et la sympathique maison de Bougival, perdue dans un parc de neuf hectares, où elle vit depuis douze ans.

Ses plus beaux bijoux lui ont été volés, à la Libération, par de faux policiers.

— Nous représentons le Deuxième Bureau américain, déclarèrent-ils en entrant.

— Des clous..., répondit Gaby.

Mais, comme arguments, ils avaient des mitraillettes. Et des ciseaux pour couper le fil du téléphone.

Elle n'en eut pas peur. Elle n'a jamais peur. Et pendant qu'ils fouillaient la maison à la recherche d'un coffre qu'ils croyaient plein d'or et de titres, elle leur dit tout de même ce qu'elle pensait d'eux. Elle cache rarement ce qu'elle pense, même aux mitraillettes.

— Il y en avait un petit à béret basque, raconte-t-elle... Il avait l'air d'une mite. Mais d'une mite qui n'aurait jamais eu de fourrure à manger ; vous voyez ce que je veux dire ?... Il fouinait dans mes livres, et puis il murmurait : « Tout de même, vous faire ça, à vous, mademoiselle, ça m'ennuie... Je vous ai vue dans *Le Voile bleu*, la semaine dernière, avec ma femme... Dans le quartier... Oui, on va dans le quartier parce que les Champs-Élysées c'est trop cher, vous comprenez ?... Eh bien, on a pleuré !... Mais ce qu'on a pleuré !... Ah ! non, vous faire ça à vous... ».

Ils partirent sans avoir trouvé le coffre qui n'existait que dans leur imagination. Mais elle s'aperçut alors que ses bijoux, qu'elle laissait dans la salle de bains, avaient disparu. Elle ne les a jamais revus. Elle ne gémit pas : elle constate. Et comme le sens du comique est toujours plus aigu chez elle que celui de la propriété, elle raconte la suite de l'incident :

Redoutant que les bandits ne reviennent, entêtés à trouver un coffre, elle engagea un policier privé et l'installa dans un salon au rez-de-chaussée. Le premier soir, elle descendit vers 11 heures pour lui faire quelques recommandations.

Elle frappe à la porte du salon : pas de réponse. Elle frappe encore, de plus en plus fort : rien. Elle tourne la poignée de la porte : fermée à clef. Elle appelle, elle hurle… Enfin le policier se réveille.

— Pardon, dit-il… Mais vous savez ce que c'est… On a eu tellement de travail, tous ces temps-ci…

— Je comprends très bien, mon ami, je comprends très bien ! dit Gaby. Mais au moins ne fermez pas votre porte à clef !

— C'est que…

— Quoi ?… Vous avez peur ? Ne vous inquiétez pas, voyons, je suis là !

Et c'était à peine une boutade. Huit jours après, elle aperçut en rentrant le concierge et le policier absorbés dans la contemplation d'une cuvette.

— Vous voyez, mademoiselle, nous travaillons pour vous, dit le concierge. C'est le revolver de Monsieur… Il était un peu rouillé, n'est-ce pas ? Forcément, il ne s'en sert jamais… Alors, on l'a démonté et on a mis les pièces dans l'huile. Vous voyez ?

Pendant qu'elle raconte, sa main tourmente un mouchoir, une mèche de cheveux, un chien, une cigarette... Elle fait toujours un peu penser à ces personnages des films muets qui sont projetés maintenant à un rythme accéléré. Tout va trop vite, chez elle. Tout est plus rapide, plus vif, plus sec qu'il n'est naturel : la diction, le pas, les gestes courts et cassés, la pensée, l'esprit de repartie, et le rire, ce rire célèbre, ce rire qui a fait de Blanche Fumoleau, élève à l'école Pigier, Gaby de Morlaix, des Capucines.

Elle avait seize ans et elle riait, tout simplement, en écoutant une pièce dont elle a oublié le titre, assise dans un fauteuil d'orchestre à côté d'une camarade de l'école qui avait de vagues relations dans les milieux dits artistiques. L'idée ne l'avait jamais effleurée de faire du théâtre. Pourquoi pas du cirque ? Ou de la dentelle au crochet ? Ce qu'elle voulait, c'était du travail. Pour ne pas être obligée de rentrer « chez nous », à Angers, à la maison, de retrouver papa, m'man et les petites sœurs, et les petits frères. Plutôt crever comme un bébé chat sans gîte sur le pavé de Paris que vivre à la maison. En 1912, c'était un programme pour le moins révolutionnaire.

À côté des deux jeunes filles se trouvaient un monsieur et une dame qui tournaient la tête chaque fois que fusait le rire de Blanche Fumoleau. À la fin, la dame se pencha et demanda :

— Elle n'a pas envie de faire du théâtre, votre amie ?

— Oh ! non, répondit l'autre. Je ne crois pas. Elle veut être dactylo. Blanche, tu veux faire du théâtre ?

— Hein ? Pourquoi pas ? On est payé ?

Et c'est ainsi que M. et Mme Armand Berthez, qui dirigeaient les Capucines, engagèrent la petite Fumoleau en guise de « marcheuse ». Trois francs par jour pour chanter : « Je suis le houx, le houx, le houx... »

Les Berthez poussèrent la bonté jusqu'à lui trouver dans l'indicateur des chemins de fer un pseudonyme un peu ronflant.

— Gaby de Morlaix !... De Morlaix ! Et si vous aviez vu la gueule que j'avais avec mes petites nattes toutes raides...

Elle rêve un instant... Seize ans... Une mauviette avec des jambes un peu lourdes... Le certificat d'études en guise d'instruction... La messe tous les dimanches (elle y va toujours) et « Je vous salue Marie... » tous les soirs... Une petite chambre partagée avec une camarade du théâtre, Marcelle Monthil... Délicieuse Marcelle Monthil, qui avait, elle aussi, un joli visage frais, du talent, qui s'essouffla derrière Gaby Morlay sans jamais réussir à atteindre mieux que d'aimables succès et qui demeura trente-huit ans l'amie fidèle, sans fiel, sans envie. Marcelle Monthil a disparu après une grave maladie. Et Gaby, qui est profondément croyante, s'insurge tout de même au fond de son âme contre le sort bête qui frappe toujours les bons, les doux, les humbles...

Elle a pourtant la foi la plus pure, la plus simple, et si jamais femme pratiqua la charité chrétienne, c'est bien l'ancienne petite théâtreuse des

Capucines, la saltimbanque qui vit obstinément dans le péché puisqu'elle ne s'est jamais mariée.

Pendant de longues années, elle a entretenu de la façon la plus strictement anonyme plusieurs lits dans un sanatorium. Parce qu'elle avait été elle-même autrefois vaguement atteinte, tous ceux que guettait la terrible maladie pouvaient sonner à sa porte... Pendant l'Occupation, les israélites pourchassés se cachaient par dizaines dans sa villa du Midi... Et personne, personne ne sait donner comme elle, avec un mot drôle, avec un clin d'œil qui signifie :

— Surtout, ne prenons pas tout cela trop au sérieux, ni vous ni moi.

C'est quelqu'un de très bien, Gaby Morlay.

Ses vrais, ses grands débuts, elle les fit à côté de Lucien Guitry. Elle venait d'obtenir son premier succès véritable dans *Simone est comme ça*, et Duvernois la présenta au père Guitry, qui cherchait une partenaire pour *Après l'amour*. Il la reçut, la convoqua pour auditionner le lendemain. Mais, tandis qu'elle sortait, elle aperçut dans une glace Lucien Guitry qui, en la désignant, faisait « non » de la main à Duvernois.

— M'sieur Duvernois, il ne veut pas de moi..., dit-elle. Ne dites pas le contraire, je l'ai vu.

— Allez-y tout de même, dit Duvernois.

— Alors, donnez-moi la pièce, demanda Gaby. J'essayerai.

Elle passa la nuit à apprendre le rôle. Elle a toujours été capable de rester huit jours sans dormir.

— Ah ! te voilà, bougonna le père Guitry le lendemain. Allez, vas-y… Qu'est-ce que tu donnes ?

— La pièce, répondit Gaby, tremblante.

— Quoi ?

— Oui, je l'ai apprise cette nuit.

Un peu ahuri, Lucien Guitry regarda cette petite fille qui était trop menue, trop jeune, trop drôle pour le rôle, et l'écouta tout de même. Quand elle eut terminé, il demanda :

— Est-ce que tu es capable de jouer comme ça le soir de la générale ?

— Oh ! beaucoup mieux, m'sieur Guitry ! dit-elle.

— Ah ! non, surtout pas ! Allez, va-t'en. Non, tu ne répètes pas et tu ne répéteras pas. Je ne vais pas gâcher ça. Tu viendras trois jours avant la générale.

Et c'est ainsi que Gaby Morlay (Louis Verneuil l'avait incitée à supprimer la particule) conquit Paris.

On sait qu'elle est la première femme titulaire d'un brevet de pilote de dirigeable. Le brevet n° 40. C'est à cause d'un pari. Tout de suite après la guerre, en 1919, des amis officiers de marine lui proposèrent un jour une promenade en dirigeable. Pour l'épater un peu. Elle eut affreusement mal au cœur, refusa de le montrer, et dit d'un petit ton dégagé, tout en regardant l'horizon vaciller :

— Ça doit être amusant à piloter…

On lui expliqua que non seulement ce n'était pas « amusant » mais que c'était simplement impossible pour une femme. Impossible est un mot qui l'irrite toujours. Elle paria qu'elle apprendrait. L'enjeu fut un dîner chez Maxim's.

L'examen avait lieu en général devant trois ou quatre personnes. Le jour où elle se présenta, ils étaient dix-huit, la pressant de questions techniques qu'elle avait apprises par cœur avec grand soin.

— Vous savez, mademoiselle, que cet examen est sérieux. Ce n'est pas du théâtre !...

— Mais, monsieur, c'est sérieux, le théâtre !...

Le soir, elle dînait triomphalement chez Maxim's. Résultat : malade pendant huit jours.

— Mon foie ne savait pas encore, dit-elle, il n'avait pas l'habitude.

Elle a deux passions : le champagne et les voyages. Lorsqu'elle jouait chez Bernstein, elle n'avait pratiquement pas de vacances. Le théâtre restait ouvert tout l'été. Alors, le soir, elle allait dîner au buffet de la gare de Lyon. Pour voir des trains, pour sentir la fumée, pour jouer à croire qu'elle allait partir. Et puis, ayant avalé un triste veau froid, elle retournait au Gymnase.

Elle a fait des tournées triomphales dans le monde entier, et de tendres liens l'ont plus particulièrement attachée à l'Égypte. Elle a eu, bien sûr, plusieurs hommes dans sa vie, mais sans publicité, sans bruit, sans scandale. Jamais actrice ne s'est moins occupée de sa légende.

Parce que c'est quelqu'un de très bien, Gaby Morlay. Adorable, elle fut adorée mais toujours difficile à vivre : dès qu'elle entre dans une pièce, on a le sentiment de mettre ses doigts dans une prise électrique.

Elle ne peut dormir que dans une chambre largement éclairée, parce que dans l'obscurité elle est en proie à des phénomènes troublants. Une nuit, en Algérie, elle a eu une longue conversation avec le fantôme de Francis de Croisset. Les rêves prémonitoires lui sont familiers, dont ses amis ont vingt fois vérifié l'exactitude. Elle se sent à la frontière d'un domaine fascinant et angoissant, où elle ne veut pas pénétrer, parce qu'elle est profondément saine. Mais ses nerfs trop fins, trop tendus, trop subtils, lui jouent des tours. Qui est-elle ? La petite bourgeoise angevine vive et joyeuse, la « tantine chérie » de sa grande nièce Marie-Thérèse, qui vit avec elle, et du Père Canbon des Assomptionnistes, son neveu ; la patronne très aimée de Marie-Louise qui la sert depuis vingt-cinq ans ; la vedette couverte de gloire dont jamais une habilleuse, un machiniste, un figurant n'entendit un mot dur ou injuste, parce que, princes ou clochards, les êtres humains sont pour elle des copains, de bons copains de travail ou de plaisir ; la compagne simplement parfaite de Max Bonnafous, ministre de Vichy, qu'elle rencontra en 1942, qui fut arrêté chez elle en 1945, pour lequel elle lutta, seule, pendant deux ans, jusqu'à ce qu'un non-lieu l'arrachât de Fresnes, où elle allait, chaque mardi, lui porter un colis. Et jamais, dans les files d'attente, sous la pluie ou dans la boue, elle ne profita du passe-droit que tout naturellement on lui offrait, parce qu'on la reconnaissait.

Ne vous ai-je pas dit que c'est quelqu'un de très bien, Gaby Morlay ?

Avec l'ancien ministre, ex-universitaire tout pétillant d'intelligence et de culture, elle vit maintenant à Bougival, dans la grande maison blanche et gaie où l'on trouve une pâtée de chien sous chaque meuble, des milliers de livres, où, en dépit des bijoux volés, de la captivité imméritée, des années d'angoisse et de solitude, l'amertume est inconnue, la bonne humeur de rigueur. Entre les neveux, les nièces, les servantes familières, le chauffeur bon garçon, les six chiens, les poissons rouges, Max Bonnafous dit « P'tit Oncle », le studio le jour et le théâtre tous les soirs, le moteur-Morlay tourne plus vite que jamais.

Heureuse ? Elle n'en demande pas tant ! Mais paisible, probablement. Si l'on pouvait regarder dans le cœur de Gaby Morlay, il me semble qu'on y trouverait un nœud. Un nœud serré, qui lui fait affreusement mal et que plusieurs mains, plus ou moins légères, ont tenté de défaire. Mais on s'y casse les ongles tout en la blessant, on y use ses forces tout en la meurtrissant. Sa gaieté elle-même m'a souvent fait penser à celle des aveugles.

Avec les années, peut-être que le nœud s'est desserré. Ou peut-être que, renonçant à le dénouer, elle a appris à respirer malgré lui, à respirer plus doucement, plus calmement.

Elle a écrit un petit livre, l'histoire de sainte Pélagie, patronne des comédiens.

— Un peu courtisane aussi, comme elles étaient

dans ce temps-là… Eh bien, elle est devenue sainte…

Sainte Gaby ? Ah ! non, non. Mais, entre nous, c'est vraiment quelqu'un de très bien, Gaby Morlay.

FRANÇOIS PÉRIER

Le jour où il devait épouser Marie Daems, Périer se rasait devant la glace de son immense salle de bains blanche et noire, en répétant :

— C'est drôle... je sais que j'ai quelque chose d'important à faire aujourd'hui, mais je n'arrive pas à me rappeler quoi.

Le lendemain, son fils Jean-Pierre lui a téléphoné de la campagne :

— Allô, papa ?... Dis donc, ça s'est bien passé ton mariage ? Allons tant mieux.

Tout ceci ne fait pas très sérieux et la cérémonie ne le fut guère davantage.

Sauf la famille de Marie, dont la maman tient un magasin de parfumerie du côté de la place Clichy, et la famille de François, on n'avait prévenu personne. De sorte qu'il n'y eut que quarante photographes qui attendaient le couple à la mairie ! Ils durent répéter sept fois le « oui » fatidique, recommencer huit fois la formalité de la signature et s'embrasser quatorze fois pour que chacun puisse opérer. Après quoi, ils se demandèrent avec inquiétude s'ils étaient vraiment mariés.

Deux heures plus tard, le maire, épuisé, finit par s'endormir dans un fauteuil du salon, et François Périer se précipita pour le photographier ronflant, la bouche ouverte. Quant à Blier, il arriva menottes aux mains et supplia successivement tous les invités de le délivrer. Il fallut beaucoup de persévérance et un clou pour y arriver.

—Je me marie, expliquait François, parce qu'un soir, alors que j'étais déjà très amoureux de Marie, mais un peu hésitant, je lui ai dit : « J'ai faim, tu ne peux pas me préparer quelque chose ? » Elle s'est précipitée dans la cuisine et elle a mis des nouilles à cuire dans une grande casserole. Beaucoup de nouilles... et pas une goutte d'eau. Ce soir-là, je me suis dit : C'est exactement la femme qu'il me faut, une bonne petite femme d'intérieur !

Mais, derrière ces mèches rebelles de collégien à l'âge ingrat, derrière le bon rire de gosse qui plisse son nez lorsqu'il raconte une histoire ou qu'il fait une blague à Blier, derrière ce bavardage étincelant de comédien qui a, à la fois, de l'esprit et de la mémoire, derrière François Périer, il y a François Pillu. Un monsieur très bien, un monsieur tout court.

Quelquefois, il s'assied à son bureau, il regarde autour de lui la grande villa claire et gaie qu'il habite au fond de Neuilly avec ses trois enfants, il entend sa maman qui parle du dîner avec Linda, la bonne, le Frigidaire qui ronronne, les peintres qui chantent là-haut en badigeonnant les plafonds, sa jolie jeune femme rousse et douce qui arrose les fleurs du jardin, il regarde tout cela, ses beaux livres, ses beaux meubles, et il se dit :

— À quinze ans, je livrais du vin…

Et puis, il ajoute :

— Mais, ce n'est pas une raison pour avoir la tête enflée, mon bonhomme. Tu as eu de la chance, c'est tout.

Le petit livreur de vin fit encore un autre métier avant d'être comédien. Dans un costume noir, prêté par l'un de ses oncles, il allait, le visage empreint de la plus profonde douleur, présenter les condoléances d'une société d'assurances aux victimes des assurés.

Mais, depuis l'âge de quatorze ans, encouragé par Jouvet, et non découragé par ses parents, qui soupiraient bien un peu mais se consolaient en voyant leur aîné décrocher une licence de sciences, François travaillait la comédie.

Un matin d'octobre 1937, dégoûté des condoléances, il tira sa révérence aux assurances et se présenta au Conservatoire où il fut admis en même temps que Blier.

Il devint le quatrième soldat à gauche, le valet qui annonce : « Madame est servie », le passant qui ne dit pas un mot, c'est-à-dire figurant à la Comédie-Française, et toujours en quête d'un cachet jusqu'au jour où Jacques Castelot lui dit :

— On cherche un jeune garçon au théâtre Michel… Va voir…

Il n'y alla pas, il y courut pour apprendre qu'André Luguet, qui montait *L'Enfant de Marie*, venait de choisir un autre débutant, Max Pollin.

Périer est engagé comme doublure. Il croise dans l'escalier du théâtre Claude-André Puget qui vient de mettre en répétition *Les Jours heureux* et qui se retourne sur lui. C'est exactement l'adolescent qu'il lui faut. Mais un autre acteur, Tony Jacquot, est déjà retenu.

On signale à Périer un film où l'on demande des jeunes gens : *Altitude 3 200*. Il bondit et arrive trop tard. Tony Jacquot vient de signer son contrat.

François commence à envier désespérément ce personnage qui vole d'engagement en engagement lorsque Tony Jacquot, pris entre le théâtre et le cinéma, abandonne la pièce pour le film. Le rôle des *Jours heureux* revient à Périer.

Le soir de la générale, François Périer est, à 9 heures, un jeune comédien de dix-sept ans complètement ignoré, timide, assez misérable, qui arrive au théâtre à pied, pour économiser le métro, dans un vieux chandail à col roulé parce qu'il n'a pas de chemise.

À 1 heure du matin, il est toujours en chandail mais il soupe chez Maxim's, en face d'Henry Bernstein, qui le félicite, entre Alice Cocéa et Juliette Achard, qui lui sourient, au milieu de vingt jolies femmes, de vingt hommes importants qui l'appellent « mon petit François », qui lui proposent du caviar, qui lui trouvent du génie et le lui disent.

Il sort de là ivre, ivre de joie, d'excitation, de champagne. D'un geste de prince russe, il hèle un taxi, se fait conduire chez lui. En descendant, il s'aperçoit qu'il n'a pas un sou et lance :

—Je suis François Périer. Vous passerez vous faire payer au théâtre...

Son assurance est telle que le chauffeur s'incline : un acteur est né.

Dix ans plus tard, jour pour jour, il créait *Les Mains sales.* Entre l'adolescent bégayant des *Jours heureux* et le grand jeune premier dramatique des *Mains sales,* il y a un peu de chance, beaucoup de travail, un mariage de gosse avec Jacqueline Porel, un divorce d'homme malheureux, et une secrète lassitude.

L'inquiétude du comédien qui n'a pas trente ans et qui se dit pourtant :

« Ce geste qui fait rire la salle..., je l'ai déjà fait dans une autre pièce. Ce truc, je l'ai employé dans un film... Vais-je devenir un vieil acteur plein de ficelles et de vanité imbécile ? »

Pied à pied, de toutes ses forces de garçon intelligent et sensible, il se défend contre le cabotinage, contre le métier qui remplace plus ou moins vite la passion du métier. Il interdit aux personnages successifs auxquels il prête sa voix et son visage, de le vider de son humaine substance, et d'en faire, entre deux rôles, un neurasthénique, un alcoolique, un joueur, une de ces pitoyables grandes vedettes qui ont perdu leur âme pour l'avoir prêtée.

François Périer ne sombrera pas. D'une main énergique, il se raccroche à ses enfants pour lesquels il s'efforce de demeurer un papa comme les autres, qui va au théâtre comme d'autres vont au bureau, et qui a un peu peur de la bonne. Il s'efforce de lire beaucoup, de sortir de son milieu en voyant régulièrement ceux de ses amis qui font un autre métier et qui lui apportent le reflet d'un autre aspect de la vie, d'autres soucis, d'autres joies.

Contrairement à beaucoup de comédiens, il ne s'est pas éloigné de sa famille. Il voit beaucoup sa mère, son frère, sa jeune sœur qui ne le traitent nullement en grand homme. François est acteur et puis voilà. Il a réussi, tant mieux.

On s'est réjoui de le voir se remarier parce que Marie est simple et gaie, parce que les enfants l'adorent et considèrent qu'elle a leur âge : ce en quoi ils ont raison, prétend François.

Une seule personne désapprouvait ce mariage : le propriétaire de la villa qui, comme tous les propriétaires, espérait vaguement les expulser. Mais Périer, qui voulait au contraire acheter la maison, l'a menacé d'avoir quatre, cinq, six, sept enfants. Il en est bien capable ! Pourquoi pas ?... expulse-t-on un père de sept enfants ?

Il est heureux de gagner confortablement sa vie, de pouvoir gâter ses gosses, embellir sa maison, commander de temps en temps une robe à sa femme, vivre sans soucis d'argent. Mais il est heureux aussi que les temps soient révolus où un acteur pouvait édifier une véritable fortune et devenir une sorte de notaire avaricieux.

Je ne sais si l'on écrira un jour des choses désagréables à propos de François Périer, mais il sera difficile d'en trouver qu'il n'ait déjà dites lui-même, avec ce don très particulier de se moquer de lui comme d'un vieil ami.

Il prétend volontiers, par exemple, en passant tendrement son bras sous le vôtre qu'il ne plaît pas aux femmes, et accompagne cette déclaration d'un sourire mélancolique à attendrir Suzy Solidor soi-même. Il raconte aussi que, lorsqu'il tournait *Le silence est d'or*, Maurice Chevalier avait pris l'habitude de lui adresser, chaque jour, des éloges de plus en plus vifs auxquels il s'accoutumait doucement. Un matin, Chevalier apporta au studio un exemplaire de luxe de son dernier livre et le lui dédicaça en ces termes : « À François Périer qui, si jeune, a tant de choses que je n'ai pas... »

— C'est trop, vraiment c'est trop ! protesta Périer qui n'en pensait d'ailleurs pas un mot. Je suis confus, ému, reconnaissant. Tant de choses que vous n'avez pas ? Vous ?

— Mais si, voyons, répondit Chevalier d'un ton sec, vous avez des enfants.

Il raconte encore... Mais que ne raconte-t-il pas ? les histoires d'Alphonse Allais qui s'amusait à remplacer subrepticement sur le zinc des bistrots les œufs durs par des œufs frais, et qui attendait pour voir la tête du premier client qui casserait négligemment l'œuf... Des anecdotes de théâtre, des aventures personnelles, des mots de grands hommes, des procès auxquels il assiste toutes les fois qu'il a quelques loisirs parce que tout ce qui est humain le passionne : il bavarde, intarissable, et si drôle, qu'un dîner avec lui ne se termine jamais avant quatre heures du matin. Enfin, on se sépare, épuisés d'avoir ri et reconstruit le monde autour d'un whisky. Il s'éloigne de son pas de jeune canard et revient pour dire :

— Je vous ai raconté l'histoire du gars qui fait une conférence sur l'amour ? Non ?... Mince, il est 4 h 10 ! Tant pis. Voilà. C'est un monsieur qui...

Je ne peux pas, hélas ! vous la rapporter ici. Non vraiment, n'insistez pas. Mais si vous le rencontrez, demandez-la-lui. Il se fera une joie. N'est-ce pas, cher François ?

GÉRARD PHILIPE

Depuis le temps que l'enfant aux sortilèges du cinéma français a vingt ans, il a tout de même fini par en avoir trente.

Il lui reste de l'extrême jeunesse quelques tics. Une façon de dire « Bonjour, madame », comme les enfants qu'on traîne au salon, une certaine propension à croire que le monde est peuplé d'imbéciles et de médiocres, et le goût du mystère.

— Je n'aime pas qu'on me montre..., dit-il lorsqu'on lui reproche de se dérober à la curiosité professionnelle des journalistes.

Puis, il s'étonne de retrouver dans les journaux une image peu conforme à l'original et, pour tout dire, assez irritante.

Le Gérard Philipe pour consommation courante se fait en trois modèles.

Cliché n° 1 : le bon jeune homme qui est si gentil avec sa jolie maman, dite Minou.

Cliché n° 2 : l'enfant fiévreux qui courait à travers la campagne brûlée de Provence en déclamant Racine.

Cliché n° 3 : la vedette officielle dont on commence à redouter les pointes et les caprices.

Et à tout lecteur, on offre en prime le nom du dernier auteur que M. Gérard Philipe vient de découvrir. Tantôt il s'agit de Proust, tantôt de Stendhal, tantôt de Tolstoï... Et les jeunes filles éprises de sa pâleur distinguée, et les dames mûres qui rêvent de lui mettre des ventouses, d'admirer qu'un si beau jeune homme ait de si bonnes lectures...

Ah ! comme on voudrait qu'une fois, une seule fois, il ait été surpris plongé dans *L'Almanach Vermot* !

Pauvre Gérard Philipe ! Si jeune, si charmant et déjà pétrifié dans la légende du « jeune-premier-génial-et-intellectuel », la pire.

Il n'est pas du tout comme ça, vous savez. Et il n'a jamais couru la campagne de Provence en déclamant du Racine. Et s'il est devenu acteur, c'est parce que ce métier lui semblait à la fois moins ennuyeux et plus lucratif que celui d'avocat ou de médecin.

Et s'il a exploité largement le filon de l'amour filial, les photos avec maman, l'appartement avec maman, les porto-flips préparés par maman, c'est parce qu'il a ainsi réussi à cacher longtemps derrière le beau visage tendre de Mme Philip (sans *e*) un autre visage féminin qu'il entendait ne pas exposer à la malignité publique.

Le visage d'une jeune femme brune, sans rouge à lèvres, à talons plats, qui a divorcé pour devenir en 1951 Mme Gérard Philipe. Ce jour-là, il n'y eut pas de photo « avec maman ». Maman n'assistait pas au mariage.

Aujourd'hui encore, si vous rencontrez le Cid en compagnie de sa femme du côté de Neuilly où ils habitent, ne marquez pas que vous le reconnaissez, vous lui ferez plaisir.

Et que ne ferait-on pas pour lui faire plaisir ?

L'entreprise ne doit pas être simple, d'ailleurs. Il ressemble singulièrement à ces enfants de riches qui s'ennuyent à mourir devant leurs trains électriques perfectionnés. Pour les faire sourire, c'est peut-être justement une cocotte en papier qu'il faudrait...

Il a réussi très vite, trop vite. Entre le moment où il s'est dit, un jour que cela l'ennuyait particulièrement d'étudier le droit romain à la faculté de Nice : « Tiens, si je faisais du cinéma ?... On a son nom en grosses lettres sur les affiches, on gagne beaucoup d'argent, on n'a pas besoin de travailler... » et le jour où son premier film, *L'Idiot*, est sorti, il ne s'est pas passé cinq ans.

Sa carrière s'est déroulée avec une facilité démoralisante. Il n'a peut-être pas désiré assez longtemps le succès, il ne l'a peut-être pas rêvé, il ne l'a pas caressé, il ne l'a pas imaginé, il ne l'a pas payé assez durement pour en être comblé.

À travers ce couloir étroit que représente une carrière, il n'a eu qu'à pousser les portes et elles se sont ouvertes. Il n'a eu qu'à paraître et les mains se sont jointes pour l'applaudir. Il n'a eu qu'à parler et les gorges se sont nouées de rires ou de larmes.

Il a raconté cent fois l'histoire de ses débuts. S'il était seul à la raconter, on pourrait d'ailleurs redouter qu'elle soit entièrement fausse parce qu'il a le goût de la mystification. Il aimerait sûrement faire croire parfois qu'il est le fils d'un chamelier et d'une danseuse de corde... Ou le frère décoloré des Peter Sisters... Entrer dans la peau d'un autre personnage..., s'inventer un passé, des états d'âme.

La réalité est banale. Gérard Philipe, dit Gégé pour sa mère, est le fils d'hôteliers de Grasse, et il a passé son enfance en pension. Une grand-mère maternelle tchèque est probablement responsable de ses yeux trop clairs dans lesquels toute la détresse du monde se réfugie parfois.

Alors, on a envie de lui demander pardon, pardon pour les méchants, pour les imbéciles, pour tous ceux qui lui ont fait mal, on a envie de lui dire :

— Je vous en prie, ne me regardez pas comme ça... Ça s'arrangera, je ne sais pas ce qu'il y a, mais ça s'arrangera sûrement. Tout s'arrange...

Il semble soudain si fragile, si misérable. Sa voix plate et chaude coule sans modulation, comme le sang d'une blessure. Son grand corps dégingandé se casse, ses mains blanches et belles, ses mains d'inutile s'ouvrent et retombent comme si elles s'effeuillaient. C'est le moment où, selon le tempérament et l'âge de son interlocutrice, il provoque l'envie de le mettre au lit avec une bouillotte, de lui proposer de mourir ensemble sur une couche de glaïeuls ou de se précipiter dans les bras d'un homme solide, bronzé, sain et sans inquiétude excessive sur le sens de la vie.

Et puis, brusquement, il rit et on se demande comment on a pu être dupe de sa tristesse.

Son premier exploit d'acteur, il le réalisa à une fête de bienfaisance organisée à Cannes par la Croix-Rouge, pendant la guerre. Il récita une fable de Franc-Nohain. Il avait dix-neuf ans. Une vieille actrice, Suzanne Devoyod, l'entendit et l'encouragea fort à cultiver des dons si éblouissants.

Quelques jours après, le metteur en scène Marc Allégret et sa femme, dînant chez des amis de Grasse, se laissèrent entraîner chez Mme Philip, au Parc Hôtel, en consultation. Une consultation d'un genre un peu particulier. Mme Philip avait une grande réputation de cartomancienne, et Mme Allégret une grande curiosité de l'avenir.

Mme Philip ne perdit pas son sang-froid et profita de l'occasion pour demander à Allégret de recevoir Gérard… Il faisait son droit… mais il avait envie d'être comédien…

— Qu'il vienne me voir, répondit Allégret.

Il vint. Allégret lui donna une scène d'*Étienne* à apprendre. Il revint et joua la scène avec une telle compréhension du texte, du personnage, qu'Allégret pressentit le grand comédien et lui conseilla de travailler. Travailler ? Gérard n'avait jamais pensé qu'on travaillait pour devenir acteur. Il est juste de dire qu'il travailla fort peu, aussi bien à Nice qu'ensuite au Conservatoire. Il n'a jamais balbutié. Il n'a jamais eu de l'avenir, comme on dit… Ses premières apparitions ont eu tout de suite un caractère fatal. On le reconnut pour grand comédien comme on reconnaît les bébés abandonnés sur les marches des églises... À quelque signe mystérieux qui marque son front.

L'Occupation avait amené dans le Midi de la France bien des gens qui ne s'y seraient jamais trouvés en d'autres temps. Gérard entra dans un cours dramatique et y rencontra un jeune homme qui devint son meilleur ami, qui l'est encore, et qui eut sur sa carrière une influence considérable : Jacques Sigurd.

Sigurd voulait aussi être acteur. Il est devenu auteur. Il a signé les dialogues de *Dédée d'Anvers*, les scénarios de *Manèges*, de *Tous les chemins mènent à Rome*, d'*Une si jolie petite plage*. Deux succès, deux échecs.

Personne ne conteste aujourd'hui le très grand talent de Jacques Sigurd. Mais sa collaboration avec Gérard Philipe a donné de mauvais résultats commerciaux et il n'y a pas en France de vedette assez populaire pour entraîner le public là où il ne lui plaît pas d'aller.

Gérard Philipe s'est donc résigné à tourner des histoires signées par d'autres auteurs.

Et puis Jean Vilar est venu... et l'enthousiasme est revenu. Le Théâtre national populaire est fait de leur commune ferveur...

Son premier rôle au cinéma, Gérard Philipe le doit encore à Allégret qui l'engagea pour *Les Petites du Quai aux Fleurs*. Son premier rôle au théâtre, il le doit à Claude Dauphin qui l'engagea pour jouer à Cannes *Une grande fille toute simple*.

En tournée à Lyon, il fut remarqué par Douking qui lui dit : « Si vous venez à Paris, passez me voir... »

Il vint à Paris. Douking le présente à Hébertot qui monte avec Edwige Feuillère *Sodome et Gomorrhe*, la pièce de Giraudoux. Il songe au petit rôle du jardinier. La légende prétend qu'en voyant ce jeune prince aux yeux verts si près de l'enfance et de la mort en même temps, Edwige Feuillère se serait écriée :

— Ça ! un jardinier ? Un ange plutôt !...

Et Gérard Philipe aurait répondu :

— Ça tombe bien. J'habite rue de Paradis.

Bref, il fut l'ange. Un jour, il oublia son entrée et laissa Edwige Feuillère deux minutes seule, en scène.

Chez un autre, cet oubli aurait pris la forme d'une joyeuse anecdote de jeunesse.

Chez lui, elle s'est transformée en un cauchemar qui revient souvent depuis troubler les nuits qu'il aime à prolonger fort tard dans la matinée.

Il a demandé à Hébertot de lui confier le rôle de Caligula dans la pièce d'Albert Camus. Hébertot a refusé. Mais, huit jours après, il l'a convoqué, parce que Henri Rollan qui devait créer la pièce était tombé malade. Les portes continuaient à s'ouvrir toutes seules...

« Qu'il est dur, qu'il est amer de devenir un homme... », disait-il dans *Caligula*.

Se souvient-il parfois de cette réplique qui lui va si bien aujourd'hui ?...

Alors, il était encore un très jeune homme bondissant et doux qui obéissait comme un enfant. Le metteur en scène de *L'Idiot*, Georges Lampin, eut infiniment de peine à l'imposer comme interprète. Mais, huit jours après la sortie du film, Paris ne parlait que de Gérard Philipe. Il avait vingt-trois ans. Il mit un certain temps à comprendre qu'il était célèbre et que désormais on payerait très cher l'honneur de l'avoir dans un film. L'ayant compris, il ne s'en étonna guère : il n'avait jamais envisagé l'échec.

Aujourd'hui, parfaitement conscient de sa situation de grande vedette, il en tire d'assez maigres satisfactions.

Matériellement, il goûte la sécurité, la liberté d'esprit que donne l'argent, mais vit fort simplement. Une Citroën, un petit appartement à terrasse pour lui, à Neuilly, un petit appartement pour sa mère... Il ne sort guère, passe ses vacances dans un village perdu des Pyrénées, ne dépense vraiment que pour sa bibliothèque.

Moralement, l'état de vedette semble l'avoir retranché des humains dont il cherche follement la pulsation dans les livres.

À moins que des meurtrissures secrètes et soigneusement dissimulées ne l'aient conduit à cette retraite et justifient la frange de désespoir qui borde ses enthousiasmes.

On lui a demandé un jour quel avait été son premier amour. Il aurait pu répondre, tout simplement. Toutes les vedettes l'ont fait de bonne grâce. Lui, il explique que, voguant sur une pirogue, il avait aperçu une merveilleuse créature aux cheveux d'algues qui nageait sur des eaux glauques..., une créature dont il tomba aussitôt follement épris.

Il la supplia de le rejoindre. Elle refusa. Il insista si bien qu'elle finit par sortir de l'eau. Alors, il comprit pourquoi elle avait tant résisté : c'était une sirène unijambiste...

L'histoire loufoque et triste est typique de sa forme d'esprit. Il aime aussi raconter l'aventure de Raimu qui vit un jour arriver, au studio, trois messieurs importants, munis de cigares, sérieux.

— Qui est-ce ? demanda Raimu.

— Les commanditaires, monsieur Raimu. Des banquiers... Ils viennent nous voir travailler...

— Ah !

Le lendemain matin vers dix heures, les trois messieurs virent en plein conseil d'administration Raimu entrer dans leur bureau, prendre un fauteuil, s'asseoir et déclarer :

— Eh bien ! chacun son tour. Aujourd'hui, c'est moi qui viens vous voir travailler.

Racontée par Gérard Philipe hilare, je dois dire que cette histoire me consterne. Raimu était un vieil homme laid, avare et malheureux, dont on tolérait le fâcheux caractère à cause de son immense talent.

Quoi, à vingt-sept ans, ce jeune homme tout pétri de lumière qui marche depuis l'adolescence sur un tapis de lauriers ne sait-il pas ouvrir son cœur même à des commanditaires ? Ne voit-il les hommes que sous leur masque le plus grossièrement conventionnel ? Le journaliste mal élevé, le financier illettré... et la grande vedette crucifiée ?

Pourtant il est intelligent, fin, sensible, hypersensible. Alors il découvrira bien un jour qu'on ne reçoit que ce qu'on donne et que la vie, comme les femmes, est cent fois plus belle lorsqu'on lui dit qu'on l'aime.

ÉDITH PIAF

Dans l'étrange maison vide de meubles et pleine de passants qu'elle a achetée à Boulogne, le téléphone sonne sans cesse.

— Je ne suis pas là, crie-t-elle.

Alors, celui ou celle qui se trouve à côté du téléphone décroche le récepteur blanc, incongru au milieu des cendriers débordant de mégots, chuchote un nom. Et elle finit toujours par répondre de sa voix trouée parce qu'elle ne pourra jamais dire non, fermer sa porte, fermer son cœur, fermer sa main.

Il y a des gens qu'on ne saurait prendre au sérieux. Elle, on est toujours tenté de la prendre au tragique, de la tailler en plein drame. Pourtant elle est gaie, elle est drôle, et si elle ne sait plus très bien rire depuis la mort de Cerdan, elle s'efforce bien poliment de faire comme si.

Piaf, une grande mélancolique blanche et fragile ? Mais non. Une môme de Paris, solide et ronde sur ses jambes maigres, infatigable avec sa mauvaise mine chronique et ses joues creuses, rieuse avec ses yeux couleur de brume. Ce n'est pas de sa faute si elle irradie la misère, si on l'imagine mieux sur un lit d'hôpital que dans un satin capitonné, si elle est marquée de tous les stigmates du malheur.

Elle fait honnêtement ce qu'elle peut pour s'évader des ombres noires qui la cernent. Elle s'habille chez Fath, elle porte du vison, elle boucle ses cheveux ternes, elle habite au Bois, elle a un cuisinier chinois, elle lit Homère. Mais le vison se déguise en lapin, les boucles lui font un visage bouleversant de petit garçon battu, l'hôtel particulier prend l'air d'un décor hâtivement planté dans un théâtre pauvre ; on s'attend à ce qu'il disparaisse au signe d'un machiniste ; le cuisinier chinois fait figurant et Homère lui enseigne que neuf siècles avant Jésus-Christ les poètes chantaient déjà la souffrance. Comme elle.

Si elle osait, elle abandonnerait sa célèbre petite robe noire, elle se couvrirait de paillettes. Elle se demande parfois ce qui serait arrivé si, le jour où elle acheta sa première robe pour monter en scène, le marchand lui avait proposé du rouge ou du bleu ciel. Elle aurait choisi la moins chère, bien sûr, et la plus claire, la plus gaie.

Elle n'a pas le goût du malheur. C'est le malheur qui a du goût pour elle et si elle lui doit d'être aujourd'hui la vedette la plus célèbre et la mieux payée du monde, il ne cesse jamais de lui présenter sa facture.

Elle est née sur le trottoir, à Belleville, elle a été abandonnée à deux mois par sa mère, une chanteuse d'origine italienne, Line Marsa. Elle aurait peut-être été une grande belle fille si, jusqu'à trois ans, sa grand-mère ne l'avait nourrie au vin rouge plus souvent qu'au lait pasteurisé. Alors elle n'a eu la force de pousser que jusqu'à 1,47 m et il faut la regarder attentivement pour découvrir que son petit nez est joli, que le dessin de sa bouche est tendre.

Ses biographes lui ont appris qu'elle avait eu une enfance et une adolescence misérables. Quand elle y pense aujourd'hui, où elle sait comment vivent les autres, elle se rend compte qu'ils ont raison. Mais elle leur en veut confusément de salir avec de la pitié et des mots de bourgeois un temps qui eut aussi sa douceur et sa sombre poésie.

Le premier homme qui joua un rôle dans sa vie était acrobate ambulant et s'appelait Louis Gassion. C'était son père. Quelques jours avant sa naissance, en 1915, il se trouvait en permission à Paris et il avait été frappé par le gros titre d'un journal : « Miss Édith Cavell a été fusillée par les Allemands... » Et la petite fille s'appela Édith, ce prénom pour grande blonde languissante et distinguée. Puis, il repartit pour le front.

Chez la grand-mère portée sur le vin rouge, une autre grand-mère indignée vint chercher Édith. C'était une femme énergique : elle prit l'enfant et l'installa chez elle, à Bernay, dans l'Eure.

Édith n'avait pas de mère : elle en eut soudain vingt, qui commencèrent par la laver, ce qui ne lui était apparemment jamais arrivé, avant de l'embrasser et de la cajoler.

Ces vingt mères furent bonnes pour elle... Elles étaient bonnes aussi pour les habitants masculins de Bernay. Pour tout dire, grand-mère tenait un bordel.

— En maison à quatre ans, dit Édith, ces choses-là n'arrivent qu'à moi...

Elle y apprit bien des choses et pas ce que vous croyez. La bonté peut-être, la solidarité aussi, et, parce que les voies de Dieu sont impénétrables, c'est dans la maison de Bernay qu'elle découvrit la foi, une foi humble et chaude qui ne l'a jamais abandonnée.

C'est que, pour elle, le bon Dieu s'est mis en frais. Deux mois après son arrivée à Bernay, elle devint aveugle. Les médecins convoqués par grand-mère se déclarèrent impuissants. Alors, il y eut de longs conciliabules dans la maison. Et, par un beau jour d'août, grand-mère, Édith et toutes ces dames, parées de leurs atours, s'en furent à Lisieux implorer sainte Thérèse.

— Sainte Thérèse, pria la grand-mère, faites que ma petite-fille voie pour le jour de ma fête... pour la sainte Louise... dans six jours, vous savez bien ?

Et, le jour de la sainte Louise, à cinq heures, Édith, qui tapait tristement sur les touches du piano dans le salon, s'écria soudain :

— Je vois...

Alors se déroula cette scène que vous pouvez trouver drôle : patronne, sous-maîtresse et pensionnaires tombèrent à genoux au milieu du salon, se signèrent, et remercièrent ensemble sainte Thérèse de toute leur ferveur. Le lendemain, grand-mère faisait un don de dix mille francs à la paroisse. Édith avait vécu trois ans plongée dans la nuit.

Aujourd'hui, quand elle se sent vaciller au bord d'une autre nuit, celle de la désespérance, elle touche la petite croix d'émeraudes qu'elle porte au cou. Elle l'a reçue à New York un soir de Noël, un soir où elle croyait qu'elle n'aurait plus jamais la force de vivre et de chanter. C'est Marlene Dietrich qui la lui envoyait de Rome.

Louis Gassion était bon père à sa façon. Il vint reprendre sa petite fille. Mais, si Piaf connaît toute la France, ce n'est pas pour avoir appris la géographie à l'école ! Elle a suivi une classe ! C'est parce qu'elle accompagna son papa pendant dix ans de ville en ville. Il exécutait son numéro de contorsion sur les places, dans les cafés. Elle chantait et faisait la quête. De temps en temps, Louis Gassion mettait une annonce dans un journal : « Cherche jeune femme pour garder enfant. Voyages agréables. » Édith eut ainsi quelques mères de plus, des bonnes et des mauvaises, des douces et des brutales. Mais papa, qui avait des principes, lui flanqua une raclée lorsque, à quinze ans, elle découvrit que Petit-Louis — seize ans — avait la peau douce. Alors, elle s'enfuit.

Quand on lui demande : « Vous chantiez vraiment dans les rues lorsque Louis Leplée vous a découverte ? », on sent qu'elle pense : « Oui. Ça vous paraît épouvantable, mais c'était beau..., j'avais "mes" rues, mon public qui en redemandait... J'habitais Barbès, Pigalle, Clichy, les rues de lumière, les rues de plaisir... J'ai eu faim... j'ai eu froid, mais j'étais libre... Libre de ne pas me lever, de ne pas me coucher, de me saouler, de rêver, d'espérer... D'espérer, par exemple, que je deviendrais une grande de la chanson... »

L'horrible, ce ne fut pas la rue. Ce ne fut même pas les crémeries, où elle se levait à quatre heures pour livrer le lait, la chambre sordide avec Petit-Louis qui gagnait cent soixante francs par semaine, l'usine Taupin et Masquet où elle devint vernisseuse de galoches... Partout, elle eut toujours des amis, partout, les plus méchants s'attendrissaient lorsqu'elle chantait, partout, elle fut aimée parce qu'elle aimait, parce qu'au fond de la détresse elle est toujours demeurée riche de larmes, de sourires et d'amour, parce qu'elle a toujours été un de ces êtres-moteurs auxquels les autres s'accrochent pour se sentir soulevés... Et cette grande zone de tendresse qui l'auréole était plus pure lorsqu'elle n'avait rien à donner.

L'horrible, ce fut l'hôpital, l'accouchement, le bébé sans layette, sans lait, qui criait dans ses bras pendant qu'elle chantait pour gagner de quoi le réchauffer, le nourrir... Elle avait seize ans. Si elle a un jour l'enfant qu'elle souhaite maintenant, il s'éveillera dans un berceau de dentelle... Il s'éveillera dans une chambre pleine de fleurs... Mille voix murmureront : « Tu as besoin de quelque chose ?... » Alors peut-être s'effacera le visage de la petite Marcelle de deux ans, mourante, morte.

Mais ne vous y trompez pas. Si Piaf peut nouer des sanglots dans les gorges les plus sèches en chantant les complaintes des pauvres filles et les émerveillements des amoureuses, ce n'est pas seulement parce qu'elle fut misérable et émerveillée, c'est parce que son histoire est éternelle, c'est parce que, pendant qu'elle chante, il y a, ce soir, dans un hôpital, une fille qui gémit et sur un banc, une fille qui regarde le ciel chavirer dans les yeux de celui qu'elle aime.

Vous souvenez-vous de *Mon légionnaire* ? Il a existé, lui aussi. Elle avait dix-sept ans, elle chantait à la porte des casernes avec un copain, Camille Ribon, et sa femme. C'est devant la caserne des Lilas qu'elle le rencontra. Il s'appelait Henri G., soldat d'infanterie coloniale. Il était blond, il était beau, il l'emmena au cinéma et à Meudon sur sa bicyclette. Ah ! qu'elle l'aimait ! Ah ! qu'il l'aimait... Ce fut une jolie histoire, une histoire de deux mois, juste assez pour avoir très mal quand on se sépare. Henri reprit du service pour cinq ans, partit pour l'Afrique. Quand elle connut Raymond Asso, elle lui raconta si bien l'histoire de son légionnaire qu'il écrivit la chanson. Mais Piaf n'était pas satisfaite. Elle voulait changer ceci, changer cela... Et puis, un jour, en dînant avec des amis, elle entendit :

— Marie Dubas est folle de joie, elle a une nouvelle chanson merveilleuse... *Mon légionnaire.*

Piaf devint un peu plus blême. Marie Dubas était alors en pleine gloire. Piaf courut l'entendre : elle comprit ce soir-là qu'elle ne savait rien, qu'elle avait tout à apprendre du métier qu'elle voulait faire et elle supplia Marie Dubas de lui permettre de chanter aussi le *Légionnaire*, l'homme qui avait du soleil sur son front et dans ses cheveux blonds de la lumière.

Elle chante et, un soir de 1938, devant le théâtre de Belleville, à la sortie des artistes, parmi les amis qui l'attendent, elle aperçoit un petit monsieur bedonnant, mégot aux lèvres, casquette de travers, un petit monsieur qu'elle trouve laid et affreusement vulgaire, un petit monsieur qui grasseye :

— Alors quoi ! Tu ne te souviens pas ? Henri, voyons Riri ! La porte des Lilas !... T'as fait du chemin, dis donc, depuis ?...

Une grande claque sur les fesses, et puis il disparut, la laissant pétrifiée de honte, de tristesse. Son légionnaire venait de mourir et, avec lui, la petite fille de la caserne des Lilas, celle qui ne savait pas qu'il était vulgaire, celle pour qui une balade à Meudon était un grand voyage, celle pour qui le bonheur, en somme, était peut-être plus facile.

C'est un patron de cabaret, Louis Leplée, qui découvrit Piaf au coin de la rue Troyon, où elle chantait avec sa voix plus grande qu'elle, son accent de Belleville et ses pieds sales qu'elle lavait dans le bassin de la Concorde à la barbe des flics. Trois jours après, elle débutait au « Gerlys ». Dans la salle, il y avait Mistinguett, Maurice Chevalier... des épaules blanches, des habits noirs, des ombres glacées.

Pour l'événement, elle avait promis de se tricoter un chandail. Mais, au moment d'entrer dans la salle, il y manquait encore la moitié d'une manche. On lui jeta un châle.

Elle débuta dans un grand silence. Elle termina dans un grand silence et puis, soudain, Chevalier s'écria :

— Elle en a plein le ventre, la môme !

Et les applaudissements éclatèrent. Le lendemain, tout Paris parlait d'elle, et elle crut que c'était arrivé, malgré les doux sermons de « papa Leplée » à Édith Gassion devenue « la môme Piaf » !

Un soir, un grand garçon au visage d'ange lui dit :

— Voulez-vous boire quelque chose avec nous, mademoiselle ?

C'était la première fois qu'on l'appelait mademoiselle. Et c'était Jean Mermoz qui lui faisait ce cadeau.

Vous voyez bien que tout ce qui touche à Piaf a une sorte de grandeur, que le destin écrit pour elle en majuscules.

Elle rencontra Raymond Asso chez un éditeur, ils n'échangèrent pas un mot. Mais, quand on lui dit trois jours après :

— On vous demande au téléphone...

Elle répondit :

— Je sais qui c'est.

Il lui donna rendez-vous dans un café. L'homme qui l'accompagnait était si laid qu'elle prit peur et qu'elle trembla pendant toute la soirée.

Raymond Asso est le dernier homme qui fit quelque chose pour Piaf. C'était un curieux personnage cultivé, intelligent, doué. Quand il ne pouvait vraiment plus trouver de quoi payer sa chambre à Pigalle, il devenait le secrétaire de quelqu'un. Ça ne durait jamais. Son œuvre, c'est Piaf. Après l'assassinat de Louis Leplée, lorsque Piaf devint « celle du scandale », il la regarda glisser. Au « Gerlys », on ne voulait plus d'elle. Chez « Odett' » qui l'engagea, on sifflait dès qu'elle entrait. Elle criait plus fort que les siffleurs, elle n'avait rien à se reprocher, elle ne savait rien des histoires personnelles de Leplée. Pour elle, c'était le frère du bon Dieu... Elle fit des tournées dans les cinémas de quartier, elle trouva des contrats à Nice, elle traîna, elle but, elle dégringola. On ne fait pas une carrière en chantant n'importe quoi, n'importe où, même lorsqu'on a la voix de Piaf. Alors un jour, elle demanda, vaincue :

— Est-ce que tu veux t'occuper de moi ?

— Il y a un an que je t'attends, répondit Asso.

Non seulement il écrivit les paroles de ses meilleures chansons, non seulement il poursuivit le directeur de l'ABC jusqu'à ce qu'il décroche un contrat pour elle, mais il fit de l'amateur une professionnelle. Dans toutes les grandes carrières, il y a ce moment extraordinaire où celui qui n'a encore que des dons les gâche ou les discipline en apprenant son métier.

Elle était sauvage, méfiante, insolente, fière, toujours prête à refuser le mors, à retourner vers ses rues, son Montmartre, ses copains, ses cuites, sa liberté.

Elle faisait des fautes d'orthographe. Elle ne lisait que des romans à douze sous : *Vierge et souillée*, *La Mariée tragique*, etc. « Votre littérature à la c..., c'est du snobisme », disait-elle à Asso.

Pour l'apprivoiser, il choisit un roman qui devait la toucher parce qu'il racontait un peu son histoire. C'était *Une petite fille comme ça*, de Lucie Delarue-Mardrus. Puis, il passa à Jack London. Puis, c'est elle qui réclama d'autres livres.

Édith Piaf ne chante plus jamais les chansons de Raymond Asso, beaucoup d'hommes ont passé dans sa vie depuis, mais c'est elle qui les a marqués, secoués comme ces drogues miraculeuses qui multiplient vos forces, aiguisent votre esprit et vous laissent ensuite prostré. Les uns ont compté, les autres moins. Maintenant, c'est elle qui découvre, c'est elle qui enseigne, c'est elle qui fait lire. Elle a forcé la porte d'un univers immense où elle veut faire entrer tous ceux qu'elle aime.

— Gide, dit-elle, je vous assure que c'est « quèque chose ».

Elle vit depuis quinze ans la plus tyrannique des histoires d'amour, celle que les vedettes de music-hall vivent avec le public. Comme un homme, il faut d'abord le conquérir, puis le garder, puis supporter qu'il en aime d'autres, se sentir volée, trahie, et lutter pour demeurer la préférée. Comme un homme, il vous voit vieillir, il ne veut pas que vous changiez, et, si vous ne changez pas, il se lasse. Comme un homme, il faut le reconquérir à chaque rencontre.

Mais le succès lui-même devient lourd quand on ne peut plus l'offrir à celui pour qui on était fier de triompher.

New York est à ses pieds. Elle remplit les salles, les enfants courent derrière elle dans la rue en criant : « Idiss »... C'est leur façon de prononcer Édith. Les vendeurs de journaux sifflent *La Vie en rose.* Miss « Paillef » signe un nouveau contrat pour chanter dans un cabaret de Hollywood. On lui dresse des ponts de dollars. Mais l'argent qu'elle prend d'une main, elle le donne de l'autre.

Il faut qu'elle chante, qu'elle chante beaucoup, comme les enfants crient quand ils ont mal.

Avec son pauvre sourire, ses grosses plaisanteries, sa secrétaire, son chauffeur, ses deux voitures, sa femme de chambre, son amie d'enfance Simone, sa grande maison, ses trois téléphones, son pianiste, son imprésario et l'homme contre lequel elle laisse glisser sa tête quand elle n'en peut plus, avec sa nouvelle marotte, la peinture, ses valises pleines de cadeaux pour les enfants de Cerdan, ses rendez-vous, ses contrats et ses effigies de sainte Thérèse, Édith Piaf est l'être le plus tranquillement désespéré et solitaire que j'aie approché.

Elle qui avait si peur de mourir autrefois, elle ne craint plus rien.

Elle n'a plus, pour rompre l'effrayant silence de son cœur, que le bruit des applaudissements.

ELVIRE POPESCO

Quand elle entre, on se dit :

— Diable... Elle n'a pas rajeuni...

Et puis, la bombe Popesco éclate et on se moque de savoir si elle a vingt ans ou cinquante.

Dès qu'elle est en scène, cette belle lionne fatiguée retrouve l'odeur du cirque, redresse la tête et, en trois coups de patte, écrase le spectateur le plus réticent.

Elle ne joue pas *L'Amant de Mme Vidal*, comédie en trois actes que Louis Verneuil écrivit pour elle en 1928. Elle est encore — vingt-quatre ans après la création — la petite Mme Vidal qui a trop d'imagination et l'âme toute fraîche d'une jeune femme bien honnête.

Ah ! bien sûr, le théâtre de Louis Verneuil n'élève pas la pensée. Ses personnages sont de son époque, c'est-à-dire qu'ils ne sont plus de la nôtre. Ils ont des maîtres d'hôtel, des villas à Cabourg, des particules et des loisirs dans l'après-midi pour mettre leur cœur et leurs hommages aux pieds des jeunes femmes désirables qui se font désirer pendant deux ans avant de s'écrier : « Vous me faites perdre la tête. »

Mais, tout ceci, on y pense avant la pièce ou on y pense après. Pendant, on ne pense pas : on rit, on rit très fort.

Popesco a l'habitude. Il y a trente-cinq ans que ça dure. Il y a trente-cinq ans qu'elle se cogne la tête contre ce mur de rires et qu'elle se demande :

« Est-ce qu'ils me prennent pour un clown ? Ou est-ce qu'ils ont compris tout ce qu'il y a de travail, de nuances, de sensibilité dans la façon dont je traduis, par exemple, la pureté de Mme Vidal ? »

Non. « Ils », c'est-à-dire le public, ne comprennent pas. Et c'est un bel hommage qu'on lui rend en persistant à l'assimiler aux personnages qu'elle interprète.

On ne se dit jamais :

— Comme Mme Popesco joue bien la comédie !

Parce qu'on ne voit pas qu'elle joue la comédie.

Vous êtes-vous jamais rappelé, en l'écoutant, que, comme tous les acteurs, elle prononce un texte dont elle n'est pas l'auteur, qu'elle a appris par cœur, réplique par réplique ? Est-ce qu'elle n'a pas toujours l'air de dire du Popesco ?

Alors, on ne songe ni à la maîtrise, ni à la technique, ni à l'effort physique qu'exigent trois heures de spectacle où elle se déplace, parle, rit, pleure, court et vous entraîne à cette cadence accélérée et irrésistible qui semble être l'expression même de sa nature.

Je ne vous raconterai pas que hors de scène elle est lymphatique, non. Mais elle est quelqu'un d'autre, quelqu'un qui a beaucoup travaillé, qui a souvent atteint et souvent dépassé la limite de ses forces. Elle est une de ces femmes-dynamos dont les autres se servent toujours pour recharger leurs propres accus et qui se disent, elles, lorsqu'elles se sentent le soir mortellement fatiguées :

— Et moi ? qui va m'aider ?

Comme presque tous les êtres triomphants, elle est, au fond, solitaire, bien qu'elle ait toujours traîné dans son sillage des hommes et des femmes qui portaient son sac, qui sortaient son chien, qui lui préparaient une bouillotte quand elle avait mal au foie, qui prenaient ou décommandaient ses rendez-vous, qui s'occupaient de sa voiture, de son percepteur et de subir, éventuellement, ses algarades parce qu'elle a souvent les nerfs à vif d'une femme qui se nourrit de yoghourt quand elle a envie d'un steak pommes frites, et d'un steak quand elle a envie de crème fraîche et de champagne.

Elle lutte depuis des années contre une tendance orientale à grossir et un goût prononcé pour la bonne cuisine. Elle lutte pour conserver sa savoureuse beauté de Roumaine blonde qui enchanta Paris lorsqu'elle y arriva, en 1924, émue et timide pour jouer avec l'accent de Bucarest : *Ma cousine de Varsovie.*

Mais, du moment que les *r* roulaient dans sa voix de velours côtelé, on se moquait bien qu'ils fussent roumains ou polonais.

Dans son pays, elle était comédienne, mariée à un comédien, Aurel Athanasesco, et elle voulait jouer Shakespeare.

Lorsqu'elle se présenta au Conservatoire, toute jeunette dans son costume de pensionnaire, elle avait passionnément travaillé deux textes. *Les Fables* de La Fontaine et une terrible tragédie, *L'Icône*, drame d'une mère.

— Charmante petite... très douée... murmurait le jury après *Les Fables*.

Mais, en mère éplorée, elle obtint un bon succès de rire. Elle avait quinze ans, elle n'a jamais oublié, elle n'oubliera jamais. Quels qu'aient été et quels que soient ses triomphes, elle portera toujours en elle une adolescente tragique à qui le destin et le public n'ont jamais permis d'exprimer les fureurs d'Hermione, la douleur de Bérénice ou, tout simplement, les humaines souffrances.

En la voyant à Bucarest dans un rôle léger, Jean Richepin déclara :

— C'est la plus grande comédienne de ce pays..

Il fut le premier à parler d'elle à Paris où Louis Verneuil, abandonné par l'actrice polonaise qui devait créer *Ma cousine de Varsovie*, cherchait une remplaçante.

Il télégraphia à Popesco... Elle arriva... Et, pendant quatorze ans, elle ne joua plus que du Verneuil au théâtre et à domicile. Elle ne retourna dans son pays que pour y chercher sa fille Tatiana.

Popesco et Verneuil formèrent ensemble un de ces couples où l'on se demande toujours, et en vain, lequel des deux est nécessaire au succès de l'autre. Elle a eu des triomphes en jouant ensuite du Deval, du Bernstein, du Guitry, du Roussin, des pièces infiniment meilleures que *Pile ou Face*,

La Sonnette d'alarme et autres vaudevilles écrits pour elle par Verneuil. Verneuil, installé en Amérique, a fait jouer cinq cents fois là-bas une ou deux pièces écrites directement en anglais.

Mais, ensemble, ils avaient autre chose, autre chose d'inexprimable, de mystérieux, qui se produit seulement lorsque l'amour et la vie professionnelle se fondent et se multiplient l'un par l'autre au lieu de se diviser l'un par l'autre.

La séparation, dans ces couples, ressemble toujours à une amputation.

Aujourd'hui encore, quand Elvire Popesco prononce le nom de Verneuil, quelque chose d'incontrôlé passe dans sa voix. Elle a une très belle voix. On la remarque moins en scène que dans la conversation. Elle a une de ces voix lourdes qui viennent de loin, et qui vous pénètrent loin, une voix où roulent des cailloux d'or et qui passe sans effort du murmure à l'imprécation. Elle a ces impatiences des êtres au rythme rapide, qui comprennent avant qu'on ait parlé, qui sentent avant de savoir, qui jugent vite et s'exaspèrent des lenteurs des autres.

Quand elle dit :

— Hubert, prenez mon sac…

On sent qu'elle pense : Hubert aurait dû voir depuis trente secondes que ce sac me gêne pour porter mon chien.

Hubert de Malet est son partenaire dans *L'Amant de Mme Vidal* où il a repris, pour obéir à Elvire, le rôle créé par Verneuil. Il est aussi l'administrateur des tournées théâtrales qu'ils organisent ensemble à travers la France, il est également son imprésario.

Pendant toutes les répétitions, elle lui a dit :

— Hubert, vous êtes mauvais, vous êtes trrrès mauvais... Mais vous jouerez tout de même parce que pour le rôle je ne veux pas d'un homme qui ait l'air d'un acteur... Seulement, vous êtes mauvais, trrrès mauvais...

Résultat : il n'a toujours pas l'air d'un acteur, mais il est excellent. Quand on le dit à Popesco, elle rit. Lui ne rit pas et on se demande qui rira le dernier.

Vous ai-je dit qu'Elvire Popesco est vicomtesse ? ... Elle a épousé en... — elle ne se rappelle plus quand, mais ce doit être vers 1938 — l'un des derniers représentants de la race des hommes du monde, Sébastien Foy, vicomte et descendant du général du même nom. On vous dira qu'il est charmant, et il l'est. Qu'ils ont fait un mariage d'amour, et c'est vrai. Ils ne se voient pas beaucoup, mais ils sont toujours contents de se rencontrer dans le très bel appartement qu'ils occupent rue de la Faisanderie ou dans leur propriété de Mézy.

Si Popesco a dilapidé beaucoup d'argent — un peu moins qu'on ne l'a dit mais un peu plus qu'elle ne le dit — c'est parce qu'elle a un sens aigu du luxe et, qu'en outre, elle est généreuse.

Elle a dépensé en fleurs plus que d'autres en fourrures, elle est la femme la mieux chaussée de Paris, elle a le goût des beaux livres — et elle les lit —, la passion des arbres, des chevaux et elle aime que dans la cheminée brûle toujours un feu de bois, même en plein été. Mais elle n'est pas la femme des extravagances et encore moins de l'ostentation. Elle dépense pour ce qu'elle aime et non pour ce qui se voit, elle a toujours été rigoureusement élégante et jamais à la façon des actrices. Enfin, elle n'a rien refusé à sa fille.

Tatiana, dite Tati, a été élevée avec soin, avec amour et avec d'excellents professeurs, dont la célèbre pianiste Marguerite Long. Rêvait-elle d'entendre le ténor Tito Schipa ? Sa mère l'envoyait à Milan. Désirait-elle plus que tout connaître Paul Valéry ?... Sa mère téléphona au poète qu'elle n'avait jamais vu et lui dit :

— Monsieur, voulez-vous jouer le père Noël pour une jeune fille blonde ?

Et elle l'invita à dîner.

Mais, si Tati avait dit : « Je veux cinq kilos de chocolat », sa mère n'eût rien fait pour combler ce vœu.

Mariée à un pianiste, elle a pris le nom de Tati Popesco pour devenir compositeur de chansons. Aurel Athanasesco lui pardonnera : elle ne l'a pas vu depuis l'âge de six mois ! Mais la fille et le père, qui est toujours acteur à Bucarest, correspondent régulièrement.

La légende raconte qu'aux courses, lorsque les chevaux voient passer Elvire Popesco, ils tournent la tête pour la suivre du regard.

Peut-être parce qu'ils reconnaissent en elle l'animal de grande race, pattes fines, nerfs fragiles, col frémissant. Mais au bout de la course, au bout de la pièce où elle arrive toujours gagnante, tandis qu'autour d'elle on se félicite, Popesco, épuisée, se demande tout bas :

— À quoi bon ?

Alors, pour couvrir le son de sa propre voix, vite, elle crie, elle clame, elle tourbillonne, elle exige, elle roucoule, vite elle fait du Popesco.

JACQUES PRÉVERT

Les enfants du demi-siècle ont trouvé leur poète. C'est un monsieur glabre à cheveux gris, de cinquante-trois ans : Jacques Prévert.

Il n'y a plus une boîte de nuit où l'on ne chante *Les Feuilles mortes*, il n'y a plus une bibliothèque où l'on ne trouve *Paroles*, soixante-dix-neuf poèmes dont le tirage dépasse celui d'un prix Goncourt. Il n'y a plus une jeune fille de bonne famille et de culture moyenne qui ne récite gravement :

Notre père qui êtes aux Cieux
Restez-y
Et nous nous resterons sur la terre
Qui est quelquefois si jolie

comme elle se fût délectée il y a cinquante ans avec *Le Vase brisé*.

Oserai-je, d'une plume qui tremble d'être sacrilège, cerner le visage presque inconnu de cet homme si connu ?

—Je ne comprends pas, dit-il, pourquoi tu veux raconter des c. . sur moi. Ça n'intéresse personne !

Si un type écrit : « Jeanne avait de beaux seins... » c'est Jeanne que j'ai envie de connaître. Ce n'est pas celui qui écrit.

Sa popularité le choque presque et le laisse tout étonné. Étonné, et suprêmement indifférent.

Il n'a aucun message à envoyer au monde, il ne recherche aucune audience, il ne sollicite aucun public, il est pur de toute vanité, de tout exhibitionnisme. C'est un homme qui n'écrira pas ses mémoires.

Si le ciel lui avait envoyé un héritage aux environs de trente ans, Jacques Prévert n'aurait d'ailleurs jamais écrit une ligne. Écrire, c'est travailler. Et travailler, connaissez-vous une occupation plus absurde ? Lui pas.

Travailler, c'est une éventualité qu'il envisage seulement dans les cas graves. C'est quelque chose de très ennuyeux qui l'empêche de penser et de parler.

Or la parole est son véritable moyen d'expression. Mais je ne connais pas d'homme qui parle plus et qui bavarde moins. La parole n'est pas chez lui, comme chez la plupart des humains, un bruit creux destiné essentiellement à couvrir, à se dissimuler, sa rumeur intérieure.

Il parle toujours comme d'autres parlent une fois dans leur vie, un soir de grande exaltation.

Vous connaissez la formule selon laquelle on prétend qu'il n'y a pas de grand homme pour son valet de chambre. Eh bien, s'il venait à Jacques Prévert l'idée saugrenue d'avoir un valet de chambre, celui-ci admettrait immédiatement que

Prévert est un homme différent des autres, un homme dont l'esprit a toujours la fièvre.

L'écriture, à laquelle il s'astreint lorsqu'il faut absolument qu'il gagne de l'argent, ne lui est nullement nécessaire pour alimenter cette épuisante, cette incessante sommation qu'il adresse en vain à un Dieu sourd.

Sommation d'avoir à comparaître, à s'expliquer, à se justifier de la misère humaine.

Inlassablement, Prévert attaque cet interlocuteur dédaigneux et invisible, comme on reproche à un mauvais entrepreneur d'avoir raté une maison. Et, pourtant, il était si beau le terrain...

Inlassablement, il dénonce l'absurdité d'un univers souffrant dont il s'épuise à chercher le sens.

Il n'y a pas de moine dans sa cellule qui entretienne avec Dieu un dialogue plus soutenu et plus quotidien.

Toute la vie de Jacques Prévert tourne autour d'une petite fille de six ans, très pâle, qui refuse depuis sa naissance de s'alimenter.

Seule, par un miracle d'amour et de patience, Janine Prévert réussit à faire avaler à l'enfant le minimum vital. Mais elle épuise à cette tâche toutes ses forces vives.

— Demande à un prêtre, à un philosophe pourquoi un enfant souffre. Il prend son chapeau et il dit : Excusez-moi, je suis pressé..., répète Prévert.

Pourquoi faut-il martyriser cette adorable petite fille pour la nourrir ? Comment Dieu, si Dieu il y a, et ses acolytes les curés, son complice le pape dont Prévert découpe les effigies dans les journaux pour en faire le centre de photomontages dont je vous laisse à imaginer les détails — comment, au nom de quelle justice, expliquent-ils qu'aient crevé de faim, de froid, de désespoir, deux petits garçons qui s'appelaient Jacques et Pierre Prévert ?

Deux petits garçons qui n'avaient rien fait de mal et qui portent encore, sur leur visage blanc d'hommes, sur leurs épaules étriquées, les stigmates des enfants sous-alimentés.

Dans leur cœur, c'est la haine qu'ils portent. La haine des riches, des repus, des satisfaits, des hypocrites, de ceux qui se bouchent les yeux et les oreilles, de ceux qui acceptent l'affreux simulacre de la justice humaine. Et, plus encore que de haine, Jacques est lourd de pitié.

Son père était un humble employé de la mairie du VIe. Dans le quartier, on l'appelait le père Picon. Tout un programme. La nuit, pour le faire enrager, Pierre faisait semblant de rêver en dormant et gémissait :

— Les Soviets au pouvoir !

Alors, le père murmurait :

— Imbécile... Fils d'alcoolique !... Imbécile...

Entre les deux petits frères pâles aux yeux bleus, il y avait — il y a encore — la tendresse, la complicité, qui unit les enfants malheureux. Jacques, l'aîné, protégeait Pierre et se sentait des devoirs parce qu'il était né, lui, à Neuilly en des jours un peu meilleurs, quand papa était quelque chose comme employé du gaz.

Il a encore envers « Pierrot » ce sentiment de culpabilité. Mais, aujourd'hui, c'est parce qu'il a réussi et que Pierre, metteur en scène plein de dons et d'imagination, n'a pas encore eu sa véritable chance.

Leur enfance est une longue série d'histoires hallucinantes qu'ils racontaient autrefois en se donnant la réplique. Ces histoires devenaient de véritables sketches que nous écoutions, fascinés. Il y avait par exemple l'histoire de la nuit de Noël. Les deux petits Prévert et leur maman attendaient en grelottant que rentre le père. Mais le père avait rencontré quelque part un clochard. Avec l'optimisme allègre que donne l'alcool, il avait invité le clochard à venir fêter le réveillon chez lui.

En guise de réveillon, le clochard tout marri trouva deux enfants affamés et une femme accablée devant des assiettes vides.

Or, c'était un bon clochard qui avait eu une bonne journée, puisque au fond de sa poche se trouvaient vingt francs. Vingt francs avec lesquels on s'en fut en toute hâte chercher de quoi manger et boire. Et, ce Noël-là, le clochard régala les Prévert.

Dieu est une grosse dinde de Noël
Qui se fait manger par les riches
Pour souhaiter la fête à son fils...

écrivit plus tard, beaucoup plus tard, Jacques.

Il n'a jamais eu envie d'écrire. Personne ne sait exactement comment il a commencé, à trente-deux ans, à faire un scénario. C'est un peu grâce à Simone. Simone était une petite amie d'enfance... Ils jouaient ensemble sur le trottoir de la rue du Vieux-Colombier. Et puis, Simone est devenue violoncelliste dans un cinéma de la rue de Cluny. C'est en l'accompagnant et en allant la chercher que Jacques Prévert a découvert le cinéma. Il a aussi découvert qu'il l'aimait bien et ils se sont mariés. C'était une chic fille, la petite Simone. Ils ont divorcé plus tard, mais ils sont restés les meilleurs copains du monde.

La jeunesse des frères Prévert s'est prolongée sur les terrasses de café, lorsque Saint-Germain-des-Prés et les Deux-Magots n'étaient pas encore un pèlerinage pour touristes anglo-saxons.

Jacques s'est lié avec le premier groupe des écrivains surréalistes et, quoi qu'on ait prétendu, il a conservé à travers les années l'amitié d'André Breton. Mais il n'a jamais écrit lui-même, à ma connaissance, selon les rites surréalistes : écriture automatique, dictée de l'inconscient, etc. La première œuvre connue et imprimée de Jacques Prévert, parue en 1931 dans une revue confidentielle et intitulée *Tentative de description d'un dîner de têtes à Paris-France*, avait déjà la rigueur amère qui soutient, comme une invisible colonne vertébrale, tout ce qu'il compose : poèmes, chansons ou films.

Le soleil brille pour tout le monde
— lisait-on — *il ne brille pas*
dans les prisons, il ne brille pas
pour ceux qui travaillent dans la mine,
ceux qui écaillent le poisson,
ceux qui mangent la mauvaise viande,

ceux qui fabriquent les épingles à cheveux,
ceux qui ne savent pas ce qu'il faut dire,
ceux qu'on n'endort pas chez le dentiste,
ceux qui fabriquent dans les caves
les stylos avec lesquels d'autres
écriront en plein air que tout
va pour le mieux,
ceux qui en ont trop à dire pour pouvoir le dire,
ceux qu'on engage, qu'on remercie, qu'on augmente,
qu'on diminue, qu'on fouille, qu'on assomme,
ceux qui crèvent d'ennui le dimanche après-midi
parce qu'ils voient venir le lundi,
et le mardi et le mercredi et le jeudi et le vendredi
et le samedi et le dimanche après-midi.

Il écrivit aussi quelques articles dans *Spectateur* sous le pseudonyme breton, comme ses ancêtres, d'Yves Bolorec.

C'est, je crois, grâce à Pierre Batcheff, grand et fameux, jeune premier du muet et des débuts du parlant, que Jacques entra dans le cinéma.

C'était un beau métier, alors, le cinéma. Un métier d'artisans émerveillés. C'était une maladie que l'on contractait.

Jacques fut très atteint. Pierre aussi. Ils promenèrent dans les studios leur étrange visage immobile, leur regard trop clair, leur maigreur distinguée et burlesque de duettistes tragiques.

Jacques, qui savait si bien parler, sut tout naturellement faire parler les personnages qu'il se mit à inventer, des personnages pleins d'ombres et de sortilèges ; et de vérité, pourtant.

De sa rencontre avec Carné est né un certain cinéma français, le meilleur peut-être, celui qui a donné *Jenny*, *Drôle de drame*, *Quai des Brumes*, *Le jour se lève*, *Les Visiteurs du soir*, *Les Enfants du paradis*... Chaque année, un film. Et quel film ! On crut, oui on crut un temps qu'ils avaient trouvé la recette, qu'ils détenaient le secret, qu'ils ne pourraient jamais se tromper. Alors, quand ils se trompèrent, quand ils montrèrent *Les Portes de la nuit*, cet échec plus satisfaisant pourtant que tant de réussites, une sorte de stupeur joyeuse s'empara de leurs confrères.

Ainsi, le tandem Carné-Prévert n'était pas infaillible ! Ouf ! On respirait.

Quelle horreur, et quelle honte cette satisfaction à peine dissimulée !

Entrouvertes, *Les Portes de la nuit* se sont refermées sur un univers où personne n'osera plus, pour longtemps, pénétrer : l'univers de Prévert illustré par Carné, l'univers du désespoir sans colère, de l'amour sans cri, de la douceur empoisonnée.

Quand Jacques Prévert est tombé de la fenêtre des Champs-Élysées sur laquelle il voulait marcher, on a cru qu'il allait mourir. Mais son pauvre corps disloqué a refusé de quitter cette vie si décriée. Peut-être parce que, aussi horrible que ce soit, la vie, c'est encore plus beau quand c'est beau.

Lorsqu'on lui a dit :

— Heureusement que vous ne vous êtes pas cassé le bras droit ! Quelle chance !

Il a répondu :

— Vous voulez dire : quelle chance que je ne me sois pas cassé le pied droit !

Comme s'il avait besoin d'écrire ! Lentement, ses blessures se sont fermées, au doux soleil de Saint-Paul-de-Vence, et son épaule gauche, son bras martyrisé, opéré, réopéré, deviennent plus souples.

À Saint-Paul, il est le roi, le caïd, le seigneur. Tout le village connaît et aime M. Prévert, sa petite fille et « sa dame », une très jeune femme blonde, silencieuse et fine, qui fut danseuse avant de se consacrer, chaque minute de sa vie, à Minette.

Comment l'imaginiez-vous, Prévert ? Un peu comme une traduction 1950 de Verlaine, non ?

Non. Il ne porte pas son sens poétique en bandoulière, il est exact, soigneux et soigné, parfaitement organisé dans son travail, quand il travaille ; il ne sent pas l'absinthe mais la bonne eau de Cologne ; la laine de ses chandails est la plus douce, le lin de ses chemises le plus fin, le cuir de ses chaussures le plus souple…

Son raffinement est naturel, authentique. Mais qu'est-ce qui n'est pas authentique chez lui ? Ses enthousiasmes pour des personnages souvent médiocres mais qui ont souffert de la faim, ses mépris pour des êtres de bonne qualité mais qui ont trop visiblement été bien nourris, sa méfiance pour tous les signes extérieurs de richesse et une certaine crédulité, aussi.

Pour se faire agréer dans le cercle des Prévert, il vaut mieux ne pas avoir l'air heureux. Être heureux, c'est un vol, une insulte, un défi à la condition humaine, c'est presque un crime. En tout cas, c'est louche. Pour être heureux, il faut être stupide, il faut être sourd, sourd aux gémissements d'un monde dont chaque larme le brûle et dont, inlassablement, il cherche la clef.

JEAN RENOIR

À trente ans, Renoir avait un nom, un nom très lourd à porter, celui du plus grand peintre français, son père.

Il a réussi à se faire un prénom, et ses films — dont le plus connu demeure *La Grande Illusion* — l'ont classé à travers le monde.

Tel qu'il était parti, large, lourd, rose, avec sa démarche d'ours blessé, sa curiosité, ses enthousiasmes, sa finesse rusée de paysan bourguignon et son sens profond de la fraternité entre les hommes, il est revenu d'une Amérique dont on ne parle jamais et que seul, parmi tous les artistes français qui y séjournèrent, il sut découvrir.

C'est peut-être parce qu'il a toujours vu d'abord ce que les hommes ont de commun, et ensuite ce qui les éloigne, parce que, de tout, il extrait d'abord le bon, le savoureux, l'intéressant.

C'est sûrement parce qu'il jouit d'un équilibre extrêmement rare qui le protège des impressions purement subjectives.

Il ne se dit pas : « Ce climat est mauvais parce

que je m'y enrhume... », mais « Ce climat est mauvais pour ceux qui ont les bronches fragiles. » Vous saisissez la différence ?

Sans complexes, sans angoisses, sans fissures, il se comporte en tous lieux, en toutes circonstances, en toutes compagnies, avec un parfait naturel. S'il s'ennuie, il s'en va. S'il se plaît... il reste. S'il vous aime, il vous le dit. S'il ne vous aime pas... il n'a pas l'occasion de vous le dire parce qu'il ne vous voit pas.

Il y a d'ailleurs peu d'êtres qu'il n'aime pas parce qu'il saisit chez chacun le meilleur.

Il se conduit comme ces photographes qui savent immédiatement où placer leur appareil pour obtenir de vous la meilleure image possible, pour vous saisir sous votre meilleur aspect. Et, devant lui, on présente d'instinct son bon profil moral.

Alors, il a vu l'Amérique sous son bon profil et les Américains dans ce qu'ils ont de commun avec les Français. Il est parti là-bas en 1941 sans savoir un mot d'anglais, mais il a franchi très vite le barrage de la langue pour vérifier que, sous tous les cieux, un ouvrier est un ouvrier qui a des préoccupations, des aspirations et des goûts d'ouvrier, tandis qu'un paysan demeure un paysan et un milliardaire un milliardaire.

Et, comme il sait aussi que les boîtes de nuit, les grands hôtels et les studios se ressemblent partout, il les a très peu fréquentés et il est parti à la découverte du pays « par l'intérieur ».

Il y a des gens qui imaginent toutes les Américaines comme Rita Hayworth, mariages et divorces y compris.

Lui, il a bavardé avec des vieilles filles dévotes, d'appétissantes crémières et, en se promenant à travers le Texas, il a rencontré une très vieille dame qui vivait dans une cabane et qui lui a raconté son histoire : À vingt ans, elle aimait éperdument un jeune homme qui l'aimait éperdument et qui l'a épousée. Mais ils ont très vite compris que, dans les grandes villes, l'amour meurt asphyxié. Alors, ils sont partis et ils se sont construit une petite maison dans un endroit isolé. Mais bientôt, d'autres sont venus construire des maisons autour de la leur, une petite ville s'est créée, et ils se sont enfuis à la recherche d'un nouvel endroit isolé. Ils s'y sont installés et, six mois après, l'endroit n'était plus isolé. Alors, ils sont repartis… Ainsi, de déménagement en déménagement, les deux amoureux ont atteint un âge respectable et le fond du Texas.

Jean Renoir a trouvé aussi en Amérique de la famille parce que son grand-père avait quitté sa Bourgogne natale pour y émigrer.

Et, quand il est arrivé, incapable de se débrouiller en anglais, le douanier a négligé de visiter ses valises parce qu'à la vue de son passeport il a commencé à lui poser des questions passionnées sur la technique de son père Auguste Renoir.

L'Amérique de Jean Renoir, ce n'est pas un triangle sur un atlas, c'est une somme d'êtres humains avec lesquels il a eu le contact chaleureux qu'il aura toujours, partout, avec les êtres humains.

Pourtant, ce citoyen du monde est foncièrement français : depuis le goût du bœuf-mode bien mitonné jusqu'à celui des idées générales qu'on échange devant un armagnac, sa fibre patriotique vibre volontiers, il a toutes les caractéristiques de « l'homme de cheval » et conserve, à cinquante-neuf ans, ce qu'on nomme « l'esprit cavalier », bien qu'il ne monte plus depuis l'autre guerre à cause d'une jambe blessée ; il a préparé Saint-Cyr et il a longuement hésité, en 1918, avant de quitter l'armée.

C'est pourquoi, pendant la drôle de guerre où il dirigeait des prises de vues pour le Centre cinématographique de l'Armée, on vit souvent le lieutenant Renoir sauter au cou de tel ou tel général et lui taper sur le ventre : c'était un ancien camarade d'école.

Auguste Renoir avait été peintre en bâtiments avant de devenir peintre tout court de plus de quatre mille toiles qu'amateurs et musées du monde entier se disputaient à prix d'or.

Ses trois fils eurent donc le loisir de choisir librement leur profession lorsqu'ils rentrèrent de la guerre où Pierre et Jean avaient été l'un et l'autre grièvement blessés.

Le peintre était alors installé dans la fameuse maison de Cagnes, souffrant cruellement des rhumatismes articulaires qui finirent par le paralyser.

Quand Pierre décida d'être acteur, son père méprisant répondit : « Quoi ? Un métier où tu accours quand on te sonne ? Enfin, fais ce que tu veux... »

Jean hésitait. Il était doué pour la peinture, mais il est de la race des premiers, pas des seconds... Il ne serait pas « Renoir le fils ». Alors il se passionna, plus modestement, pour la poterie, et certaines de ses œuvres ont été achetées par des musées étrangers.

Parmi les modèles de son père, il y avait une ravissante personne aux yeux bleus cruels que l'on appelait Dédée. Il l'épousa : c'est elle qui, au regard de la loi française, est encore Mme Jean Renoir, tandis qu'à Hollywood vit une seconde Mme Jean Renoir aux yeux noirs profonds, parfaitement légitime au regard de la loi américaine. Les divorces prononcés à Reno pendant la guerre ménagent de ces surprises... C'est pour distraire le peintre immobilisé que Jean Renoir installa à Cagnes un appareil de projection de films, et c'est ainsi qu'il découvrit Charlot, c'est-à-dire le cinéma.

Auguste Renoir mourut en laissant une grosse fortune. Jean acheta une propriété à Marlotte, mais, le soir, le potier indolent allait au cinéma et avait ensuite des discussions passionnées avec sa femme.

C'est pour la faire tourner qu'il commandita un film : elle prit alors le nom de Catherine Hessling.

Le second film, *La Fille de l'eau,* il le réalisa lui-même, et enfin ce fut *Nana.*

Le cinéma n'était pas encore une industrie, mais une aventure fascinante. C'est une des forces de Jean Renoir que d'avoir su demeurer, après vingt-cinq ans de métier, aventurier et fasciné à l'intérieur d'une profession qui s'apparente maintenant à la fabrication des boutons de culotte.

Pour l'aventure *Nana*, il fit venir des techniciens du monde entier, s'amusa énormément, dépensa davantage, installa dans sa propriété des cuves de développement parce que les usines françaises traitaient encore bien imparfaitement la pellicule, réalisa une manière de chef-d'œuvre... et se ruina. Enfin, presque.

S'il avait été pauvre, Jean Renoir ne serait probablement pas devenu metteur en scène et il le sait, et il le dit. Comme il dit que sa production américaine n'a été marquée d'aucun succès fulgurant. Comme il dit : « Foutez-moi la paix » ou : « Venez dîner avec moi. » Tout bonnement et avec l'accent de la conviction.

Mais il n'a pas l'âme d'un vrai riche. Son père œuvrait de ses mains... Il est sensible à la noblesse du travail manuel, de « l'ouvrage bien faite », il a le respect du labeur, de l'effort, et les êtres ne se classent pour lui qu'en deux catégories : les c... et les autres.

Cet homme qui sait tant, qui a tant lu, qui a tant vu et tant retenu, est le contraire de ce qu'il est convenu d'appeler un intellectuel. Et les plus hautes spéculations de l'esprit le laissent moins satisfait qu'un sillon bien droit dans un champ bien labouré.

C'est un artisan, et c'est en artisan qu'il continua à faire du cinéma avec des collaborateurs bénévoles et des bouts de ficelle. L'un de ses meilleurs films, *Le Crime de M. Lange*, qu'il réalisa sur un scénario au vitriol de Jacques Prévert, fut presque inaudible parce que le système sonore était insuffisant.

Puis, il y eut *Tahi*, *Les Bas-Fonds*, et enfin *La Grande Illusion*. Il était déjà très gros et claudicant sur sa jambe blessée, mais infatigable.

Le film terminé, il fut projeté en petit comité au cours d'une séance mémorable à laquelle assistaient le scénariste du film et Jean Gabin, accompagnés de leurs femmes respectives de l'époque. *La Grande Illusion* fut accueillie dans la consternation générale. Le scénariste songea sérieusement à envoyer une lettre recommandée pour demander que l'on enlève des affiches son nom. Gabin était navré, déçu, et si Jean Renoir pouvait être inquiet, il aurait péri d'inquiétude.

On sait la carrière que fit ce film où tout le monde avait mis son grain de sel et qui était pourtant si profondément le film d'un homme. Tout amateur de cinéma y décèlerait en dix images la patte de Renoir. C'est parce qu'il représente un cas unique, du moins à ma connaissance, d'assimilation. C'est-à-dire que sa personnalité est si puissante qu'il n'écarte et ne redoute jamais ni les conseils, ni les critiques, ni l'expression d'autres personnalités, aussi fortes soient-elles, à côté de lui. Seulement il avale, il digère... et il en fait du Renoir.

Au milieu d'une répétition, n'importe qui peut l'interrompre et lui dire :

— Monsieur Renoir, moi je crois que...

Il écoute, réfléchit, absorbe, l'oreille et le cœur toujours en éveil. Tous ceux qui ont beaucoup travaillé avec lui en ont été marqués jusque dans leur voix, leur élocution, leur rire.

Il a raté *La Marseillaise*, il a provoqué des bagarres au cinéma du Colisée avec *La Règle du jeu*, il a réussi *La Bête humaine* avant qu'éclate la guerre.

Il était alors séparé depuis longtemps de Catherine Hessling, mais non divorcé. Leur fils Alain le suivit aux États-Unis et porta pendant trois ans l'uniforme américain, sous lequel il fut héroïque. Tradition de famille... Il est maintenant professeur là-bas dans une université, marié et plongé dans l'étude des langues du Moyen Âge.

Même à Hollywood, Renoir réussit à demeurer indépendant et à trouver des financiers qui l'aidèrent dans ce sens. Parce que son indépendance n'est pas agressive et ne traduit pas une révolte. On se révolte contre une force que l'on refuse de subir... Lui ne trouvera jamais plus fort que lui. Non, il va, tranquille, libre, fréquentant un machiniste si ce machiniste lui plaît, ou Ingrid Bergman parce qu'il l'adore.

Sa femme actuelle, Dido, était une amie de la précédente et fut sa secrétaire avant de l'épouser à Hollywood où elle l'avait accompagné. Et c'est seulement en 1945 que Renoir découvrit qu'il était bigame !

Il a eu sa période « mondaine », comme tout le monde, vers trente ans. Ça n'a pas duré. On l'a connu deux ou trois fois violemment amoureux. Ça n'a pas duré. Il a cru pendant un temps très court que la doctrine communiste répondait à l'idée qu'il se fait de la fraternité, de l'égalité. Ça n'a pas duré.

Parce que ni des habitudes, ni une femme, ni un parti, ni des intérêts, ne fausseront jamais l'équilibre de cet homme monumental, unique Français qui se soit parfaitement adapté à la vie américaine sans se trahir, sans abdiquer.

Avant de rentrer, il a tourné aux Indes : *The River.* Et puis, il a attendu de savoir l'accueil que ce film recevrait. Ce n'est pas un monsieur qui triche. Il était aussi incapable de rentrer en critiquant le pays qui l'a accueilli qu'en accusant les méthodes de travail étrangères de ses demi-réussites. Encore plus incapable de jouer les patriotes qui dépérissent loin de la place de la Concorde et de prétendre :

— On me propose là-bas des contrats magnifiques, mais on ne peut pas vivre hors de Paris !

L'avons-nous assez entendue, cette petite phrase, ce pauvre mensonge !

Lui, il dit, en penchant sa bonne grosse tête :

— *The River* prend un excellent départ... Ma cote a sérieusement remonté. Puisque mon nom vaut quelque chose là-bas, je peux en faire profiter le cinéma français, lui ouvrir plus largement le marché américain... C'est amusant d'essayer...

Et s'il est heureux de revoir la France, et s'il est ému lorsqu'il serre sur sa vaste poitrine ses vieux amis, il a la pudeur de ne pas en informer le monde entier par voie d'interview.

Je peux maintenant vous avouer que, comme tous ceux qui ont eu la chance de collaborer avec lui, je l'aime tendrement et c'est à la fois rare et doux de pouvoir admirer qui l'on aime, aimer qui l'on admire.

C'est le seul homme que je connaisse qui regarde les humains sans lunettes, lunettes vertes de l'envie, lunettes noires de la peur, lunettes roses de la sottise, lunettes opaques des préjugés, lunettes grises de la timidité... Et c'est peut-être pour cela qu'il y a dans ses yeux bleus tout le soleil du monde.

ROSSELLINI

Rossellini, cet homme dont le nom est universellement connu, que savez-vous de lui ?

Il est fascinant comme les charmeurs de serpent. Sans serpent, les charmeurs ressemblent à n'importe qui. Lui aussi. Il a le physique moyen d'un Italien de quarante-six ans qui s'habille chez un bon tailleur, il est silencieux, presque taciturne et lent à se mouvoir.

C'est l'homme qui dit à dix heures du soir : « Il faut que je m'en aille », et avec qui l'on bavarde encore à trois heures du matin debout devant la porte.

Même sous un bec de gaz, il a l'air d'être étendu au soleil et absorbé dans des pensées flottantes dont il n'émerge brusquement que pour courir au téléphone.

C'est le plus gros client du téléphone italien, auquel il a laissé, en deux ans, onze millions de lires.

Extrêmement courtois avec les femmes, de cette courtoisie un peu appuyée des Méditerranéens, faite de mépris autant que d'hommages. On fait l'amour avec les femmes, mais c'est avec les hommes que l'on fait l'amitié ; on meurt pour elles mieux qu'on ne vit avec elles.

Ainsi va, calme et craignant le bruit, cet homme un peu lourd et apparemment inoffensif, au regard très doux.

Et puis, quelqu'un passe, quelqu'un qui peut être le chauffeur de sa voiture ou l'acteur qu'il souhaite, le producteur qu'il veut convaincre ou la manucure qu'il veut faire attendre, bref, le serpent à charmer.

En un quart d'heure, le serpent se transforme en lacet de chaussure dont il peut faire trois nœuds.

Mais il ne faut pas croire que les serpents aiment ça ! Ils obéissent, mais ils sont furieux ; ils s'enroulent autour de son cou mais ils rêvent de piquer.

— Quand je rencontre Rossellini, m'a dit un jour un célèbre scénariste italien, je change de trottoir. Parce que je sais que, si je lui parle, je ferai ce qu'il voudra.

Dès qu'il rompt le charme, les charmés s'enfuient, vexés et jurant qu'on ne les y reprendra plus. Et ce don curieux engendre autour de lui une sorte de peur qui est à l'origine de la plupart des calomnies dont il a été l'objet.

Pour la plupart des êtres dont la vie se joue sur une octave, il est harassant avec son gigantesque clavier. Tout ce qui lui arrive, tout ce qu'il touche a quarante de fièvre. Et, devant son destin, il semble qu'on ait placé un signe multiplicateur.

Les autres roulent à 120 ? Lui conduit sa Ferrari sur les autostrades à 260 à l'heure. Les autres achètent une petite maison de campagne ? Lui dépense soixante millions de lires pour faire construire la sienne au bord de la mer. Les autres ont eu des débuts difficiles ? Lui a couché pendant des nuits sur les bancs de Milan. Les films des autres ont du succès ? *Rome, ville ouverte* rapporte un milliard. Les films des autres ont des échecs ? *Stromboli* s'écroule. Les amours des autres font du bruit ? Les siennes ébranlent jusqu'au Congrès américain.

C'est un homme qui va toujours jusqu'au bout. Il a vécu longtemps en « jeune homme de famille », comme il dit... Père architecte et riche, gouvernante française, passion brève pour les mathématiques... Pour rejoindre son premier amour, une jeune fille yougoslave qui quitte Rome pour se rendre à Paris, il passe la frontière en fraude et revient en marchant pendant neuf heures dans le tunnel du Fréjus...

Quand son père meurt, il continue sa vie insouciante et dilapide avec allégresse tout ce qu'il possède. Et puis, un jour, il n'a plus rien, plus rien qu'une intelligence aiguë, et les dix doigts blancs de ses très belles mains.

Alors, il part pour Milan et là, il erre, couchant à la belle étoile, sans toit, sans métier, relevant le col de son dernier costume, trouant ses dernières semelles, vagabond insolent, riche de tout le ciel, de toute la terre, de tout le soleil d'Italie, lourd de toute la misère qu'il découvre et dont il se souviendra. Lui, c'est un faux pauvre... Les vrais pauvres sont ceux qui vivent médiocrement, sans espoir d'en sortir jamais. Lui passe en touriste, même si le voyage se prolonge...

Il travaille vaguement, il trouve une place d'aide mécanicien chez un constructeur de voitures, et c'est là qu'il prend ce goût violent des voitures de course... Et puis des amis le font entrer dans le cinéma, où on lui confie des petits travaux de doublage. Le cinéma italien d'avant-guerre n'est guère brillant, mais il y apprend ce qui s'apprend.

Dès son premier film, *Le Navire blanc*, il dresse contre lui les producteurs. Il va trop vite, il va trop loin, il va trop profond, il est « trop » et la vie sera toujours « trop » avec lui.

Il a pour les enfants une passion animale... Quand il dit « Mon fils », on a l'impression que la tempête se lève... Et c'est son fils aîné, Romano, que la mort lui a arraché à neuf ans d'une crise d'appendicite foudroyante. Il en a souffert comme une bête, comme il sait souffrir, jusqu'au bout. Aujourd'hui encore, il garde une petite voiture qu'il refuse de vendre parce que « ç'aurait été celle de Romano ».

Après avoir épuisé toutes les ressources de son imagination et du mont-de-piété pour faire vivre pendant la guerre sa femme Marcella et ses deux enfants, il réussit, enfin, en 1945, à trouver quelqu'un qui accepte de commanditer *Rome, ville ouverte*. C'est une vieille femme, un peu bizarre, qui montre un tiroir en disant : « Il y a cinq millions, là... Ils sont pour vous... Mais je ne vous les donnerai que lorsque vous aurez commencé... »

Alors, il emprunte, il se démène, il persuade quelques petits acteurs qui s'appellent Anna Magnani, Marcel Pagliero, Aldo Fabrizzi, de se mettre au travail sans argent... Il donne le premier tour de manivelle, on ouvre le tiroir de la vieille dame, il était vide. C'était une folle.

Il s'entête et réussit à décrocher un contrat avec une maison qui lui garantit quatre millions. Sur ce contrat, il obtient un prêt de trois millions. Pour terminer les prises de vues, il lui manque encore trois cent mille lires. Alors, il vend ses meubles, s'endette et, comme il est à une lire près, il tourne tout le film sans voir un mètre de son travail, parce qu'il n'a pas de quoi payer le développement et le tirage de la pellicule.

Un jour où il doit travailler dans un champ, il hésite parce qu'il craint que le terrain ne soit miné. Autour des appareils, des enfants jouent... Pendant qu'il cherche une solution, il s'aperçoit soudain qu'Aldo Fabrizzi distribue des bonbons aux enfants pour qu'ils aillent jouer ailleurs. Ailleurs ? ... Où ? ... « Mais dans le champ ! ... dit Fabrizzi. S'ils sautent, c'est qu'il y a des mines. Comme ça, nous ne perdrons pas de temps ! »

Rossellini, qui lécherait le parquet pour qu'un enfant sourît, devient encore tout pâle lorsqu'il raconte cette histoire.

Enfin, la maison de distribution — c'est United

Artists — voit *Rome, ville ouverte*... et dénonce son contrat en déclarant que le film est insortable.

Le prêteur, affolé, veut récupérer ses trois millions. Et Rossellini est obligé de céder quand il lui annonce qu'il a trouvé une occasion inespérée de rentrer dans ses fonds en vendant *Rome, ville ouverte* pour la somme qu'il a engagée.

Et, tandis que ce message de chair et de sang, diffusé dans le monde entier, rapportait près d'un milliard de francs, Rossellini a traîné derrière lui, pendant deux ans, trois cent mille lires de dettes...

On le décrit toujours agité, pétulant... C'est une vue commode et fausse de l'Italien tel qu'on l'écrit.

Rossellini a, au contraire, la nonchalance de ceux dont la tension artérielle est trop basse... Pour se doper, il alterne le café et le whisky... Sa violence est loin à l'intérieur, comme un feu recouvert de cendre. On a l'impression qu'il redoute et qu'il appelle en même temps les mains qui écartent la cendre et font brusquement jaillir les flammes.

Anna Magnani, qu'il considère encore comme la plus grande tragédienne actuelle, a été, pendant deux ans, ce brûlant tisonnier. Mais il fallait qu'il descende encore un échelon dans le drame pour que ses amours soient à la mesure de son destin. Alors, la vie choisit la plus grande vedette du monde pour lui faire signe et, là aussi, tout fut « trop », c'est-à-dire à sa taille.

À cause de lui, l'Italie a voté une nouvelle loi... La moindre des choses !

Jusqu'à présent, un divorce prononcé à l'étranger pouvait être entériné par la justice italienne. C'est ainsi qu'il a obtenu le sien qui eut lieu d'abord en Autriche et qui fut ensuite confirmé par la cour de Turin. Cette disposition est annulée par un nouveau décret.

Son mariage a eu lieu, comme celui des rois, par procuration. Et il a appris, par téléphone, qu'Italien divorcé en Autriche, il serait, à 14 h 30, marié, au Mexique, à une Suédoise.

Alors, à l'heure dite, ils sont allés tous les deux dans une église... Et là, seuls, bouleversés, ils ont en une singulière cérémonie échangé des alliances et puis, silencieux, ils sont rentrés chez eux et ils ont attendu qu'une fois de plus le téléphone sonne, que, du Mexique, une voix d'avocat annonce :

— Vous êtes mariés...

Mais il n'aura jamais l'air d'un homme marié, malgré l'anneau qui brille à sa main gauche. Et quand il dit : « Vous savez que ma femme s'est cassé un doigt ? En faisant des nettoyages dans la maison ! Elle aime ça ! ... Ma femme m'a chargé de vous dire que... Ma femme viendra à Paris dans quinze jours... Ma femme est sentimentale... Ma femme est merveilleuse... », il faut toujours un instant pour réaliser qu'il parle d'Ingrid Bergman, qu'elle est effectivement « sa femme », qu'elle veille sur son régime, qu'elle surveille le repassage de ses chemises.

Là où Roberto Rossellini est définitivement surprenant, c'est que, dans ce milieu où chacun se prend pour un mélange de Goethe et de Napoléon, il ne se considère nullement comme le centre du monde et ne se conduit jamais en vedette. Quand il se fâche, c'est en homme.

Il ne fait pas de caprice, il ne parle pas de « son œuvre », il dit du bien des films des autres, quand il le pense, et s'abstient de critiquer quand il y aurait lieu.

À Paris, il recherche les petits restaurants italiens où il n'y a personne et où il entre discrètement sans éprouver le besoin de faire connaître que le célèbre M. Rossellini daigne honorer ces lieux obscurs de sa présence.

Les mots tels que « reconnaissance » ou « amitié » reprennent soudain dans sa bouche leur poids et leur chaleur. C'est un homme qui sait sourire, mais qui ignore le ricanement. Il est généreux de son argent, de ses sentiments, de son temps... Il voudrait pourfendre ses ennemis, enrichir ses amis.

S'il fait peur, c'est peut-être parce qu'il est simple et que la simplicité aveugle comme le soleil. Il aime jusqu'au bout, il hait jusqu'au bout, il insulte jusqu'au bout, et tout le minutieux mécanisme de son esprit subtil s'enraie dès qu'une des grandes vagues qu'il abrite se met à rouler.

Ses films ne sont faits ni de poésie, ni de technique, ni de logique. Ce sont des cris orgueilleux qu'il jette à la face du monde en se frappant la poitrine.

TINO ROSSI

Il n'y a pas de raison valable pour que l'on parle de Tino Rossi ici. Il aurait plutôt sa place dans une revue médicale où un spécialiste du système glandulaire expliquerait par quel phénomène la voix des chanteurs dits « de charme » met l'immense majorité de l'élément féminin du globe dans un état... enfin, un état qui doit bien avoir un nom scientifique !

On ne peut pas, honnêtement, en tenir rigueur à Tino Rossi. Il a accroché au mur de l'appartement meublé qu'il habite rue de Berri un portrait de Napoléon et une caricature de Caruso, l'un au-dessus de l'autre. Cela ne signifie nullement qu'il se compare à l'un ou à l'autre. Il se prendrait plutôt pour un mélange des deux : le Napoléon des Caruso, en quelque sorte.

La Corse a donné à la France un empereur et un chanteur. Le premier a plutôt mal fini, le second n'en finit pas. À quarante-cinq ans, ce petit homme gras et mélancolique, qui souffre des dents et qui est incapable d'articuler clairement trois phrases à la suite, est encore l'un des cinq chanteurs du monde dont on vend plus de cinquante mille disques par mois.

Il reçoit encore une centaine de lettres par jour, dont voici un échantillon : « Tino, ce soir j'entrerai dans le Grand Cercle. Je serai nue et je tiendrai debout l'épée sacrée levée vers Dieu. Je suis sûre qu'après la troisième invocation vous arriverez. Je pourrai alors vous serrer dans mes bras et goûter avec vous la grande extase... »

Quand un homme reçoit ce genre de courrier quotidiennement, des paquets recommandés contenant la clef de l'appartement où on l'attendra « jusqu'à la mort », un bulletin mensuel édité par l'Association des amis de Tino Rossi, où on lit, par exemple : « Dès que je l'écoute, j'ai envie de me prosterner... »

Quand un homme baigne dans ce climat depuis quinze ans, il a toutes les excuses, y compris celle de croire que pour la « grande extase » il est également imbattable.

Ajoutez qu'il n'a pas seulement été aimé par des folles ou assimilées, que Mireille Balin — alors qu'elle était grande vedette et admirablement belle — en a été éperdument éprise pendant cinq ou six ans, que sa jeune femme Lila est d'une rare beauté, qu'à la porte des salles où il chante on se bat pour effleurer le bas de son pantalon, qu'il a toujours vécu entouré d'une petite cour prête à applaudir bruyamment le moindre de ses *fa* ou de ses *veni, veni,* et vous reconnaîtrez avec moi qu'il devrait logiquement être odieux.

Or, il est... il est bien brave, voilà. Il est même facilement intimidé, il a peur d'aller au cinéma tout seul et il a un peu honte quand on le reconnaît dans la rue.

C'est peut-être parce qu'il a acquis à travers le succès une curieuse faculté de dédoublement. Il sait qu'il y a un personnage considérable qui s'appelle Tino Rossi. Celui-là, pour un peu, il en parlerait toujours à la troisième personne. Il lui arrive de dire :

« Tino Rossi ne chanterait pas cette chanson-là... »

Il lui arrive de penser :

« Que ferait Tino Rossi si on lui demandait de paraître à ce gala ? »

Il se traite comme le héros d'un roman dont il serait l'auteur. Un héros qui lui plaît assez, qui lui plaît même beaucoup et auquel il entend ménager une fin heureuse. Il est comme un inventeur qui aurait créé un robot et qui soignerait attentivement cette merveilleuse machine à rapporter de l'argent.

C'est peut-être pour cela qu'il n'a jamais été, qu'il ne sera jamais un acteur, qu'aucune trace d'émotion, de sensibilité, d'intelligence du texte ou de chaleur humaine ne passe ni dans son jeu ni dans sa voix. Tino Rossi est une mécanique dans laquelle l'âme de Constantin Rossi, l'un des huit enfants bruns et indolents du beau et pauvre tailleur Laurent Rossi, n'est jamais entrée.

Si, un jour, Tino Rossi lui échappe, si le robot se détraque, si le disque se casse, il redeviendra ce qu'il n'a jamais cessé d'être : un Corse fier, méprisant les femmes et respectant humblement sa mère, ayant le sens profond de la tribu, l'orgueil de la famille, le goût de la charcuterie et la nostalgie de son île ensoleillée.

Pour le moment, il le tient bien, Tino Rossi. Il lui marchande les cigarettes et l'alcool — mauvais pour la voix —, il le vend le plus cher possible — pourvu que ça *doure* ! —, il lui a permis de se marier et de se laisser photographier avec son nouveau-né parce que, depuis la guerre, il est permis et même recommandé aux séducteurs d'être pères de famille.

Mais il ne l'autorise nullement à se reposer. Tournée au Canada en chantant trois fois par jour, tournée à travers toute l'Europe... D'abord, il y a une bonne vingtaine de Rossi qui vivent de ce Rossi-là. Il faut acheter un fonds de commerce à l'un, une bicyclette à l'autre, un appartement au troisième. Et la mère ne plaisante pas. Ses huit enfants sont ses enfants. Si Tintin a eu de la chance, ce n'est pas une raison pour qu'il se montre égoïste. D'ailleurs, il n'y songe pas, mais toute cette espèce d'usine qui s'appelle Tino Rossi et qui débite des disques, des films, des tours de chant, pèse lourd, semble-t-il, sur ce troubadour épaissi.

Ses premières roucoulades terrassèrent le Seigneur. Il lui chantait des cantiques en l'église

Saint-Roch d'Ajaccio. Un ange fut délégué pour le protéger.

Des chants religieux, il passa aux chants païens et lança la sérénade sous les fenêtres des belles pour le compte de camarades moins doués. Il a toujours été complaisant. C'était Tino-Cyrano, et les jeunes filles corses eurent, les premières, l'épiderme sensible aux rossignolades.

Que l'on subisse ou non le charme de sa voix, il faut d'ailleurs lui reconnaître une qualité exceptionnelle : elle s'étend avec une égale pureté sur deux octaves et demie. C'est un phénomène très rare, qui le sert particulièrement à la radio, cette loupe impitoyable des voix.

Constantin Rossi n'avait nulle conscience d'être un phénomène vocal lorsqu'il commença à chanter dans les petites villes de Provence. Venu « sur le continent » pour y faire son service, il y était revenu pour y faire fortune. Vingt francs par jour en 1928, c'était un modeste début.

Il lui fallut moins de sept ans pour gagner sept mille francs par jour en vedette au Casino de Paris. Pour une carrière, c'est court. Pour un jeune homme seul, c'est long. Alors, il s'est marié, il a eu une fille, Pierrette.

La première Mme Rossi, excellente musicienne, est toujours restée dans l'ombre où l'a reléguée un divorce. La deuxième se manifesta davantage. Elle fit la transition entre le petit chanteur et la grande vedette, opération difficile entre toutes, qui se solda aussi par un divorce. Du moins, mariée en 1934, a-t-elle connu le bel appartement à

Neuilly et — dit-on — la consolation d'une solide pension alimentaire.

La troisième Mme Rossi est une ravissante créature brune — comme les autres — qui dansait à Aix-les-Bains sous le nom de Lila Vetti, pendant que Tino y faisait une cure.

Le résultat de cette heureuse rencontre s'appelle Laurent-Emmanuel, dit « Poupi », quatre ans. Une mère, une nurse et deux grand-mères en extase veillent sur cet enfant brun qui a les yeux verts de son père.

Comme l'appartement est beaucoup trop petit pour tout ce monde-là, on vit un peu les uns sur les autres, Tino ne s'en plaint pas. Il aime ces femmes nombreuses qui chuchotent en tirant l'aiguille et qui attendent, le soir, le retour du maître en veillant sur son dîner. Il aime la présence vigilante de sa mère, qui vit avec lui depuis que le père est mort, pendant la guerre. Il aime que « Poupi » hurle « Papa ! »... et vienne le matin renverser le plateau du petit déjeuner, et il a toujours eu le courage de vivre comme il aime, et non comme on attend qu'il vive.

Quand il ne tourne pas, on peut le voir, tous les jours, à l'heure de l'apéritif, dans un grand café des Champs-Élysées. Là, toujours entouré d'une dizaine de copains auxquels il paye à boire, il est heureux. De tous ceux qui sont présents, il est le plus célèbre, le plus riche, le plus important. Là, il sait quoi faire de ses mains, puisqu'il a un verre dans l'une et une cigarette dans l'autre ;

là, on passe et on lui tape sur l'épaule en disant : « Hé ! bonjour, Tino !... » Il est en quelque sorte le maire du Fouquet's. Quand le soir tombe, il rentre tranquillement à pied, jusque chez lui. Il a deux voitures, une Peugeot pour la ville, une Cadillac pour la route, un chauffeur, mais c'est à pied qu'il se promène dans son village, les Champs-Élysées.

Quand il fait beau, les fenêtres ouvertes laissent échapper des flots d'harmonie. Il tend l'oreille : deux fois sur trois, on entend du Tino Rossi. Allons, tout va bien...

Le premier disque qu'il a enregistré était destiné à sa mère. Dans un magasin de Marseille, il chanta pour que son père, qui était venu voir un peu comment le petit se débrouillait sur le continent, emporte sur un rond de fer-blanc la voix de « Tintin ».

Le patron du magasin, séduit par sa voix, l'engagea à revenir quand le directeur de la Société Parlophone se trouverait à Marseille. L'homme avait du flair... Il n'en tira aucun profit. Les premiers disques de Tino passèrent complètement inaperçus.

Le destin ne lui a même pas accordé cette fantaisie-là, de ne pas débuter comme tout le monde !

L'Alcazar de Marseille, la timide apparition à l'A.B.C., le premier engagement au Casino de Paris, à deux cents francs par jour, dans *Parade de France*... revue consacrée aux provinces françaises...

La Corse, ce fut Tino, flanqué d'une guitare et de l'étrange costume, pantalons bouffants et veste sur l'épaule, dont on le vit ensuite si longtemps affublé.

Pourquoi son apparition déclenche-t-elle soudain l'enthousiasme délirant des foules féminines ? Nous retombons dans le rayon médical. Peut-être que si les hommes, si facilement irrités par la gloire provocante de Tino Rossi, octroyaient plus souvent à leur femme des soins qui s'échelonnent depuis la fessée jusqu'à l'électrochoc, en passant par des procédés plus plaisants, la drogue chanteur de charme ferait moins d'intoxiquées.

L'une des plus dangereuses se manifesta à l'A.B.C. Deux soirs de suite, du troisième rang, elle lança un bouquet en scène. Le troisième soir, une ouvreuse vint la prier de s'abstenir. Elle recommença. Le quatrième soir, on surveilla son fauteuil ; elle ne parut pas. Tino, soulagé, commença à chanter, quand il l'aperçut soudain dans les coulisses, tenant un bouquet à la main ! Son imprésario se précipita et entraîna la jeune personne qui hurlait. Léger détail : elle était nue, sous son manteau de fourrure.

On lui arracha son adresse, on la reconduisit chez elle en proie à une véritable crise de nerfs... et l'on trouva des parents effondrés. Leur fille, ravissante au demeurant et de fort bonne famille, avait tapissé sa chambre de haut en bas avec des photos de Tino. Devant l'une d'elles, des cierges brûlaient... Aujourd'hui, elle est peut-être dans un asile ? ou peut-être mère de famille mariée à un bon garçon qui sifflote en se rasant :

C'est à Capri que je l'ai rencontré...

Les « tinorossistes », association légalement reconnue, sont moins véhémentes. Elles réclament essentiellement des photos dédicacées. Tout ce joli monde constitue pour Tino un public assez important pour qu'il puisse affirmer, avec cet accent plein de soleil qui enlève toute espèce de sérieux à ce qu'il dit :

— On ne me paiera jamais assez... Je suis la vedette la plus populaire de France depuis quinze ans. Est-ce que vous en connaissez un qui a perdu de l'argent avec moi ?

Ces phrases-là, il les dit presque sans buter sur les mots. On sent qu'il les a souvent répétées. Ah ! il est évidemment plus doué pour la chanson que pour la conversation.

— Je vais vous dire..., commence-t-il.

Et puis, il ne dit rien.

Il finit par sourire, découvrant une rangée irréprochable de dents blanches. C'est sa façon à lui d'être éloquent.

L'aventure du fameux chanteur américain Frank Sinatra, qui a lâché femme et enfants pour courir vers une belle infidèle, le fait rire et l'indigne en même temps. Lui, il n'aurait jamais permis à Tino Rossi de s'humilier devant une femme et de faire en outre une bêtise qui pourrait nuire assez gravement à sa carrière.

Quand on lui demande comment sa femme supporte le déchaînement de ses admiratrices, il répond :

— Je vais vous dire... Je suis obligé d'être fidèle ! Si on me voit dix minutes avec une autre, tout le monde le sait ! Alors, même si une fois par-ci, par-là, j'avais envie de la tromper, comment voulez-vous que je fasse ?

S'il empoisonne votre ménage ou la paix de vos réceptions radiophoniques, consolez-vous donc, messieurs, en pensant que ce redoutable séducteur est condamné à la fidélité perpétuelle.

Il est vrai qu'en regardant Lila Rossi, on ne saurait l'en plaindre.

SCHIAPARELLI

Il y a vingt-cinq ans, Schiap a failli mourir de faim. Maintenant, c'est plutôt l'indigestion qui la menace. Il n'y a pas de table, fût-elle princière, où elle ne soit conviée.

Elle s'y montre drôle en quatre langues et toujours avec hauteur, bouillante et vive comme une Italienne, fière comme une Romaine, et en même temps lasse comme une femme qui n'a jamais eu le temps de se reposer, cernant toujours son étrange visage lourd d'un impitoyable turban, parée de bijoux barbares auxquels elle attribue des pouvoirs magiques.

Schiap, c'est toute une époque, celle où les femmes ont commencé à travailler et où les plus douées ont souvent découvert, avec l'argent et la renommée, la grande solitude où le succès les enferme.

— Les femmes qui réussissent font peur, dit-elle.

Et l'on peut se demander si elle ne donnerait pas sa maison de la place Vendôme dont vivent trois cent cinquante employés, son hôtel particulier riche de toiles de maîtres, sa propriété de Tunisie, ses dîners présidés par la duchesse de Windsor, son nom universellement connu et les profonds saluts que lui réservent les maîtres d'hôtel de tous les restaurants du monde, en échange d'une grande histoire d'amour avec M. N'importe qui.

Mais la vie ne proposant pas ce genre de marché, elle a fait — brillamment — carrière, grâce à la riche exubérance de ses dons, auxquels il ne manquait même pas celui de savoir compter.

À quinze ans, jeune fille italienne de la meilleure société romaine, elle écrivait et publiait un recueil de poèmes, *Aréthusa*, nourris d'une flamme si passionnée que ses parents, outrés, l'enfermèrent dans un couvent de Suisse.

C'est qu'avant d'être porté sur la doublure d'un manteau, le nom des Schiaparelli s'était illustré dans d'austères et éminents travaux universitaires. Le père d'Elsa présidait l'Accademia de Inuci ; l'un de ses oncles, archéologue, avait découvert en Égypte la vallée des Reines, et l'autre, astronome, sut le premier que des canaux sillonnaient la planète Mars.

L'inquiétante jeune fille poète voulait, elle, marcher sur l'eau comme le Christ. Elle essaya, coula dans une cuve qui contenait de la chaux mal éteinte, émergea couverte de brûlures… et se résigna à apprendre à nager.

Mais, tout au long de sa vie, elle appartiendra à la race de ceux qui veulent marcher sur l'eau.

Elle est, si je ne me trompe, la seule dans sa profession qui ait réussi à monter une affaire commerciale considérable sans l'appui d'aucun commanditaire.

On peut aimer ou ne pas aimer les robes de Schiap, mais ses adversaires les plus acharnés ne lui ont jamais contesté le don créateur. Elle n'a jamais copié, elle n'a jamais imité, et de ce bouillonnement chronique d'idées géniales ou baroques est né un style qui s'est imposé, à plusieurs reprises, à toute la mode y compris celle de la rue.

Dans la plus humble mercerie, on trouve aujourd'hui du ruban rose buvard... C'est le fameux rose shocking, inventé par Schiap avant guerre et qui révolutionna jusqu'au maquillage.

Et la mode, il faut bien le dire, ce ne sont pas dix détails subtils que perçoivent seulement dix mille initiés et qui changent chaque saison, ce sont ces grandes vagues de fond qui vont mourir, dix ans plus tard, sur les marchés de campagne. Les épaules rembourrées, les tailleurs du soir, les bonnets de laine, c'est Schiap.

Nous l'avons laissée au couvent. Il est temps de l'en extraire puisqu'elle y resta à peine cinquante jours, ayant inventé de faire la grève de la faim. Alors, elle s'évanouissait dans tous les coins. Son père, inquiet, vint la chercher : elle retrouva aussitôt l'appétit, et l'Université de Rome où elle fut une brillante élève en philosophie.

Mais elle s'enfuit en Angleterre pour ne pas épouser le fiancé pressant que sa famille avait agréé.

Elsa Schiaparelli est venue au monde dans le fracas d'une poudrière en explosion qui provoqua chez sa mère une grande frayeur et des couches prématurées.

Le destin avait ainsi marqué qu'elle était née pour faire du bruit. Mais, à Londres, elle ne fit qu'un mariage malheureux avec un M. Kerlor, Polonais et volage, qu'elle suivit en Amérique. Là, leurs routes se séparèrent. Elle restait à vingt-cinq ans toute seule, sans métier, avec un bébé, dans un grand pays inconnu et dur.

Les premiers mots du bébé furent : Gogo... Le surnom lui resta jusque sur le passeport et son chéquier. Gogo est aujourd'hui une jeune femme menue, ronde et charmante, mariée à un armateur anglais. Elle a été élevée comme une petite princesse, et, comme les petites princesses, elle a souvent soupiré parce qu'elle voyait trop rarement sa mère, absorbée dans sa lutte pour le pain quotidien dont elle fit bientôt de la brioche.

Schiap a donné à sa fille la présidence du conseil d'administration de son affaire américaine. La première fois que le conseil se réunit, les hommes qui y participaient crurent que la présidente ne se manifesterait pas plus qu'un aimable et léger fantôme. Mais, à la façon dont Gogo s'assit dans son grand fauteuil, ils comprirent qu'elle ne serait pas plus facile à berner que sa mère.

Pendant son premier séjour à New York, Schiap eut l'occasion de comprendre qu'entre les rêves des jeunes filles entreprenantes et les réalités des jeunes femmes divorcées, il y a deux repas par jour à assurer.

Elle bricola chez les antiquaires, dans le journalisme, cherchant en vain un travail régulier. Et puis, un soir de désespoir où elle n'avait pas de quoi dîner, elle marcha dans la rue sur un bout de papier. Elle se baissa pour le ramasser : c'était un billet de vingt dollars.

C'était peu, mais c'était le signe que la chance ne l'avait pas complètement abandonnée. En économisant sordidement ce que lui rapportèrent quelques articles et quelques transactions sur des objets anciens, elle réussit à s'acheter un passage pour Paris.

Et là, la lutte reprit.

— Du travail ? Et qu'est-ce que vous savez faire, madame ?... Un peu de tout, parfaitement... On vous écrira.

Un jour qu'elle accompagnait une amie américaine chez Poiret, elle essaya un manteau bleu qui la fascinait.

Poiret regarda cette jeune femme qui virevoltait devant la glace et lui dit :

— Ce manteau est fait pour vous...

— *Si, si...*, répondit Schiap qui a toujours gardé la répugnance italienne au « Oui » français. Mais, malheureusement, moi, je ne souis pas faite pour lui... Je n'ai pas les moyens de m'habiller chez vous.

— Alors, je vous le donne, déclara Poiret. Emportez-le.

— Et vous savez, ajoute Schiap en racontant l'histoire, je n'étais pas belle. Je n'ai jamais été belle... Mais il m'allait, ce manteau...

Elle ne connaissait rien à la technique de la couture, et elle prétend n'en pas savoir davantage aujourd'hui. Mais, un jour qu'elle se trouvait chez une dame arménienne qui fabriquait des chandails, elle se permit quelques suggestions.

On les accueillit, et les modèles qu'elle avait ainsi créés emballèrent si bien un acheteur qu'il en commanda quarante exemplaires.

Ainsi naquit la maison Schiaparelli. D'abord dans un petit appartement de la rue de l'Université où elle se mit à faire elle-même des chandails et des jupes. De là, elle sauta dans un grenier de la rue de la Paix où elle eut une vendeuse. Du grenier, elle descendit au premier étage. En 1929, elle s'installait place Vendôme et gardait, contre l'avis de tous ses amis, son nom.

Elle est parvenue à l'imposer non seulement sur le marché de la haute couture, mais dans cette étrange société internationale faite d'altesses royales en exil, de milliardaires sud-américains, d'ambassadeurs, de membres du Jockey-Club, de boutiquiers richissimes que l'on supporte pour avoir le plaisir de les mépriser et de le leur montrer, et enfin de quelques personnages qui ne sont rien de tout cela mais qui, dans ce désert d'ennui, s'amusent et amusent les autres.

Ce n'est pas ce qu'on appelle le Tout-Paris. C'est le Tout-M'ennuie.

Or, chez Schiap, on s'amuse. Spontanément ou par jeu de son intelligence rapide, elle sait faire croire aux imbéciles qu'elle les apprécie pour leur esprit, aux spirituels qu'elle les admire pour leur beauté, aux nouveaux riches qu'elle leur trouve du goût. Mais elle y joint la science d'être brusquement désagréable avec quelqu'un de fort important, histoire de prouver son indépendance.

Elle reçoit cinq cents personnes dans de grands bals parfaitement somptueux, ou bien quelques amis, le dimanche soir, dans la cave de son hôtel particulier qu'elle a aménagée en « bistrot ». Dans ces cas-là, elle fait elle-même la cuisine, et ce zinc où l'on se sert soi-même, c'est encore une trouvaille de psychologue.

Mais la vraie supériorité de Schiap, c'est que, dans l'art de manier son monde comme dans celui de faire des robes ou d'inventer des flacons de parfum, elle ruisselle d'idées, elle ne s'inspire de personne, elle crée.

Et avec une maîtrise de pensée assez rare chez les femmes, mais commune à tous les grands travailleurs, elle sait, la journée terminée, fermer le tiroir de son cerveau, qui contient les problèmes travail, et s'en dégager jusqu'au lendemain. Elle sort presque chaque soir, voit tout, lit tout.

Ses deux petites-filles, Marysa et Berynthia, habitent le plus souvent chez elle pendant que leurs parents courent les mers.

On voulut, l'autre jour, les faire parler à la radio pour une émission destinée à l'Amérique. Mais, au moment d'enregistrer, leur grand-mère s'aperçut qu'elles avaient complètement oublié l'anglais.

Leur arrière-grand-mère vit encore, à Rome, et elle a vu la réussite de la jeune fille poète qui lui donnait tant de soucis et qui, de ses outrances, sut faire une profession et une fortune.

Mais, à tant se battre seule, elle s'est cuirassée de dureté. Et, dans son visage pâle, ses yeux noirs portent le deuil du bonheur.

MICHEL SIMON

Depuis le jour de 1932 où ces trous et ces bosses qui lui servent de visage apparurent sur l'écran dans *Jean de la Lune*, depuis le jour où, sur la scène des Pitoëff, il prêta son accent vaudois aux personnages de Tchekhov et d'Ibsen, le public frémit quand il paraît ; comme si soudain le vent se levait.

Dans cette union avec ses spectateurs, Michel Simon trouve sa seule paix. Hors le public, il n'est d'accord avec personne.

Il hait ses directeurs, il hait ses partenaires, il hait la guerre, « cette petite c... » qui l'a envoyé quatre ans en sanatorium — la Suisse lui verse toujours une pension de mutilé. Il hait, avec une exquise politesse d'ailleurs, celui-ci qui l'a blessé ; celui-là qui lui a manqué ; cet autre qui lui a échappé ; il hait les humains en bloc, s'il les supporte parfois en détail pour un temps assez court, et gémit :

— On me crucifie... On me persécute... On m'a volé les dernières années qui me restent à vivre... parce qu'on le suppliait de ne pas manger de l'ail matin et soir pendant qu'il jouait *Fric-Frac.*

Habité par le désordre, sécrétant une mélancolie déchirante de caniche tuberculeux, ingouvernable, Michel Simon, vieux bébé puéril et cynique, est monstrueux. Il a cinquante-huit ans, mais il est sans âge. Aucune mesure humaine ne peut lui être appliquée : il les dépasse. L'homme est aussi grand que l'acteur. Mais l'acteur fait rire. L'homme fait plutôt frissonner.

Tout est inquiétant en lui. Ses mains longues et trop blanches, sa bouleversante douceur plus effrayante que les brusques colères où, se souvenant qu'il fut acrobate et boxeur, il déplie soudain son grand corps musculeux pour jeter dehors quelque régisseur maladroit.

Autour de lui, l'air se désagrège, cesse d'être tout à fait respirable. À côté de lui, dans ses propos hérissés de pointes drôles où perce soudain l'angoisse de la mort, on se sent au bord d'une frontière : celle qui sépare le fumeur de tabac du cocaïnomane, la passionnée de l'hystérique, le coureur de femmes de l'obsédé, le fraudeur en douane du cambrioleur, le travers du vice.

Aucun être inquiet ne peut approcher longtemps Michel Simon sans redouter d'être entraîné au-delà de cette frontière où il a fixé son univers et d'où il exerce une sorte de fascination.

Fascination de l'intelligence, destructive mais subtile, et d'une hypersensibilité d'écorché dont on craint toujours de provoquer les explosions.

Ceux qui résistent, parce qu'ils ont peur ou parce qu'ils n'ont pas de goût pour les eaux troubles, ceux qui l'accompagnent un temps mais reviennent sur leurs pas, il les rejette avec une sorte de dépit méprisant. Et il conclut, d'une petite voix triste :

— C'est un c…

Et puis, il retourne à ses singes et à son perroquet, « ces êtres parfaits ».

Sous ces manifestations de tumultueuse sensibilité, il y a peut-être un cœur prompt à s'émouvoir. Mais il y a surtout un système nerveux surmené dont chaque fibre est tendue jusqu'à l'extrême limite, au-delà de laquelle les nerfs craquent.

Ils ont craqué le jour où il a essayé de se suicider d'un coup de fusil dans le jardin public de Genève, parce que son charcutier de père refusait décidément de lui donner de l'argent pour fonder un cirque.

Ils ont craqué le jour où il a appris, chez un boucher, que le célèbre cheval Épinard, disqualifié à vie parce qu'il avait couru maquillé et dissimulé sous un faux nom par des gangsters, allait être abattu et vendu en rondelles.

Incapable de supporter cette horrible perspective, il racheta Épinard. L'ancien gagnant du Grand Prix finit ses jours dans un beau parc où des petits enfants lui grattaient gentiment les naseaux. Les parents, M. et Mme X…, s'attendrissaient et remerciaient de ce cadeau le bon M. Simon, leur meilleur client.

M. et Mme X… tenaient avec autorité la maison

close où Michel Simon avait alors ses plus chères habitudes.

— Parce que vous savez, dit-il avec cette intonation enfantine qui accentue encore l'incongruité de ses confidences nostalgiques... Marthe Richard, ça a été ma fin.

Pendant plusieurs années, il n'accepta de jouer que dans les théâtres qui se trouvaient à proximité de l'une de ces accueillantes maisons où il vivait. La patronne le soignait, lui mijotait des petits plats. Il n'en sortait le soir que pour aller jouer, et ne savait jamais en rentrant dans quelle chambre il coucherait et qui il y trouverait.

Maintenant, il habite tantôt une chambre meublée près du théâtre, tantôt sa maison de Noisy-le-Grand, où tout est conçu pour le confort et la joie de ceux qui partagent sa vie et se partagent son amour : Catherine, Coco, etc.

Catherine a vingt-huit ans. Trop vieille pour sortir le soir, elle ne vient pas au studio et au théâtre, comme le faisait Zaza. Zaza, l'irremplaçable, mettait trois ou quatre chandails les uns sur les autres, enfilait tous les bracelets, tous les colliers de son coffret à bijoux et, assise dans une loge, applaudissait chaque fois que Michel Simon entrait en scène.

Quand Zaza mourut, Michel Simon fut gravement affecté et confia un soir à Arletty :

— Toi, je t'aime parce que tu me rappelles Zaza...

Arletty eut le tact d'en paraître flattée : Zaza était une guenon. Comme Catherine. Coco est un perroquet gris auquel le père de Michel Simon a appris *La Marseillaise.*

Pendant l'occupation, dans la maison de Noisy occupée par les Allemands, Coco siffla tous les jours les deux premières mesures de l'hymne national. Réfugié en Suisse, Michel Simon tremblait en pensant qu'on lui tuerait Coco. Il tremblait aussi que l'on découvre chez lui quelques-uns de ces montages photographiques où l'on voyait les maîtres du Reich se livrer à quelques jeux obscènes. Mais il retrouva en rentrant les photos et Coco également intacts.

À seize ans, quand il s'appelait encore François Simon et qu'il rêvait d'être aviateur, il vit à Genève, sa ville natale, une femme demi-nue qui présentait un extraordinaire spectacle de mime. C'était Colette. Oui, Colette la romancière.

Il en tomba follement amoureux et lui écrivit des lettres auxquelles elle ne répondit pas. Mais le petit Simon décida, ce jour-là, de s'enfuir pour Paris et de monter sur les planches.

C'était avant l'autre guerre. On le vit assistant prestidigitateur, quêtant dans les cinémas à l'entracte, danseur acrobatique à l'Éden-Casino de Montreuil, avec deux partenaires : les Simon's.

On le vit aussi vendant à la sauvette des briquets non estampillés. Il habitait un petit hôtel du côté de la porte Saint-Denis et y avait trouvé un copain, un Breton dont il s'est beaucoup inspiré pour créer le gangster paresseux de *Fric-Frac.*

— Il était gentil, raconte-t-il. Il avait des petites moustaches brunes, il était toujours impeccable.

Il avait une femme sur le Sébasto et une dans le Nord, il vivait bien. Il me disait : « Toi, tu n'arriveras à rien avec ton pantalon chiffonné. » Quand il rentrait le soir, il prenait mon pantalon d'un air sévère, il me jetait hors de mon lit où je lisais *Les Aventures de Nick Carter*, il pliait soigneusement le pantalon sous le matelas et il sortait sans un mot. De temps en temps, il faisait quelques fric-frac... Alors, il a fini en taule. C'était un être adorable.

En dépit des prévenances de l'être adorable, François Simon creva de faim et rentra à Genève.

Il donna des leçons de boxe anglaise, il devint photographe, bon photographe d'ailleurs, puisqu'il reçut une médaille à l'exposition de Gand. Et puis, il fit son service militaire et se sectionna un muscle de la cuisse dans une chute en montagne, point final à sa carrière de danseur acrobatique.

Se souvient-il encore qu'il a été marié ? Qu'il a un fils ? Qu'il est grand-père ? C'est que grand-père préfère les petits singes aux petits hommes, même lorsque ceux-ci lui ressemblent.

C'est pourtant à son fils qu'il doit le nom qui l'a rendu célèbre. Il s'appelait encore François quand il a épousé la jolie jeune fille qui tenait avec sa sœur la librairie Prior. Il l'embrassait un peu trop dans les rues obscures : la sœur aînée exigea le mariage. Ce résultat s'appela Michel : c'était un fils. Le divorce ne tarda guère. Mais François Simon prit le nom de ce fils pour devenir acteur dans une troupe qui jouait alors à Genève.

L'une des comédiennes avait remarqué ce singulier photographe un jour qu'elle était arrivée chez lui pour se faire « tirer un portrait » dans le costume de la Dame aux Camélias. Elle l'engagea à venir voir son mari. Elle s'appelait Ludmilla Pitoëff. Georges Pitoëff confia à Michel Simon deux lignes dans *Mesure pour Mesure.* C'est ce jour-là, en 1920, qu'il débuta vraiment. On connaît la suite : avec les Pitoëff à Paris, avec Jouvet à la Comédie des Champs-Élysées, Clo-Clo dans *Jean de la Lune,* la gloire...

Est-ce que ça l'intéresse, la gloire ? Ce n'est pas sûr.

— Les acteurs, dit-il, ces exhibitionnistes... je les em...

On le prétend fort riche, et en francs suisses. Mais lui seul pourrait dire ce qui reste des énormes cachets que les producteurs de films lui versent depuis quinze ans en échange de son insondable mépris.

Et il ne le dira pas.

Devant lui, on a toujours l'impression d'être le Petit Chaperon Rouge en face du loup déguisé en grand-mère. Il est prévenant, fin, modeste... Il parle d'une petite voix aux inflexions affectueuses, multiplie les preuves de culture, d'intelligence, d'éducation. Et plus il est doux, et plus il sourit et plus il ronronne, et plus on se demande à quel moment le loup va se montrer sous le bonnet de grand-mère.

Assez curieusement, cet homme, qui pleure quand il est triste, a souvent manifesté un grand courage physique. Il a déjà tourné et joué sans se plaindre avec quarante de fièvre. Ce n'est jamais le corps qui flanche. Ce sont les nerfs.

Ses nerfs fragiles qui le menèrent souvent au fond d'un morne désespoir. Il est gai, il bavarde et puis, brusquement, il est sombre. C'est l'heure du caprice.

L'un de ses metteurs en scène n'oubliera jamais ce jour où Michel Simon se coucha dans l'herbe et refusa de tourner parce qu'il venait d'apprendre la mort d'un ami. Il ne criait pas, il ne se fâchait pas, il répétait :

— Non. J'en ai assez. Non, j'en ai assez.

On le supplia, on le menaça en vain. Et puis, tout à coup, il annonça :

— Je tournerai si vous me chantez *Écoutez le tic-tac du moulin.*

Ahuri mais résigné, le metteur en scène s'exécuta :

— Encore, dit Michel Simon.

L'autre recommença, jusqu'à ce que son interprète, satisfait, reprenne les prises de vues.

Pour sa plus grande chance, Michel Simon fait évidemment le seul métier où l'on peut se permettre ce genre de fantaisie. Imagine-t-on un industriel interrompant brusquement un conseil d'administration ou un président de tribunal arrêtant un avocat en disant :

— Je veux qu'on me chante *Maman les petits bateaux*... na !...

Mais chaque acteur de génie porte en lui les germes du désordre. S'ils sont chez Michel Simon plus perceptibles que chez d'autres, c'est peut-être parce qu'il ne prend aucun soin de les dissimuler. Parce qu'il alimente au contraire son goût des humains à les voir, soumis à ses caprices, applaudissant à ses lubies, souscrivant à ses extravagantes exigences lorsque leurs intérêts sont en jeu.

Il s'est enfermé lui-même dans ce cercle, qui ne mérita jamais davantage l'épithète de vicieux, ce cercle où l'on trouve si souvent étranglées les puissantes personnalités : déçu et vite ennuyé par ceux qu'il domine, incapable de tolérer ceux qu'il ne domine pas.

Alors, il s'en échappe dans son zoo de Noisy, où il entretint même un temps une jeune lionne au milieu des volières et des singeries modèles. Là on le comprend, là on ne pratique pas en même temps l'art d'enfermer la morale dans des codes et celui de transgresser ses lois, là on l'aime, tout simplement.

SIMONE SIMON

Simone Simon ? Vous connaissez ces petits chats tièdes, sans race et au pelage très doux, qui viennent ronronner sur vos genoux, si confiants, si fragiles, que la main qui les caresse semble toujours trop lourde ? On s'attendrit... On ose à peine effleurer l'oreille de soie... On se sent des tas d'obligations morales envers ce bébé-chat sans défense...

Et puis, soudain, il détend sa patte, vous griffe jusqu'au sang, et, dédaigneux, disparaît sous un meuble.

En dix minutes, il vous a donné successivement envie de le caresser, de le protéger, de l'étrangler. Et la main étonnée gardera longtemps l'égratignure profonde.

C'est ainsi que j'ai toujours connu Simone Simon. Ignorée, célèbre ou calomniée, elle est demeurée telle qu'un dieu capricieux l'a créée : cruelle et tendre, née pour blesser et pour être blessée.

Il arrive qu'en prenant de l'âge les jeunes chattes s'attardent plus volontiers au coin de bonnes cheminées, le temps de lécher quelque plaie... Alors, on croit qu'on peut laisser la fenêtre ouverte, qu'elles sont apprivoisées... Et on les retrouve sur les toits, assises sur un croissant de lune.

Simone Simon ne ressemble à personne. Elle exaspère ou elle ensorcelle. Selon son humeur, selon que l'on accepte ou non de céder à ses sortilèges.

Puisque vous tenez à le savoir, elle a... elle a plus que ça et paraît vingt-cinq ans sans effort. Socialement, elle est un produit assez typique de ce que la bourgeoisie aisée fait de ses enfants lorsque papa et maman divorcent et se remarient chacun de leur côté.

Une petite fille tiraillée, à qui l'on a appris le solfège, l'aquarelle et les bonnes manières, mais qui a changé quinze fois d'école, qui a été ballottée de Marseille où elle est née à Madagascar où son père avait des plantations, de Madagascar à Lyon chez un oncle, de Lyon à Paris chez sa jeune et ravissante mère qui a à peine dix-huit ans de plus qu'elle. Et partout on s'est moqué d'elle parce qu'elle s'appelle vraiment Simone Simon. Et parce qu'elle a une virgule là où les autres ont un nez.

À seize ans, elle passe ses journées à patiner, à danser et à un nouveau jeu passionnant : séduire les flirts de celles de ses amies qui ont le profil grec. Quand elle les regarde droit dans les yeux, les garçons rougissent, pâlissent... et sont prêts à jurer qu'elle ressemble à la *Vénus de Milo*, en mieux.

Les amies se vengent en la traitant de pékinois. Elle, elle découvre qu'elle a des griffes et s'en sert à tort et à travers.

Un lundi, son beau-père se fâche et déclare :

— Il faut que cette petite travaille. Je lui donne huit jours.

La « petite » devient vendeuse dans une maison de corsets et y reste trois jours ; dans une maison de disques et y reste deux jours. Autant mettre un léopard au couvent.

Le lundi suivant, son beau-père se fâche un peu plus et déclare :

— Je te donne encore huit jours…

— Je sais jouer du piano et chantonner, répond Simone. C'est pas un métier ! Mais je pourrais peut-être chanter dans les cours…

Quand elle parle de devenir actrice, sa jolie maman bourgeoise la regarde comme si elle avait dit : « Je me destine à la prostitution. »

Alors, elle retourne à son patinage jusqu'à ce que, vaincus, ses parents lui procurent trois lettres de recommandation. La première est pour Victor Francen.

Elle se précipite, donne sa lettre. Pendant qu'elle attend, un chien énorme et menaçant vient aboyer à ses mollets. Quand on revient pour lui dire que M. Francen ne peut vraiment pas la recevoir, elle s'enfuit sans insister.

La seconde lettre est pour Pierre Fresnay qui joue, à l'époque, *Cette vieille canaille,* avec Alice Field. Pour aller le voir, elle a emprunté à sa mère un ou deux renards et un sac de crocodile aussi grand qu'elle. Elle a l'air d'un gentil singe, mais d'un singe tout de même. Fresnay la reçoit dans sa loge au moment où Alice Field passe et crie à son partenaire :

— Espèce de brute ! Tu as déchiré ma robe...

Et elle montre largement sa jambe.

— Maman a raison. Quel monde ! se dit Mlle Simon, jeune fille comme il faut.

Courtois et indifférent, Fresnay regarde cette étrange jeune personne et prodigue quelques conseils :

— C'est un métier très dur... Il faut travailler. Apprenez du Marivaux et revenez me voir dans deux mois.

Elle sort en haussant les épaules. Deux mois ! Dans deux mois, elle sera vieille. Et puis, Marivaux l'ennuie.

La troisième lettre est pour Abel Tarride qui déclare en la voyant :

— Vous, vous êtes une soubrette...

Et, pendant trois ans, elle sera une soubrette. Quelques répliques dans quelques films et dans quelques pièces. Les dés sont jetés : elle est comédienne. Une drôle de comédienne. Habillée à la diable, les cheveux dans les yeux, oubliant de se maquiller, incapable d'un effort pour plaire à celui-ci qui pourrait l'aider, à celui-là qui pourrait la recommander, fourrant de la salade de tomates dans la poche du producteur, haïe par les femmes qui, lorsqu'elle paraît, sentent les hommes tressaillir et relever la tête comme épagneuls devant une caille.

Elles disent :

— Elle n'est pas jolie... Elle marche avec les pieds en dedans... Elle est mal habillée... Elle n'est pas soignée... Elle a un caractère de cochon...

Bien sûr. Mais quand elle fronce le nez et que le rire monte dans ses yeux bleus, on a envie de murmurer : « Touché... »

Le metteur en scène Tourjansky la convoque pour tourner un petit rôle dans *Le Chanteur inconnu.*

— Vous nez impossible, gémit le maquilleur russe. Nez sans dos... Je dois arranger...

Elle le sait bien qu'elle a un nez impossible, mais il y a quand même quelques larmes de rage dans ses yeux quand elle arrive sur le plateau, empêtrée d'un faux nez... Elle hésite une seconde entre la fuite, la gifle au maquilleur, le scandale ou la résignation...

Et puis, un grand éclat de rire retentit : Tourjansky lui a fait une blague.

On commence à la connaître ; elle vole de soubrette en soubrette, du *Chanteur inconnu* au *Roi des Palaces*, de *Mam'zelle Nitouche à La Petite Chocolatière*, elle travaille le chant avec Ninon Vallin et se rend malade en essayant de maigrir.

Et puis, sa route croise celle du metteur en scène Marc Allégret, et entre ces deux personnages compliqués naît une grande histoire compliquée où le bébé-chat griffe tant qu'il peut.

Mais ces deux-là étaient faits de toute éternité pour se rencontrer et pour se déchirer. Il y a autour d'eux un climat poéticotragique qui enlève à tous ceux qui les approchent alors le goût de plaisanter.

Il est comme un homme dévasté par un incendie. Et quand les incendies s'éteignent, il reste beaucoup de ruines et de grands trous noirs. Il lui arrache son masque de soubrette pour découvrir le visage frémissant de la petite fille sauvage et tendre de *Lac aux dames*. Elle s'appelait Puck... Elle aurait pu s'appeler Simone.

On sait que *Lac aux dames* fut un triomphe et valut à son interprète un magnifique engagement à Hollywood. C'est peut-être parce qu'il y avait dans ce film quelque chose de plus qu'une histoire bien racontée, parce que *Lac aux dames* fut une sorte de poème écrit avec le sang et les larmes d'un homme.

Après la Simone-Puck, il y eut la période Simone-vedette. Appartement au George V, bracelets de brillants, hommages d'admirateurs, noms de chanteurs célèbres ou de grands financiers cités à côté du sien qui grossit sur les affiches des Bouffes où elle joue une opérette de Sacha Guitry, *Ô mon bel inconnu*, puis *Toi et moi*.

Quand elle part en 1935, après une péritonite où elle risque de mourir, elle est une des premières Françaises que l'Amérique appelle.

Toutes, elles ont échoué là-bas, sans exception. Simone Simon eut contre elle son nom, imprononçable en anglais (on finit par l'appeler Double Simone), et cette espèce de fierté nonchalante dont on ne saurait dire si elle est faite d'orgueil, de maladresse ou d'impérissables vestiges de l'enfance.

Elle est comme ces sales gosses qui tendent le doigt en disant d'une voix perçante :

— Regarde le monsieur qui a une bosse sur le dos...

Les bossus ne pardonnent pas aux enfants, mais encore moins aux jeunes femmes qui rient très fort en les regardant.

Elle est secrète, moqueuse, elle ne fait aucune concession pour plaire ; il suffit qu'une secrétaire renvoyée raconte, dans ce pays où l'on divorce comme on se mouche, que Simone Simon a fait forger en or la clef de sa maison pour la remettre à l'élu de son cœur avec lequel, ô horreur, elle n'est pas mariée... Et le scandale éclate.

Je suis sûre pour ma part que cette histoire est vraie parce qu'elle ressemble exactement à Simone, parce que du conte de la clef d'or on aurait pu faire un sonnet ou une légende. Il était une fois une princesse qui avait une clef d'or... Là-bas, ils en firent une assez sordide aventure dont les ligues féminines, impitoyables, se mêlèrent... Jamais les femmes ne l'ont aimée.

Elle se débat maladroitement, difficilement, dans une situation incompréhensible pour une Européenne. Et puis, une fois encore, elle est malade.

Simone Simon est restée dix ans en Amérique avec un an d'interruption quand elle vint en France pour tourner *La Bête humaine*, puis *Cavalcade d'amour*.

Il y a longtemps que cette vieille histoire est oubliée, mais elle y a laissé sa carrière. Jamais elle n'a prétendu au prix de vertu. L'eût-elle mérité qu'il y aurait eu de quoi l'en dégoûter.

Pendant la guerre, elle a beaucoup tourné, beaucoup joué, beaucoup chanté aux États-Unis. Elle a eu de gros succès, d'excellentes critiques, mais elle n'a pas retrouvé la chance qui pouvait lui rendre sa place perdue.

Aujourd'hui, si Puck n'est plus, il y a une nouvelle Simone Simon, plus séduisante que jamais, qui essaye avec une bonne volonté touchante de faire patte de velours… et qui y parvient presque. Presque.

Quand le metteur en scène de *Quelque part en Europe,* Radvanyi, lui a demandé de jouer « la Française » dans son nouveau film : *Quelque part en Italie,* elle a accepté parce qu'il ne s'agissait plus de démarquer Puck mais de créer un nouveau personnage, à sa nouvelle mesure. Elle a tourné sans maquillage, avec un grand chapeau de paille tout cabossé et une drôle de petite chemise informe sur un short trop court… Elle a été presque docile. Un jour seulement, comme Radvanyi lui indiquait une scène où un homme s'étend à côté d'elle, l'enlace et pose sa tête sur son sein nu, elle a eu envie de s'amuser un peu. Alors elle a dit, en ouvrant de grands yeux innocents : « Je ne comprends pas ce que vous voulez. Montrez-moi. » Et elle a eu trois minutes de joie intense en voyant Radvanyi, qui est un monsieur assez corpulent au visage triste, jouer une scène d'amour enlacé avec un autre monsieur corpulent au visage triste.

Un bon film peut la replacer d'un coup au rang des grandes vedettes internationales. Ce n'est d'ailleurs pas le rang qui la tracasse... Elle s'en moque éperdument. Mais quand elle ne joue pas, quand elle ne tourne pas, elle s'ennuie. Et quand elle s'ennuie, Dieu sait de quoi elle est capable !

Pelotonnée dans l'angle de son divan, elle est de nouveau le petit chat tiède et doux, inoffensif, si semblable à la Simone d'autrefois que je me demande, en la regardant, à quel moment elle va dire au monsieur qui est en face de nous :

— Ça sert à quoi ce bouton que vous avez sur le nez ? C'est pour orner ?...

Et cela fera encore un homme vexé.

SIMONE

Depuis un demi-siècle, Mme Simone fait du bruit.

Pour les plus de soixante ans, elle fut la créatrice de *Chantecler* et la femme du fameux comédien Le Bargy.

Pour les plus de cinquante ans, elle fut l'interprète de Bernstein, de Maurice Donnay, l'amie de Charles Péguy et d'Alain-Fournier, la femme du député Claude Casimir-Perier.

Pour les plus de quarante ans, elle fut l'*Acheteuse* de Stève Passeur, l'auteur du *Désordre* et de *Jours de colère*, la femme de François Porché.

Pour les moins de trente ans, elle est la dynamique belle-mère du directeur de la Radio, Wladimir Porché, et la mémoire à laquelle on peut poser les questions les plus ardues, au cours de l'émission « Réponse à tout ».

Elle est celle dont les rôles, les mariages, les romans, les amitiés, les haines, les mots, les émissions, se confondent en un roulement de tambour ininterrompu depuis cinquante ans.

Autour de cette jeune femme de soixante-douze ans, dont la silhouette mince semble plus menue encore au creux d'un immense appartement, de grandes ombres se dressent à l'appel de leur nom.

Alors, de sa petite main dure, elle les enchaîne et vous les offre dans une gerbe de souvenirs qui l'intéressent d'ailleurs moins que son avenir.

Elle tient fort à ce qu'un passé glorieux de comédienne ne pèse pas plus lourd dans la balance de ses réussites que sa carrière littéraire.

Quand elle publia, en 1930, son premier roman, *Le Désordre*, un libraire déclara à l'éditeur :

— Simone ? Bah ! j'ai déjà quelque chose dans ce genre... *Les Mémoires de Dranem*...

Elle prit conscience, ce jour-là, du poids qu'il lui faudrait soulever pour que le nom de l'actrice n'écrase pas celui de la femme de lettres. Mais aucun poids ne l'effraye. Depuis quatorze ans, elle racontait tous les jours, à déjeuner, deux ou trois sujets de roman à François Porché, auquel elle fournissait aussi la charpente de ses pièces. Un jour, il l'enferma en déclarant :

— Je t'ouvrirai quand tu auras écrit au moins trois pages...

Elle commença... et continua. Maintenant, c'est Mme André Maurois qui lui apporte les cahiers bleus d'écolier sur lesquels elle travaille, toujours étendue sur quelque divan où grogne un chien blanc.

Eût-elle été laide, on lui aurait peut-être pardonné son intelligence vaste et claire, sa culture.

Eût-elle été sotte, on lui aurait peut-être pardonné d'avoir été une ravissante et triomphante comédienne. Eût-elle été malheureuse, on lui aurait peut-être pardonné trois maris brillants, un père grand bourgeois et riche. Mais tous les dons lui ayant été dévolus, y compris celui de considérer qu'ils lui étaient dus, elle est parfaitement insultante. Et parfaitement fascinante.

— Comme cette enfant est pâle... —, disait M. Benda, son père, soucieux, lorsqu'il rentrait à quatre heures de la Bourse, où il avait une charge d'agent de change, pour s'enfermer dans sa bibliothèque, où il lisait en sept langues.

Mais son père est mort, mais ses deux frères sont morts, mais ses trois maris sont morts, et la petite qui était si pâle est là, produit vigoureux d'un Israélite de haute culture et d'une solide Bretonne.

Elle connut Charles Le Bargy, séducteur officiel de la Comédie-Française, dans un cours de diction pour jeunes filles du monde. Il y professait avec ennui. Elle y avait été inscrite par sa mère inquiète. La jeune Pauline Benda manifestait, en effet, un goût prononcé pour les études de psychopathie et, grâce à la complicité de sa gouvernante anglaise, elle avait suivi clandestinement, en Sorbonne, les cours du professeur Janet. L'enseignement de la diction était beaucoup plus compatible avec le mariage, seul but auquel toute jeune fille de bonne famille devait alors aspirer...

— Récitez-moi quelque chose..., demanda le beau professeur aux péronnelles effarouchées.

Elle connaissait déjà des centaines de vers et dit un poème de Lamartine.

— Fort bien. Et quand vous présentez-vous au Conservatoire ?

Cette perspective la fit sourire avec un peu de mépris et choqua Mme Benda plus encore que la psychopathie. On invita donc le professeur à dîner pour lui faire comprendre le plus aimablement possible à qui il avait affaire. Il vint... et se trouva bien probablement, puisqu'il resta. En devenant Mme Le Bargy, Pauline Benda retrouvait la liberté de retourner à la Sorbonne. Elle avait dix-sept ans. Il en avait quarante-deux.

Il était l'« acteur » et fut très choqué par ce microbe qui critiqua un soir la façon dont la « divine Bartet » interprétait *On ne badine pas avec l'amour.*

— J'en ferais autant, disait-elle.

Pour confondre l'impertinente, Le Bargy lui fit jouer la pièce un soir, à Reims, où il donnait une représentation. Elle s'en tira, elle s'en tira même si bien qu'il voulut la faire travailler. Mais, hors le plaisir de l'exploit réussi, elle n'aimait pas à jouer la comédie.

Alors, ce fut Henry Bataille qui lui proposa de jouer pendant sept jours, à Bruxelles, *L'Enchantement.* Sept jours, c'était encore de l'amateurisme. Elle accepta.

Il y avait alors à Bruxelles un camarade de classe de ses frères qui venait de faire un certain bruit en désertant après sept mois de service. Il avait vingt-quatre ans, il s'appelait Henry Bernstein.

Elle ne le prit pas très au sérieux lorsqu'il lui raconta qu'il écrivait des pièces.

— Je vais en faire une pour toi, lui dit-il.

C'était *Le Détour.* Franck, le directeur du Gymnase, se dit que, pour voir sur une scène la femme de Le Bargy, il y aurait toujours quelques milliers de Parisiens. Mais, prudent, il fit répéter en même temps une autre pièce. *Le Détour* atteignit deux cent cinquante représentations. Simone était prise dans l'engrenage. Pourtant, elle n'aimait pas le métier de comédienne.

— Jouer, c'est endosser un personnage. Et ça m'ennuie de me quitter moi-même, disait-elle.

Le Bargy avait déclaré que « Pauline » était un prénom ridicule et, un jour de tendresse, il avait trouvé à la fin d'un conte de Musset ces deux vers :

Le plus difficile à trouver
N'est pas la plante, c'est Simone.

Ainsi fut-elle baptisée.

Elle avait quitté Le Bargy depuis trois ans et elle était Mme Casimir-Perier, lorsqu'elle créa le *Chantecler* d'Edmond Rostand, en 1910, avec Lucien Guitry.

Dans sa volonté d'effacer aujourd'hui la comédienne, elle exagère un peu lorsqu'elle s'étonne si fort d'avoir exercé longtemps un métier qui l'ennuyait. On l'imagine mal obéissant seulement au destin, aussi impérieux soit-il. Elle aurait trouvé un moyen de le dompter, lui aussi, s'il l'avait dérangée.

Mais tous ceux qui l'ont eue pour partenaire ou pour interprète reconnaissent que cette actrice admirablement douée n'aimait pas le théâtre, ses coulisses, ses petits drames, ses loges sales, ses battements de cœur, voire ses applaudissements.

Elle affirme qu'elle ignore l'ambition, sentiment primaire, et raconte qu'étant un jour dans un parc avec François Porché, elle vit des enfants qui jouaient à la guerre. (Sept petits garçons et une petite fille, précise-t-elle, parce qu'elle précise tout.)

La petite fille ayant décidé que le lieutenant deviendrait colonel et que le général deviendrait caporal, il y eut d'amères protestations.

L'un des petits garçons, haussant les épaules murmura alors :

— Général... Caporal... Ils n'ont pas encore compris que c'est la même chose !

— Celui-là, dit Simone à son mari, celui-là c'est un petit Juif intelligent. Comment t'appelles-tu, toi ?

— Henri Klotz, répondit l'enfant.

— Il savait, conclut Simone, que l'ambition est absurde.

Déclaration qui suffirait à prouver qu'elle n'eut jamais de revanche à prendre sur la vie, d'humiliations à laver, et moins encore de sentiment d'infériorité à combattre.

Elle est de race régnante.

— Trompe ton mari, lui disait Gaby Morlay lorsqu'elles jouaient ensemble pour Bernstein *La Rafale*. Qu'est-ce que tu attends ? Trompe-le, sans cela c'est lui qui commencera.

— Mais non, répondait-elle paisible, il ne me trompera pas.

On ne la trompe pas, voyons.

Tout au long de son œuvre, on ne trouve qu'une angoisse majeure : aimer qui n'est pas digne d'être aimé. Angoisse de femme trop intelligente.

Rentrant d'une période de vingt-huit jours, Claude Casimir-Perier lui amena un jour un camarade : c'était Charles Péguy.

Le philosophe Julien Benda, cousin de Simone, disait :

— Tu verras, il est génial.

Elle faillit ne pas s'en apercevoir, tant le débit monotone de Péguy habillait de gris les pointes d'or de son esprit. Puis une grande amitié jaillit. Péguy devint un habitué, amena ses amis et particulièrement l'auteur du *Grand Meaulnes*, Alain-Fournier. Tous, ils subissaient la fascination de l'intelligence, analytique et prompte à s'emparer de la pensée de l'autre, le charme puissant de l'œil bleu ironique où s'est réfugiée aujourd'hui l'implacable jeunesse dont les flammes brûlent encore, l'attrait de ce personnage double, trop lucide pour être constructif, trop fort pour n'avoir pas besoin de construire.

Quelques mois après Charles Péguy, Claude Casimir-Perier tombait, tué à l'ennemi.

Deux ans plus tard, Simone réalisait un rêve d'adolescence en épousant François Porché. Elle ne voulut jamais avoir d'enfant, mais le fils de son mari, Wladimir, devint le sien.

— Mon garçon..., dit-elle. Et il y a presque de la tendresse dans sa voix impitoyable.

Elle déclare, sans trembler, vingt-neuf ans de bonheur sur lesquels aucune douane n'osa lui faire payer de droits.

François Porché aimait à raconter qu'étant à Néris, où elle tentait de soigner une incurable insomnie, sa femme prit rendez-vous avec le grand médecin de l'endroit.

Elle arriva, toute douce, toute simple. Une demi-heure après, c'était elle qui donnait une consultation au spécialiste, qui souffrait également des nerfs et qui notait fiévreusement le diagnostic, les remèdes préconisés par sa malade.

La mort de son mari l'aurait retranchée de la vie si elle n'était la vie. Elle est, dit-elle, comme ces canards auxquels on coupe le cou et qui continuent à marcher. Chez elle, on verrait sans étonnement la tête repousser.

Un médecin découvrit un jour qu'elle devait vivre étendue. Alors, elle installa des lits dans toutes les pièces de l'aérodrome somptueux et délabré qu'elle habite depuis trente-quatre ans, rive gauche.

— Mon garçon est gentil, dit-elle. Il veut bien vivre avec moi...

Elle lit, elle écrit, elle bavarde, étendue ou couchée dans le lit dont elle fait chaque jour changer les draps. Elle persiste à soigner son apparence physique, déclarant qu'« une femme jeune a le devoir de plaire, et une femme vieille celui de ne pas déplaire ». Depuis cinquante ans, on vient de partout s'éclairer à la lumière de son esprit.

Elle n'a frôlé l'ennui qu'en Amérique, où elle joua six ans de suite, en anglais. Elle parle également l'allemand avec une parfaite aisance.

Elle a écrit sa première pièce lorsque Gaston Baty demanda trois actes à François Porché, qui n'avait pas le temps de les écrire.

— Demande-lui s'il veut une pièce de moi sur Emily Brontë, lui cria-t-elle au moment où il sortait pour aller voir Baty.

— Baty met ta pièce en répétition dans deux mois, annonça-t-il en rentrant.

Elle n'avait plus qu'à l'écrire, et sa conception du mystérieux auteur des *Hauts de Hurlevent* prouva que ses études et son goût pour la psychanalyse continuaient à commander son jugement.

Elle affirme qu'elle se connaît bien. Comme elle a de la sympathie pour elle, elle vit satisfaite en sa propre compagnie, n'observant qu'une règle morale : être d'accord avec elle-même.

On la craint parce que ses mots sont durs et ses volontés toujours accomplies. C'est elle qui déclara un jour à une directrice de théâtre sottement vaniteuse :

— Madame..., vous êtes une bonne... Pas une femme de chambre, une bonne !

On raconte aussi que, présidant un soir un grand dîner, elle s'aperçut brusquement qu'à l'autre bout de la table un de ses amis se conduisait mal.

Alors, froidement, calmement, sans un mot, elle attacha le coin de la nappe à la ceinture de sa robe du soir. Et puis, elle se leva et sortit dignement dans un fracas de vaisselle cassée.

Les forts la redoutent plus que les faibles, qui cèdent tout de suite, et moins que les médiocres, qui prennent immédiatement conscience, devant elle, de leur médiocrité.

Sans indulgence, elle a délibérément rayé de sa vie les êtres sans épaisseur, sans densité, et peut-être raye-t-elle un peu vite.

Le soir, avant de s'endormir, il faut qu'elle mette dans sa chambre un ordre parfait. Elle ne tolère le désordre qu'à l'intérieur, là où il traduit l'inquiétude humaine.

On affirme qu'elle est géniale lorsqu'elle veut être désagréable. C'est probable, parce qu'elle fait tout avec un grand souci de perfection, mais elle ne m'a pas donné la moindre occasion de percevoir cet aspect de son talent.

Mme Simone, ouverte aux jeux les plus subtils de l'esprit, ardente à saisir toutes les formes neuves qu'emprunte la pensée des hommes d'aujourd'hui, tour à tour stérilisée par l'intelligence et fertilisée par la passion, Mme Simone est un personnage considérable.

ERIC VON STROHEIM

Eric von Stroheim est un monsieur, un grand monsieur, en quatre épisodes : vingt-cinq ans de faste dans la Vienne des valses, cinq ans de misère dans l'Amérique des émigrés, dix ans de génie dans le Hollywood qui enfantait, en hurlant, le cinéma, vingt-cinq ans de mépris dans tous les studios où l'on a besoin d'un crâne rasé ou d'une nuque prussienne.

De ces quatre épisodes, le public ne connaît aujourd'hui que le dernier. On imagine vaguement que, derrière cette ombre trapue et monoclée qui a traversé une quarantaine de films, de grands fantômes tournoient. Mais seuls les amants du cinéma et les fervents des ciné-clubs savent qu'Eric von Stroheim a écrit et réalisé, entre 1918 et 1928, quelques œuvres dont la violence, le souffle et l'érotisme n'ont jamais été dépassés. Les budgets non plus d'ailleurs, dit-on, bien qu'il s'en défende.

Du temps qu'il tournait *Folies de femmes*, la publicité faite autour de son nom barrait d'un trait l'S de Stroheim, assimilant ainsi son initiale au sigle du dollar.

Devant le portail de la société Universal, des pompiers dressaient chaque jour leur échelle pour écrire en énormes chiffres d'or le total des dépenses fabuleuses engagées par Eric von Stroheim...

Et il vit, ironique et hautain. Et il tourne, un peu à Hollywood, beaucoup à Paris, depuis qu'un metteur en scène français eut l'idée de faire venir des États-Unis, en 1935, pour le film *Marthe Richard*, l'« homme que l'on aimerait haïr ».

Puis, ce fut *La Grande Illusion*. Quand il arriva au Haut-Kœnigsbourg où les prises de vues étaient déjà commencées, nous étions tous tremblants et Jean Renoir plus que les autres. Nous allions voir Stroheim, le grand Stroheim !...

Il fit une magistrale entrée dramatique, sanglé dans son uniforme, le cou soutenu par un appareil orthopédique, suivi par une longue infirmière drapée dans ses voiles blancs.

Personne ne savait exactement quel genre de soins cette infirmière lui prodiguait et personne n'osa jamais le lui demander, non tant par discrétion, mais de crainte qu'il réponde au contraire avec un grand luxe de précisions.

L'appareil orthopédique était une idée à lui, une des innombrables idées dont il fertilisa le film et que Jean Renoir eut la suprême intelligence d'accueillir.

C'est en arrivant à Colmar qu'il y avait pensé. Il

se mit aussitôt en quête d'un orthopédiste, tomba sur un artisan consciencieux qui répétait :

— Si vous avez la colonne vertébrale brisée, il vous faut un corset complet, pas seulement un tour de cou. Et si vous ne l'avez pas, vous n'avez pas besoin d'appareil…

Stroheim sortit un flacon de whisky de sa poche. Quand le flacon fut vide, l'orthopédiste admit que, puisque monsieur le client était acteur, le tour de cou suffirait.

— Vous l'aurez dans huit jours, dit-il.

— Huit jours ? Mais je tourne demain matin à l'aube. Il me le faut ce soir.

Et il sortit un second flacon de whisky d'une autre poche.

L'appareil fut livré à l'hôtel dans la nuit. Stroheim l'essaya, enfila son uniforme de commandant allemand : impossible de fermer le col.

— Nous devons y arriver, déclara Stroheim à l'infirmière. Allez chercher le concierge de nuit.

Pendant trois heures, l'infirmière et le concierge tirèrent chacun d'un côté du col, pendant que Stroheim le tamponnait avec un linge humide.

Le lendemain, il se présentait pour tourner, à demi étranglé, les yeux exorbités, mais prêt à l'heure dite.

Depuis, on a l'impression qu'il éprouve une sorte de délectation à se prostituer dans…

— … de la m… ! dit-il, pour qualifier la majorité des films où il apparaît.

Ce n'est pas un monsieur simple, M. von Stroheim. Si, à l'écran, il claque comme un bruit de bottes, il a dans la vie des résonances beaucoup plus riches et plus subtiles.

Il charrie dans son sang bleu toute la pourriture de la vieille Europe et tout le raffinement de ses derniers aristocrates, toute la morgue de la vieille Autriche et tout l'humour des authentiques Viennois.

Il se lèvera vingt fois pour allumer votre cigarette, vous accueillera avec la plus exquise politesse, dans la belle propriété qu'il a achetée il y a cinq ans aux environs de Paris, ne tolérera pas que vous vous baissiez pour ramasser un gant, et vous dira, dans son anglais flexible et rocailleux :

— Je vous connais... Est-ce que j'ai essayé de dormir avec vous ? Je n'ai pas de mémoire, parce que je bois comme un poisson.

Une jeune femme jolie et aiguë, Denise Vernac, vit avec lui depuis douze ans.

— Nous ne sommes pas mariés, précise-t-elle. Eric tient à le dire parce qu'il y a en Amérique une véritable Mme von Stroheim...

Outre cette troisième et légitime épouse, il y a aussi là-bas deux grands fils, l'un assistant, l'autre opérateur de prises de vues, et des petits-enfants dont il montre volontiers la photo.

Denise Vernac ne le quitte jamais. Elle l'a suivi en Amérique lorsqu'il est parti en 1940, après avoir demandé en vain son incorporation dans l'armée française ; elle tourne souvent avec lui, elle traduit pour lui les *Mémoires* qu'il est en train de terminer, elle conduit la grosse Cadillac beige.

Il y a trente-cinq ans que Stroheim n'a pas touché un volant.

Il était, alors, assistant du metteur en scène John Emerson, auquel on venait de livrer une magnifique voiture neuve. La voiture, mal rangée devant la maison, empêchait la circulation. Emerson, malade et grelottant de fièvre dans son lit, était hors d'état de s'en occuper.

Stroheim n'avait jamais conduit.

— Mais quoi, se dit-il, si toutes ces vieilles dames que l'on voit sur les routes sont capables de mener une voiture, je peux certainement en faire autant.

Il s'assit au volant, tira des boutons, en poussa d'autres, appuya sur des pédales. La voiture bondit... et rentra au garage. Malheureusement, au lieu de s'arrêter devant le mur, elle le traversa. De l'autre côté, il y avait un fossé de trente mètres... Stroheim trouva le frein à l'instant d'y tomber. Ce fut sa première et sa dernière expérience de chauffeur.

Avant d'être assistant, il avait été « cascadeur ». C'est ainsi que l'on appelle les figurants qui doublent les vedettes dans les exercices dangereux. Pour trois dollars par semaine, il se jette à cheval dans la mer du haut d'une falaise, saute du cinquième étage, se casse trois côtes, débute avec Griffith dans le rôle d'un nègre qui fait une chute de sept mètres, et déclare à un grand comédien qui tourne en uniforme :

— C'est une comédie ou un drame que vous jouez ?

— Un drame.

— Alors, mettez donc vos décorations à l'endroit !

C'est ainsi qu'il se fait remarquer.

Mais, avant d'être figurant, il a été emballeur dans un grand magasin. Il savait trois mots d'anglais. Ce furent malheureusement ceux que lui adressa son chef de rayon au bout de six jours de travail ; ils signifiaient très exactement : « Fils de chienne. »

Il devint correspondant allemand-français pour une maison d'importation. Il savait six mots de français. Après quelques échanges de lettres, la maison de Paris se permit de remarquer que le correspondant ne semblait pas saisir exactement le sens des messages qu'il traduisait...

Il fut homme de peine dans une auberge où entra un jour une ravissante blonde. Fasciné, il versa distraitement le potage sur les genoux de la cliente au lieu de le verser dans l'assiette. Elle n'était pas rancunière : quinze jours après, elle s'appelait Mme von Stroheim.

Ce grand amour résista à une grande misère pendant laquelle il fut tour à tour garde forestier, capitaine dans l'armée mexicaine, sauveteur sur une plage où l'on ne se noyait pas, représentant en papier tue-mouches dans un pays sans mouches, poseur de rails en Californie et professeur d'équitation, escorteur pour dames, policier monté et, en toutes circonstances, insolent.

Il gagnait enfin sa vie normalement comme assistant de Griffith, dans ce village en planches que l'on appelait Hollywood, lorsque sa femme mourut en 1915. Il avait trente ans et il allait balayer d'un coup les années d'humiliation et les rires des filles devant son crâne rasé.

Mais, avant de débarquer à New York par un matin glacé de décembre 1909 et d'y devenir emballeur, il avait été le plus impertinent des cadets de l'armée impériale.

Du jeune lieutenant Eric von Nordenwall von Stroheim, qui caracolait en uniforme bleu ciel derrière François-Joseph, il reste aujourd'hui à l'homme de soixante-cinq ans une façon inimitable de claquer les talons, de porter le monocle, de boire dix-huit cognacs cul sec en se tenant de plus en plus droit, d'acheter dix mille francs d'orchidées quand cinq cents francs de violettes feraient l'affaire… Il reste aussi une longue balafre au front, vestige d'un duel.

Il n'y a aucune raison valable de mettre sa parole en doute lorsqu'il dit qu'il est le fils d'un officier de cavalerie et d'une dame d'honneur de l'impératrice, lorsqu'il raconte qu'il quitta son pays parce que sa famille était ruinée et qu'en 1909 un officier de la garde ne devenait pas employé de magasin, parce qu'un vieil oncle riche lui offrit la traversée pour qu'il aille déshonorer ou redorer ailleurs le blason des Stroheim…

Il n'y a aucune raison de ne pas le croire, si ce n'est que tout cela a l'air trop vrai et que, lorsqu'un personnage vivant rejoint à ce point la convention romanesque, on est toujours tenté de se dire :

— Et s'il avait lu tout cela quelque part ?... Et s'il se coupait les cheveux comme tout le monde, est-ce qu'il aurait encore l'air d'un aristocrate autrichien ? Et si l'interprète de deux cents officiers supérieurs prussiens était tout simplement le fils d'un chemisier napolitain, est-ce que ce ne serait pas une excellente blague dont ce prince de la mise en scène est parfaitement capable ?

Mais toutes ces suppositions, entièrement fantaisistes d'ailleurs, s'écroulent lorsqu'on le voit ivre. M. von Stroheim se saoule comme un seigneur.

Et cela ne s'imite pas si le reste s'imite, comme le prouve l'aventure qui lui arriva avec Wallace Berry.

On avait proposé à Stroheim un rôle de commandant de sous-marin allemand dans un film intitulé *Behind the Door.* Mais il se montra si exigeant en matière d'argent que son ami Wallace Berry fut engagé à sa place.

— Écoute, toi, vieux salaud d'Autrichien, lui dit Berry, il faut que tu m'apprennes à porter le monocle.

— Tous les commandants de sous-marin ne portent pas de monocle, tu sais, répondit Stroheim.

— Tout de même... J'aimerais bien..., dit Berry.

La leçon dura trois heures. Berry cassa trois monocles. Au quatrième, il savait s'en servir.

— Maintenant, je voudrais une cicatrice, demanda-t-il.

— Tous les commandants de sous-marin n'ont pas de cicatrice ! objecta Stroheim.

— Fais-moi une cicatrice, supplia Berry. Non, pas sur la joue... Sur le front, comme toi.

Armé de collodion, Stroheim lui fabriqua une balafre.

— Comment me trouves-tu ? demanda Berry satisfait.

— Bien, dit Stroheim. Mais il faut que tu te fasses couper les cheveux.

— Quoi ? hurla Berry. Ah ! non, pas mes cheveux, bougre de salaud d'Autrichien.

— Pourtant, déclara Stroheim, je te jure que tous les commandants de sous-marin ont les cheveux très, très courts !

Et Wallace Berry, résigné, se laissa conduire chez le coiffeur.

Six mois plus tard, Eric von Stroheim commençait à recevoir de toute l'Amérique des lettres de félicitations pour son dernier film *Behind the Door*. On prenait Wallace Berry pour lui !

Et le jour de 1940 où, sur le quai de la gare de Lyon, il disait tristement adieu à ses amis français avant de partir pour Lisbonne, une femme se précipita vers lui en criant :

— Monsieur Stroheim, je suis si heureuse de vous voir... je vous admire tant... Je vous ai surtout aimé dans ce film où vous étiez commandant de sous-marin... *Behind the Door*...

On peut se brouiller avec lui pour un chapeau jeté sur un lit ou pour un parapluie ouvert dans la maison... Il croit au pouvoir maléfique de chats noirs, salue la nouvelle lune avec des pièces d'argent dans la main, et, les vendredis 13 il reste couché... Mais la légende selon laquelle il a déjà réglé ses funérailles est fausse. En vérité, grand amateur de musique, il a un goût particulier pour une mélodie de Stirbitz. Et, un soir qu'il était au cabaret « Monseigneur », il dit aux violonistes tziganes qui entouraient sa table :

— Jouez-moi Stirbitz... Encore... j'espère que vous viendrez tous le jouer à mon enterrement.

Mais que ses correspondants émus se rassurent : il n'a nullement l'intention de mourir.

Il sait d'ailleurs parfaitement bien qu'il est mort une fois, le jour où Hollywood lui a dit :

— Nous ne voulons plus de vous, monsieur Stroheim, de vos délires et de vos fastes, nous avons peur de vos images de fureur et de vos spasmes, de vos cruautés extasiées et de votre génie de l'ignoble. Nous voulons dormir tranquilles après avoir vu de bons petits films où l'on se marie en blanc à la fin et où l'on aura beaucoup d'enfants sans expliquer comment on s'y prendra. Nous ne vous permettrons plus de regarder par le trou des serrures.

Eric von Stroheim s'est suicidé en quelques films gigantesques. Il reste un acteur cultivé, drôle, pessimiste, cynique, qui joue la comédie parce qu'il faut bien jouer à quelque chose.

CHARLES TRENET

Il était grand temps pour Charles Trenet de reprendre l'air du pays. L'air qui fait les chansons. En Amérique, il a plutôt fait des dollars.

Pour lui, j'aimerais bien que les typographes écrivissent (écrivissent ? ah ! que ce subjonctif mérite donc d'être traité d'imparfait !), écrivissent, disais-je, dollars comme ça : $, parce que ce signe-là a une tête à être le frère de la clef de sol.

Cette clef avec laquelle ce grand et joyeux garçon, qui surgit comme un épi de blé neuf sur la scène de l'A.B.C., un jour d'avril 1938, a ouvert la porte secrète d'un univers où le soleil a rendez-vous avec la lune dans des champs de pâquerettes.

Depuis, le fou chantant folâtre et chante, remplissant le monde de l'écho de ses mélodies blondes où bat le cœur des filles et des garçons, des étoiles et des papillons, des fleurs et des vagabonds.

Il faudrait, pour le décrire, tremper une plume de rossignol dans de l'encre bleu ciel, tant il ressemble à ses chansons.

Charles Trenet, c'est un baromètre au beau fixe. Quelquefois, le temps tourne à l'orage, mais on ne l'a jamais vu à la pluie et à la grisaille.

Après deux ans d'exil glorieux mais d'exil tout de même, il est rentré cousu d'or et farci de joie à l'idée de retrouver pour deux mois sa petite maison de La Varenne, sa petite maman, sa petite cour d'amis fidèles, ses petites voisines...

À déjeuner, ils sont douze autour de la table, piochant dans les boulettes à la tomate. Et cette grande vedette de quarante ans ressemble singulièrement, dans son short de velours côtelé, à un lycéen tout réjoui parce qu'il a séché le cours de math.

Toute la maison sent le dimanche, l'école buissonnière et le gigot à l'ail cuit à la Narbonnaise. Toute la maison est en fête : Charles est revenu.

— Charles, finis ta glace...

— Oui, maman.

Maman est une charmante bourgeoise qui mène tout ce petit monde avec autorité et qui tient dans le cœur de son célèbre fils une place qu'aucune femme n'a encore réussi à occuper. La grosse bague et la cape de renard qu'il a sorties de sa valise. Pour maman. L'ice-cream qu'il a rapporté de New York dans un thermos : pour maman. Mais que n'a-t-il dans ses bagages ? Il a acheté une église au Canada pour en faire un théâtre, une mine d'or au Pérou. Il rapporte cent cravates bariolées, un jeune Mexicain, une Cadillac blanche pour tenir compagnie à sa Delahaye bleue et à sa Peugeot rouge, une étoile tatouée sur le bras droit par un marin de San Francisco, dix belles vestes à carreaux pour l'été... Quand il fait trop chaud, on ouvre les carreaux — et le début d'un roman, le troisième, où un nègre trouve le moyen de blanchir sur les plages où tout le monde vient pour brunir.

Mais Charles Trenet a ceci de particulier : ses extravagances ne procèdent jamais du désir d'étonner, de choquer ou de faire parler de lui.

Si ses nerfs fragiles de poète lui jouent parfois des tours, il est le premier à le regretter. Il ressemble vraiment, authentiquement, à ces enfants tendres qui jurent gravement le dimanche, à la messe :

— Je serai sage... Je travaillerai bien mon latin... Je ne ferai plus jamais de peine à maman.

Et puis, un démon passe... Et hop ! on le retrouve au poste.

Mais il n'y a chez lui nulle ostentation. Et c'est peut-être parce que le public sent plus ou moins la sincérité dont il est pétri, la vraie gentillesse dont il rayonne, qu'on le considère davantage comme un gosse turbulent que comme une vedette capricieuse.

C'est néanmoins une de ses facéties qui faillit lui coûter sa carrière en Amérique. Du temps qu'il était, à dix-sept ans, une sorte de « chasseur animateur » au Casino de Vernet-les-Bains, il se promena un soir de 14 juillet, déguisé en fantôme, dans les jardins municipaux.

Le garde du jardin n'aimait pas les galopins. Il se plaignit au maire et le jeune homme fantôme, traîné devant un tribunal correctionnel, fut condamné à deux cents francs d'amende et à six jours de prison avec sursis pour attentat à la pudeur.

Dix-huit ans après, arrivant en Amérique pour y chanter, Trenet est interné à Ellis-Island et retenu vingt-six jours par la police. Motif : faux serment. Il a déclaré, en effet, comme tout étranger se rendant aux États-Unis, qu'il n'a jamais subi de condamnation. Or, une lettre anonyme est venue aviser les autorités américaines que le fou chantant a menti.

Qui envoya cette lettre ? Les soupçons de Trenet volent de l'un à l'autre. Une société avait évidemment intérêt à ce que l'entrée du territoire américain lui fût interdite. Celle qui l'avait engagé pour trois films. Les trois films n'ayant jamais été tournés, Trenet réclamait le montant de son contrat. Il a d'ailleurs obtenu satisfaction et doit recevoir la coquette indemnité de cent cinquante mille $, soit plus de cinquante millions de francs.

L'origine de la lettre anonyme n'a jamais été précisément déterminée. Mais les autorités américaines, qui ne badinent pas avec les faux serments, exigèrent communication officielle du casier judiciaire de Trenet avant de lui rendre sa liberté et de se rendre à l'évidence : Charles Trenet avait été victime d'une assez vilaine manœuvre de la part d'un ennemi bien informé.

Il en tint rigueur, un temps, à son ami et éditeur Raoul Breton. Aujourd'hui, tout est rentré dans l'ordre : Breton et son poulain sont réconciliés.

Trenet a reçu un visa de résident permanent aux États-Unis et l'aventure lui a essentiellement valu une considérable publicité.

Toute l'Amérique chante *Les Jeunes Années* et le président du Chili joue *La Mer* sur son xylophone.

Pourtant, Trenet ne connaît rien à la musique. C'est la musique qui le connaît, dit-il. Pianiste médiocre, il jongle avec les sept notes de la gamme, les lance, les rattrape... et en un quart d'heure naît une chanson.

Il en a composé environ trois cents depuis le jour où, soldat timide, il proposa à Maurice Chevalier, par l'entremise de Raoul Breton, *Y a d'la joie.*

Le talent, dit-il encore, *c'est comme une maladie. Ça vous prend tout d'un coup.*

Pourquoi cette maladie-là a-t-elle atteint l'enfant heureux d'un notaire de Narbonne ? Il n'en sait rien, mais il est bien content parce qu'il chante comme les oiseaux, comme les sources, comme les peintres en bâtiment. Pour le plaisir.

Il faut dire qu'entre deux dossiers qui l'ennuyaient fort, M. Trenet composait des marches militaires. Et que l'oncle de Charles, Albert Bausil, était poète comme on sait l'être en province avec ferveur et désintéressement.

Albert Bausil dirigeait une petite revue, *Le Coq catalan,* où Charles publia ses premiers vers, ceux qu'il avait consignés dans un cahier d'enfant baptisé « Le Livre des Idées folles ».

Mais il se croyait peintre alors et c'est en vendant trois toiles qu'il réunit assez d'argent pour venir à Paris après avoir passé, comme il convient à un jeune homme de bonne famille, son baccalauréat.

Il arriva tout ensoleillé, avec la belle lumière de son pays dans ses cheveux blonds, une pointe d'ail dans son accent, et alla s'ennuyer chez un tapissier, puis aux studios Pathé-Nathan où il fut l'assistant de Jacques de Baroncelli dans un film symboliquement intitulé *Le Rêve.*

Des rêves, il en fut toujours abondamment pourvu.

Un soir, il entra dans une boîte de Montparnasse, le « Collège Inn » où un jeune homme de son âge, Johny Hess, tenait le piano. C'était alors la grande époque des duettistes. Pills et Tabet triomphaient... Charles et Johny ne leur firent pas une sérieuse concurrence. Le chemin de la gloire ne passe jamais par l'imitation. Mais ils connurent d'aimables succès.

Évidemment, le blanchissage des pantalons blancs dans lesquels ils chantaient coûtait presque ce qu'ils gagnaient au Palace, au Fiacre, à Bobino. Charles Trenet, heureusement, n'eut jamais faim, n'eut jamais froid. Heureusement, parce que toute son œuvre en eût probablement été faussée. D'autres sont nés pour chanter la misère, la détresse, la peur, les larmes. Au royaume de Trenet, on ne dépasse pas la frontière de la mélancolie.

La Troisième République rendit à Charles et Johny un fameux service. Le service militaire, qui les sépara... C'est sous l'uniforme que Trenet composa son premier grand succès, *Y a d'la joie,* ce qui suffirait à prouver son optimisme naturel. C'est ce jour-là que la maladie du talent l'atteignit.

À son retour d'Amérique, il a découvert avec un peu d'étonnement que la secrétaire à laquelle il dictait des paroles de chanson chez son éditeur est également tombée malade, puisqu'elle est devenue Patachou.

Il a découvert, avec une pointe de tristesse, qu'un des charmants bouffons de sa cour de petit roi fainéant, Monique Pointier, avec laquelle il annonça un jour ses fiançailles, s'est mariée pendant son absence.

Il a découvert, avec fierté, que son jeune frère Claude, qui a quinze ans de moins que lui et qu'il aime comme son fils, fait d'excellentes classes d'harmonie au Conservatoire.

Il a découvert que son père n'était probablement pas plus fait que lui pour être notaire puisque, tranquille pour l'avenir de ses enfants depuis la réussite de Charles, il a réalisé le rêve de sa vie en abandonnant son étude pour un magasin d'objets d'art catalan de la rue Saint-Sulpice.

Seule, l'occupation allemande a déchiré pour un temps le voile rose à travers lequel il regarde le monde. Quelque bon ami avait insinué que Trenet était l'anagramme de Netter... De quoi envoyer Charles, ses parents, sa sœur, ses frères, à Auschwitz.

Outre les actes de baptême de toute la famille, Trenet, qui ne contrôle complètement ni ses nerfs, ni ses désirs, ni ses impulsions les plus baroques, répondit aux Allemands par un mot bref qu'ils comprirent sans interprète. Il s'en tira avec une forte amende et une balle dans la cuisse tirée, croit-on, par un faux policier.

Il est moins dangereux, évidemment, d'arriver à l'aérodrome de La Guardia pour prendre l'avion de Rio où l'attend un engagement, et de monter dans celui de Paris parce qu'il a envie de passer Noël avec sa mère. Moins dangereux d'acheter une maison dans le Midi en dix minutes, ou d'écrire à une jeune fille : « Je t'annonce que nous sommes fiancés. »

Et puis de changer d'avis. La jeune fille, Simone Delamare, ne lui en veut d'ailleurs pas et elle fait toujours partie de la joyeuse bande de La Varenne.

Quelle est l'angoisse qui traverse le cœur de Charles Trenet lorsqu'il décide soudain de se marier ? La peur de se retrouver un beau jour tout seul avec la gloire ?

Quand il parle de mariage, il ressemble à ces petits garçons qui déclarent : « Quand je serai grand, je me marierai avec maman. »

Pourtant, il n'y a chez lui aucune affectation de puérilité. On dirait plutôt qu'il ne peut pas, qu'il ne veut pas s'arracher au monde merveilleux et imaginaire de l'enfance où il puise à la fois son inspiration, ses gros caprices et sa surprenante facilité à s'entretenir aussi librement avec les boutons de rose qu'avec le président de la République.

Charles Trenet entend encore le langage mystérieux des objets, réservé aux oreilles enfantines.

Il sait que le téléphone n'est pas un morceau d'ébonite noire mais un animal qui sonne quand il a envie de parler. Il sait que les cigarettes sont en guerre avec les allumettes et lancent des bulletins de victoire chaque fois qu'un humain perd son briquet. Il sait que les moutons pleurent quand ils voient une pelote de laine. Cette porte que les adultes claquent sur le palais magique où tout est possible, où le miracle est banal, où la nuit est une robe noire que le ciel enfile, où maman est une divinité toute-puissante, cette porte, Charles Trenet la tient encore, de routes ses forces, entrebâillée.

NOUVEAUX PORTRAITS

MARC ALLÉGRET

Le cinéma français doit aux frères Allégret quelques films importants, mais si l'on veut être parfaitement désagréable à Yves il faut lui dire :

— Je viens de voir *Julietta.* C'est un joli film que vous avez fait là.

Et si l'on cherche à irriter Marc, il faut lui dire :

— Il paraît que c'est excellent *Les Orgueilleux.* Une réussite pour vous...

Attribuer à l'un le film de l'autre, c'est plus qu'une confusion : c'est presque une hérésie tant ils ont marqué leurs œuvres respectives, bonnes ou mauvaises, d'une empreinte différente.

L'un, Marc, exprime depuis trente ans, avec grâce, sa nostalgie du paradis perdu de la jeunesse.

L'autre, Yves, exprime depuis dix ans avec violence sa révolte contre la société.

Quand ils ratent, les films de Marc sont à l'eau de rose et ceux d'Yves à l'eau de vaisselle. Quand ils réussissent, cela donne *Lac aux Dames, Gribouille* ou *Entrée des Artistes* pour le premier ; *Dédée d'Anvers* ou *Manèges* pour le second.

Ils démontrent ensemble comment deux hommes de même sang, de même milieu, de même éducation, de même génération peuvent apporter sur leur époque des témoignages totalement différents.

Si nul ne sait qui restera dans l'histoire du cinéma, on peut du moins prévoir que Marc et Yves Allégret passeront à la postérité par la porte de la littérature, et de la meilleure : celle d'André Gide.

« C'est pour Marc, pour conquérir son attention, son estime, que j'écrivis *Les Faux-Monnayeurs* », note André Gide dans son *Journal* où l'ensemble de la famille Allégret est cité soixante et une fois.

Tous, ils ont passé dans l'œuvre de Gide : le père, le pasteur Élie Allégret, compagnon d'adolescence, la mère, Suzanne ; les cinq frères, Jean-Paul, Éric, André, Marc, Yves et leur sœur Valentine.

Les exégètes d'André Gide se chargeront de donner les clés qui ouvrent les personnages calqués sur l'un ou sur l'autre, et de dire dans quelle mesure il faut identifier Marc avec l'Olivier des *Faux-Monnayeurs*.

Mais celui que les Allégret appelaient « oncle André », bien qu'aucun lien de parenté ne les unît, est mort. Pétrifiés dans ses romans, ses héros ne peuvent pas vieillir. Olivier aura toujours l'âge d'Olivier, l'adolescent qui tente de se suicider et qui « comprenait qu'on se tuât, mais seulement après avoir atteint un tel sommet de joie, que l'on ne puisse, après, que redescendre ».

Les modèles, eux, doivent survivre à leur personnage, s'en dégager, trouver leur propre respiration et c'est une entreprise difficile.

Marc Allégret aura cinquante-quatre ans bientôt, mais il ne saura jamais vieillir. Il donne parfois l'impression de porter en lui un jeune homme mort. Et ce jeune homme prend tant de place que l'homme n'a plus trouvé assez d'espace pour pousser librement, harmonieusement vers la maturité.

On ne peut pas tout avoir à vingt-cinq ans sans se sentir pauvre à cinquante. Alors à travers son œuvre, à travers sa vie, à travers les femmes, il a poursuivi le fantôme de l'adolescence, il reconstruit inlassablement un univers avec limite d'âge.

De tous les réalisateurs de films, il est celui qui découvrit le plus de jeunes talents parmi les inconnus. Simone Simon, Jean-Pierre Aumont, Michèle Morgan, Corinne Luchaire, Janine Darcey, Gisèle Pascal, Fernandel, Gérard Philipe... Et il criait au génie de Prévert quand celui-ci était encore le plus ignoré des scénaristes.

Il est une sorte de passeur pathétique qui prend les autres sur cette rive où l'on s'impatiente, parce qu'on est jeune, parce qu'on est obscur, et que de l'autre côté la vie paraît si belle et si riche. Il les met sur son radeau, les aide à sauter sur l'autre rive, les regarde disparaître et repart. Lui, il refuse de descendre. Alors, il reste seul.

Parce qu'il a été exceptionnellement beau, parce qu'il est tissé de charme, il a retenu souvent des passagères sur ces frontières imprécises au-delà desquelles se meuvent les adultes, les installés.

Ce n'est un secret pour personne qu'il fut profondément épris de Simone Simon, du temps qu'elle était encore toute pareille à la petite Puck de *Lac aux dames*. Le soir, ils allaient se promener rue de la Paix. Elle s'arrêtait devant toutes les vitrines des grands bijoutiers, juste pour regarder. C'était son spectacle préféré. Un jour, Puck devint une femme pour qui les diamants cessèrent d'être des étoiles captives et reprirent l'apparence sous laquelle les voient les yeux des grandes personnes. Ils furent des bijoux, des bijoux chiffrés avec des prix, et dont elle eut envie.

Elle avait franchi la frontière. En vain essaya-t-il de la retenir, elle fut assez forte pour lui échapper.

Mais pour garder ceux qui veulent s'enfuir le jour où ils prennent peur de se sentir ainsi entre deux rives, il lui est arrivé de faire très mal.

Avec ses longues mains et sa douceur, Marc Allégret m'a souvent fait penser aux enfants qui tiennent entre leurs paumes un oiseau. Quand l'oiseau veut s'envoler, ils serrent un peu pour le retenir, et puis ils serrent plus fort. Ils y tiennent tant ! Et quand il ne leur reste plus qu'un petit tas de plumes tièdes, ils pleurent en disant :

« Je ne voulais pas... »

Il a épousé, avant la guerre, une jeune femme très belle, Nadine Vogel, dont la carrière de comédienne a été brutalement interrompue par une grave maladie.

Leur divorce a été douloureux et les a laissés longtemps ennemis. Une petite fille de treize ans qu'ils appellent « Poussin » a été l'enjeu âprement disputé de cette séparation.

Pour les « gens du cinéma », Marc fait partie des anciens, de ceux qui débutèrent dans le muet, alors que son frère Yves qui est à peine plus jeune fait partie des nouveaux. Marc a débuté dans la carrière en tournant lui-même, en 1926, le *Voyage au Congo* où il accompagna André Gide et dont celui-ci fit un livre tandis que Marc en faisait un film.

Ce n'était plus exactement l'époque héroïque du cinéma, mais ce n'était pas encore son époque alimentaire. Pour exercer ce métier, il fallait l'aimer et se jeter dans une jungle bizarre où le pire fauve avait plus d'enthousiasme que d'ambition.

Marc était muni d'une licence de droit, de la meilleure éducation protestante, d'une Voisin en forme de cercueil et de l'auréole dont l'amitié de Gide cernait sa silhouette de jeune prince de l'enfer. Il avait été pendant quelques mois secrétaire général des Ballets de Paris, qu'animait le comte Étienne de Beaumont.

Il saisit le cinéma parlant par le micro qui bouleversait toutes les bonnes vieilles habitudes, et réalisa vers 1930 deux des meilleurs films de l'époque : *Mam'zelle Nitouche* et *La Petite Chocolatière.* L'un et l'autre étaient interprétés par un acteur de théâtre qui s'approchait ainsi avec méfiance de ce monstre sacré nommé caméra : il s'appelait Raimu.

Un tout petit rôle de *Mam'zelle Nitouche* fut confié à une certaine Cora Lynn, plus connue aujourd'hui sous le nom d'Edwige Feuillère. Un tout petit rôle de *La Chocolatière* fut confié à un bébé pékinois sauvage et tendre qui s'appelait déjà Simone Simon.

Raimu devint très rapidement la terreur des metteurs en scène qui rêvaient et redoutaient en même temps d'avoir à le diriger. Tonitruant, intraitable, il ne cédait généralement qu'à la force exprimée en termes vifs.

Ce tonnerre permanent n'aurait jamais dû supporter qu'un jeune monsieur trop distingué, aux nerfs fragiles, lui fît la moindre remarque. Il ressemblait, en face d'Allégret, à un tank qui va écraser un roseau. Il avançait, il avançait... et puis au dernier moment il faisait le tour.

Deux autres très bons films naquirent ensuite de leur collaboration : *Fanny* et *Gribouille*. Et pendant la guerre, *L'Arlésienne*.

Plus tard, c'est un autre acteur de théâtre, dont tout le monde déplorait unanimement qu'il fût inutilisable à l'écran, qu'Allégret choisit pour interprète. C'était Pierre Fresnay, ce fut *Sous les yeux d'Occident*. Un rôle court fut confié à un étrange garçon qui s'appelait Jean-Louis Barrault, et deux répliques à une figurante bafouillante : Corinne Luchaire.

Autour d'Allégret circula longtemps une faune bizarre qui composait une sorte de cortège aux éternelles funérailles de sa jeunesse : petites filles éblouies, secrétaires hindous, duchesses ensorcelées, scénaristes réfugiés d'Allemagne se rencontraient au restaurant où il dînait ; les uns haïssant les autres.

On ne savait jamais en l'accompagnant si l'on trouverait à sa table Gide, Saint-Exupéry ou un machiniste, une figurante, brusquement promus, brusquement détrônés et pour toujours meurtris.

Il conduisait très vite sa voiture américaine et habitait un studio communiquant avec l'appartement où vécut et mourut Gide, cet appartement où le public a pénétré dans le documentaire que Marc Allégret tourna sur Gide quelques semaines avant la mort de l'écrivain.

L'appartement qu'il occupe maintenant aux Champs-Élysées ressemble curieusement à ce studio. Non par l'architecture, mais parce qu'il a ce même style « chambre de jeune homme ». Et le monsieur de cinquante-quatre ans qui l'habite est à peine différent du jeune garçon qui avait pendu un trapèze au plafond de son studio.

Il a fait beaucoup de films avec Joséphine Baker et avec Charles Boyer, avec Michèle Morgan et avec Valérie Hobson sur des dialogues de Colette et de Marcel Achard, en français et en anglais, et il est demeuré unique dans l'art d'exprimer une certaine émotion légère, une certaine qualité de tendresse très éloignées de la nouvelle école cinématographique néoréaliste. Lui, c'est l'école buissonnière.

Pour décrire la réalité, il faut la voir. La sienne ne ressemble pas à celle des autres. Parmi les génies noirs, les talents drus et les ouvriers consciencieux qui font le cinéma d'aujourd'hui, il est isolé, inclassable, rarement indifférent.

Si ses films étaient d'un jeune metteur en scène, on s'écrierait : « Quel bel avenir il a devant lui ! »

Mais l'avenir n'appartient peut-être qu'à ceux qui savent et peuvent se débarrasser de leur passé.

BÉATRIX BECK

Il fallait que Béatrix Beck eût le prix Goncourt. Si elle ne l'avait pas reçu, elle se serait retrouvée sur le trottoir, avec sa fille, sans un meuble, sans un sou, sans espoir désormais de pouvoir écrire ces livres qu'elle porte en elle comme des tumeurs dont elle doit s'opérer elle-même ou mourir.

Elle savait qu'elle aurait le prix Goncourt pour son troisième roman, *Léon Morin, prêtre,* parce qu'il n'existait pas d'autre issue, parce que toutes les portes étaient fermées devant elle. Et elle n'en voyait pas d'autre qui pouvait s'ouvrir. Alors, elle y croyait. Et le prix est venu.

Comment s'appelle cette force qui l'habite ? La foi ? La vitalité ?... Béatrix Beck a trente-neuf ans. Aujourd'hui, elle n'en paraît pas plus et lorsqu'on l'aperçoit, dans quelque vente où elle dédicace ses livres, son apparence ne force aucune sorte d'attention.

Quelques mois de bien-être ont suffi à lui tisser une housse neuve.

Mais lorsqu'elle reçut le Goncourt, elle était sans âge. Elle avait la pauvre silhouette et le regard de ces femmes qui viennent parfois livrer des fleurs et devant lesquelles on a honte. Honte qu'elles aient si froid à la porte d'un appartement chauffé, honte qu'elles vous tendent de leurs pauvres mains ces bouquets précieux sous leur robe brillante, honte de leur glisser un pourboire qui fait étinceler la haine dans leurs yeux durs.

Elle est allée plusieurs fois jusqu'à la limite de l'horrible, jusqu'au fond de la détresse. Une détresse qui était faite de larmes, de misère, de faim, d'humiliation, mais aussi de violence, de hauteur. Béatrix Beck a été ouvrière d'usine, femme de ménage, mais elle ne s'y est jamais résignée. Elle a été dactylo dans un bureau d'assurances, mais elle n'a jamais voulu comprendre, s'intéresser aux lettres qu'elle tapait. Elle a été fille de ferme, mais elle n'a jamais essayé de réussir la soupe.

Béatrix Beck n'a jamais adhéré au destin absurde et tragique que la vie lui proposait. Elle n'a accepté aucun accommodement, elle n'a conclu aucun pacte, elle a subi, mais elle ne s'est pas soumise.

Elle n'a jamais accepté de devenir une caricature d'elle-même. Non qu'elle se croie promise à un destin exceptionnel. Mais elle a à écrire, elle doit écrire, elle est faite pour écrire et pas pour peler les pommes de terre, et pas pour taper : « Nous avons bien reçu votre honorée du 22 courant... »

Ces travaux, elle veut bien les faire, elle s'en

moque, on peut toujours penser à autre chose ; mais où trouver alors le temps d'écrire ? Elle n'est pas un homme qui rentre le soir et qui met les pieds sous la table. Elle est une femme, une femme dont le mari a été tué — ou s'est tué, elle ne le saura jamais — pendant la guerre. Elle a une fille. Le soir, il faut l'aider à faire ses devoirs, il faut balayer, il faut, si pauvre que l'on soit, préparer à dîner. Il faut laver, il faut raccommoder. Où trouver le temps d'écrire ?

La première fois, en 1947, elle était en Angleterre, chez des parents qui l'avaient accueillie, après la guerre, avec sa petite fille, en échange de quoi elle servait de cuisinière. Elle a réussi à voler des minutes, à voler des heures pour écrire *Barny*. Elle a expédié le manuscrit à la N. R. F. Les lecteurs de la maison d'édition l'ont trouvé digne de concourir pour le prix de la Pléiade. Les jurés, pour ce concours, n'ont communication que de manuscrits anonymes. Ils n'accordèrent pas le prix à *Barny* mais le livre fut retenu.

Quelques personnes se dirent alors : « Beck... Beck..., ce nom me dit quelque chose » et lurent le livre avec intérêt. Elle y raconte son adolescence, ses études à la faculté de droit de Grenoble, la mort tragique de sa mère, sa rencontre avec Noum Szapiro, l'étudiant russe qu'elle a épousé. Elle ne fait, dès cette première œuvre, grâce d'aucun détail.

La famille d'Angleterre le lut aussi et, outrée, horrifiée par le caractère autobiographique de ce roman terrible, chassa la coupable.

Béatrix Beck prit sa fille par la main et vint a Paris, puisqu'à Paris on éditait son livre. Elle n'avait littéralement pas de quoi manger, mais elle avait quelques exemplaires de *Barny*. Elle en envoya un à André Gide qui se dit à son tour : « Beck..., ce nom me dit quelque chose... Christian Beck, un jeune écrivain qui publiait une revue littéraire à Bruxelles, qui est mort en 1916, voilà... Et Béatrix Beck est sa fille. »

Il lut *Barny* et pria l'auteur de passer le voir.

« Je vais essayer de rêver que je suis la secrétaire d'André Gide, se disait-elle depuis quelques semaines. Et peut-être que ça arrivera... »

C'est arrivé, Gide décela tout de suite l'intelligence, la culture, la rigueur d'esprit, et ce talent si économe de moyens qui devait le toucher. Peut-être comprit-il aussi que Béatrix Beck était à la limite de la résistance, qu'elle allait cesser d'être un écrivain qui est provisoirement femme de ménage pour gagner de quoi manger, et devenir une femme de ménage qui a été provisoirement écrivain.

Il ne lui fit qu'une recommandation :

— Ne me gênez pas... Soyez légère... Pas de pathétique.

Elle connut alors quelques mois de paix pendant lesquels elle écrivit *Une mort irrégulière* — c'est de celle de son mari qu'il s'agit — et commença *Léon Morin, prêtre.*

Mais André Gide mourut et Béatrix Beck fut de nouveau acculée. Ayant éprouvé l'inutilité de sa licence de droit, elle avait appris la sténo-dactylo. D'autres le sont qui n'en meurent pas, mais elle ne voulait pas, elle ne pouvait pas, elle avait à finir son livre, à en écrire un autre. Elle a tenu bon, envers et contre tous, envers sa propre raison qui lui montrait combien elle était coupable de ne pas penser davantage à sa fille, de lui imposer une vie sordide, qu'un salaire de secrétaire eût améliorée.

Une amie — la seule qui l'ait approuvée — lui a prêté une petite chambre à Saint-Germain-en-Laye, au-dessus d'une quincaillerie. Elle s'y est installée avec sa fille, qui poursuivait ses études au lycée de Saint-Germain. Le matin et le soir elle manœuvrait le rideau de fer de la quincaillerie, elle montait du bois pour se chauffer, de l'eau pour se laver. Une chambre, c'est petit pour deux quand on y dort, quand on y fait la cuisine, quand on y travaille. Et puis Bernadette, qui allait avoir seize ans, rêvait parfois d'une robe, d'un ruban, d'une paire de gants...

Béatrix Beck n'est pas un monstre. C'est une femme. Sa fille lui tient aux entrailles et elle n'aurait pas détesté, elle non plus, porter des vêtements qui lui rendent son corps de femme, faire couper ses cheveux décemment, émerger de ce brouillard de misère qui collait à sa peau, qui lui avait donné ce visage, ces mains. Mais sa nécessité intérieure a été plus forte que ces détails, car ce sont bien des détails pour elle.

— Si tu n'as pas le prix Goncourt, lui disait l'amie qui l'hébergeait, qu'est-ce qui va arriver ?... Tout est fini !

— Tout est fini, donc j'aurai le prix Goncourt, répondait doucement Béatrix Beck avec cet accent wallon qui donne un poids étrange à ses petites phrases courtes.

— Moi je trouve le style de maman trop sec, déclarait avec autorité quelques jours plus tard la jeune Bernadette aux journalistes qui l'interviewaient faute de dénicher sa mère.

Ce style sec, c'est l'expression du dépouillement auquel elle est arrivée, dépouillement matériel, dépouillement moral. Elle est sans vraie beauté et pourtant elle a du charme ; elle est attirante à la façon de ceux qui portent leur âme nue sur la figure.

Elle a reçu les honneurs dont brusquement elle fut comblée avec une sorte de détachement où n'entrait aucune ostentation. Il fallait parler à la radio ? Elle a parlé. Il fallait aller à la télévision ? Elle y est allée. Il fallait donner des autographes, répondre aux questions, écrire sa notice biographique ? Elle a obéi avec une douceur à laquelle il vaut mieux, à mon sens, ne pas se fier.

Elle ne semblait agitée par aucun remous de vanité ou d'énervement joyeux. Les vagues qui la soulèvent sont profondes et ne laissent pas d'écume à la surface.

Béatrix Beck sait apparemment mesurer l'importance des choses et des gens selon un barème que sa rude vie des quinze dernières années lui a peut-être enseigné. Elle vit visiblement selon une échelle de valeurs qui lui épargnera probablement de se prendre au sérieux parce qu'à la loterie des prix elle a gagné et parce qu'il y a eu sa photo dans les journaux.

Ou je me trompe fort, ou elle est à la fois plus humble et plus exigeante et elle ne se contentera pas facilement. Elle n'est pas de ceux qui se rassasient en ruminant leur couronne de laurier.

— Le prix Goncourt, disait-elle, vous croyez que ça sert à quelque chose pour devenir française ? Je suis belge parce que mon père était belge, mais je suis née en Suisse et j'ai toujours vécu en France : j'ai fait mes études en France.

À part l'achat d'un dictionnaire *Littré*, l'utilisation du prix Goncourt ne lui parut pas tout de suite bien claire.

Elle a acquis depuis l'essentiel : un appartement, une chambre à elle, la paix pour travailler.

Douloureux mélange de bas-bleu et de femelle, d'idéalisme de vieille étudiante et d'âpre violence dans son désir de vivre, Béatrix Beck aura toujours quelque lutte à mener. Elle écrit, dans *Une mort irrégulière*, à propos de Barny et de son mari dont elle vient d'apprendre qu'il s'est probablement suicidé au front : « Vous vous étiez embourbés dans le bonheur, vous croupissiez dans l'amour. Tu n'étais plus le marin mutiné qui prend Dieu à la gorge pour l'obliger à révéler la destination, tu n'étais plus que la femme d'un mari, tu étais devenue une moitié d'humain. »

Barny-Béatrice Beck saura probablement ne pas s'embourber dans le confort de la notoriété.

GEORGES BRASSENS

On en parle. On se dérange pour l'entendre. On l'applaudit dès qu'il paraît. On interdit certaines de ses chansons sur les antennes nationales. Quand on prononce son nom — Georges Brassens — il se trouve toujours quelqu'un pour dire : « Il est formidable... » et quelqu'un pour demander : « Mais, qui est-ce ? »

Qui est-ce ? Peut-être un grand poète de la chanson, peut-être rien. Un bruit qui court. Peut-être celui dont on récitera dans cinq ans les œuvres avec ferveur. Peut-être un de ces noms que Paris lance de temps en temps vers les étoiles et qui retombent avant que d'être arrivés.

Mais si Georges Brassens n'est pas encore « quelqu'un », il n'est déjà plus « personne ». Il est en train de franchir ce passage périlleux, entre l'ombre de l'anonymat et la lumière de la renommée. Dans l'ombre, il mourait de faim. Dans la lumière, il meurt de honte. Et, de ces deux états, il commence à se demander si le premier n'était pas, à tout prendre, moins douloureux.

Dès qu'il paraît en public, son corps se dérobe. Il est bientôt couvert de sueur, une sueur qui tombe en larges gouttes jusque dans ses yeux. Alors, il s'ébroue, furieux. Il chante, tête baissée, buté, lourd, blême sous son casque de boucles noires. Noires aussi, dans son visage un peu mou, deux flaques douces, tristes : les yeux, où se réfugie tout ce que ce grand gars de trente-trois ans a conservé de l'enfance. En scène, il ose à peine les montrer. Il est visiblement malheureux de s'exhiber.

— Ça m'em..., dit-il avec une intense conviction.

Alors, pourquoi se soumet-il, trois fois par nuit, à ce supplice ? Il ne sait pas. Ça s'est fait comme ça, presque malgré lui. Et, maintenant qu'il a mis le doigt dans le piège, il n'a plus la force de le retirer. Il garde tout juste celle de se débattre assez pour se faire mal.

Il y a un an, Georges Brassens était libre, de la liberté suprême des vagabonds. Il avait appris à vivre sans manger, ou presque. On trouve toujours un bout de pain et, quand on ne le trouve pas, on le prend. Il habitait au fond d'une impasse sordide une maison dans laquelle il pleuvait. Là, des amis l'hébergeaient, avec des chiens, avec des chats.

Il se levait à cinq heures, il allait promener les chiens et, en rentrant, il préparait le café pour tout le monde. Quand il y avait du café. Et puis, il écrivait.

C'était la dernière étape d'un long chemin. Si on lui avait dit, quelques années plus tôt, qu'il en arriverait là, il aurait probablement reculé, épouvanté, et serait peut-être devenu un jeune homme rangé. Mais, pour descendre lentement l'un après l'autre les degrés qui mènent des petites dettes à la grande misère, il suffit de se laisser glisser. On arrive de sa province avec un peu d'argent que les parents, soucieux, ont donné à leur mauvais garçon, qui ne veut pas devenir maçon comme papa et qui a des idées sur la littérature… On habite chez sa tante jusqu'à ce qu'elle en ait assez… On emprunte à sa sœur jusqu'à ce qu'elle se lasse. On tape les copains jusqu'à ce qu'ils refusent… On use les patiences, on use ses semelles, on saute un repas, puis deux, puis trois… On sombre doucement, presque sans douleur… On est heureux avec un vieux livre acheté sur les quais et un café crème… On sort peu à peu de la société, de son milieu, de la ronde de ceux qui ont des horaires, des agendas, des mensualités et des déjeuners de famille… On se crée un univers différent, on oublie ce que l'on aurait voulu être, ce que l'on a été, ce que l'on pourrait être… On est si loin des autres qu'on ne perçoit plus les rumeurs du monde. On ne s'intéresse plus qu'à sa propre rumeur, à ce fracas intérieur qu'il faut expulser, traduire en mots, en phrases, en vers, en chansons… Et lorsque de cet univers il faut parfois s'extraire pour trouver cinq cents francs, mille francs, on se souvient brusquement que les autres vivent autrement, que, pour les atteindre, il faut prendre le métro ou marcher longtemps...

Ainsi glissa Georges Brassens. Il vit depuis si longtemps en marge de la société qu'il ne sait plus maintenant comment s'y intégrer. La porte est étroite ; partout, il se meurtrit. Il n'est pas sûr d'avoir envie d'entrer. Ce qu'il entrevoit n'est pas tellement séduisant. Il habite toujours son impasse.

— C'est sordide, répète-t-il. Vous ne pouvez pas imaginer. Sordide.

Il n'en avait plus conscience. Maintenant, il le sait et, quand le soir, il rentre en taxi, il se rend compte que quelque chose ne va pas. Ou il faut quitter l'impasse, ou il faut renoncer aux taxis.

Et il est trop lucide pour ne pas savoir que son choix est fait. Il a honte, mais il ne renoncera pas aux taxis. Que lui est-il donc arrivé ? À dix-sept ans, il était comme ses camarades. Ébloui par son professeur de littérature parce que celui-ci faisait son cours sans cravate et tournait le dos au censeur du lycée ; tirant la moustache des gendarmes ; écrivant des poèmes surréalistes pour épater les filles.

Il y avait alors à Sète plusieurs mamans inquiètes pour l'avenir de leurs chenapans de garçons. Quelques-uns avaient formé un petit orchestre d'amateurs. Toujours pour épater les filles.

Mais ces compagnons de fredaines ont pris l'un après l'autre le train qui mène vers la maturité. Les uns ont succédé à leur père. D'autres ont poursuivi leurs études en facultés. D'autres encore ont obéi à une vocation, à une ambition et sont « montés » à Paris pour tenter de la réaliser. La plupart se sont mariés. Tous ont travaillé.

Tandis qu'ils dépouillaient plus ou moins vite les joyeux oripeaux de leur bruyante jeunesse, Georges Brassens les conservait. La farandole avait disparu depuis longtemps qu'il chantait encore. Son père était entrepreneur de maçonnerie.

— Un ouvrier qui avait réussi..., dit-il.

Les affaires n'allaient pas fort, mais si le garçon avait voulu s'y mettre...

Le garçon ne rêvait que rimes et jupons. Non, il ne voulait pas être maçon, et il commençait, comme dans sa chanson, à avoir « mauvaise réputation ».

C'est avec l'application des malades qui repassent en mémoire tous les épisodes de leur maladie que Georges Brassens scrute son passé pour le raconter. Il parle de lui sans effort, dans une langue élégante et précise, avec l'éloquence de ceux qui ont longuement réfléchi sur un sujet.

— Si j'avais fait mon service militaire..., dit-il songeur.

Il est étonnant cet anarchiste rêveur qui regrette presque aujourd'hui d'avoir échappé, à cause de la guerre, aux douceurs de la vie de caserne.

Peut-être eût-il aimé se révolter. Sentir la férule pour plier ou pour la refuser. Mais il est simplement passé à côté. Il est venu à Paris parce que Sète ne lui semblait pas à la taille de ses dons. Et la descente aux Enfers a commencé.

Il a noirci des feuilles et des feuilles de papier, mais sans réussir à construire quelque chose de publiable. Du moins est-ce son opinion. Il a lu des livres et des livres ayant d'abord le projet de préparer une licence de lettres et il s'est forgé ainsi une culture baroque, très poussée sur certains points, inexistante sur d'autres. Il a composé des chansons, au piano d'abord, puis de tête lorsqu'il n'a plus possédé de piano.

Un jour, il a chanté quelques-uns de ses poèmes à Jacques Grello, le chansonnier. Celui-ci a été emballé et lui a donné une guitare pour qu'il puisse s'accompagner. Il ne sait pas vraiment jouer de la guitare. Il tâtonne et, à l'oreille, trouve les harmonies qu'il cherche. Mais si la guitare se désaccorde, il est perdu, et c'est l'un des motifs de la terreur qui le saisit aujourd'hui lorsqu'il chante en public.

Tout est difficile pour lui parce qu'il ne sait pas apprendre. Apprendre, c'est imiter, et, lui, il faut qu'il réinvente.

Grello l'aida à passer un soir dans un cabaret. Échec. Un autre soir, il chanta au « Lapin à Gil ». Échec. Il n'avait jamais pensé qu'il était le moins du monde fait pour chanter, mais il aimait écrire ses chansons, les polir et les repolir, les « buriner », dit-il. Il avait découvert, après Gobineau, que dans la vie « il y a le travail, puis l'amour, puis rien ».

Travailler, écrire dans le silence de l'aube, personne ne pouvait alors lui enlever cette joie. C'est ensuite que la journée devenait lourde, que l'angoisse montait avec la faim.

Tout est arrivé un soir que depuis longtemps il n'avait pas mangé. Un journaliste, ancien camarade de lycée qu'il venait « taper » de temps en temps, voulut tenter de l'aider et l'emmena chez Patachou.

Elle le poussa devant le micro et resta près de lui pendant qu'il chantait, la gorge nouée. Le public lui fit bon accueil. Il ressemblait à une bête sauvage que l'on conduit au zoo. Il chantait :

Les braves gens n'aiment pas que
L'on suive une autre route qu'eux

Il avait suivi bien d'autres routes, lui, mais les braves gens, agréablement chatouillés, l'applaudissaient.

Le lendemain, Patachou recommença. Si elle n'était pas restée à côté de lui pendant qu'il chantait, il se serait enfui.

Maintenant, quand il entre sur l'une des trois scènes où il passe chaque soir, il ne s'enfuit pas, mais c'est tout juste. Il souffre. Un soir qu'il était particulièrement malheureux, il s'est écrié :

— M... Je ne veux pas chanter pour cette bande de c...

Et il s'est dit aussitôt :

« Ouf ! c'est fini. On va me huer, me jeter dehors, je ne chanterai plus jamais, ouf ! »

Mais le public a ri. Et, quand il est sorti de scène, son directeur lui a dit :

— C'est excellent. Demain, vous devriez recommencer...

Alors, il ne sait plus où il en est. Quand il a débuté ses cheveux bouclaient très bas sur sa nuque parce qu'il n'avait pas de quoi aller chez le coiffeur. Avec une allumette, il brûlait les mèches trop longues. Lorsqu'il a gagné un peu d'argent, il a eu envie d'être coiffé comme tout le monde, mais on lui a dit :

— Non, surtout, ne touchez à rien... C'est ainsi que vous avez l'air authentique.

Authentique. Combien de temps le restera-t-il s'il doit s'imiter lui-même ?

Pendant un mois, le succès l'a enivré. Et puis, très vite, il a découvert qu'à moins d'être acteur dans l'âme, le succès ne fait rien pour le bonheur.

Il sait bien ce dont on l'a dépossédé. Ses longs jours lisses de solitude, ses rêves, ses matinées de travail. Maintenant, il se produit la nuit, il se couche à trois heures du matin... Les premiers temps, il se réveillait tout de même à cinq heures, et il était épuisé. Il a péniblement trouvé un nouveau rythme de sommeil, mais il n'écrit plus. L'après-midi, il a des rendez-vous, il a des émissions, il a des disques à enregistrer. C'est très bien, mais c'est horrible. Il ne se souvient de rien, il n'a pas l'habitude. Il finira par avoir un agenda. Un agenda !

En échange, que lui a-t-on donné ? De quoi fumer, c'est vrai. Et il a beaucoup souffert de manquer de tabac. De quoi manger aussi. Mais on s'y fait vite. Ah ! il y a sa mère, sa mère qui avait tellement honte lorsque les voisins lui demandaient :

— Alors, qu'est-ce qu'il fait votre garçon à Paris ?

Il lui a acheté une T.S.F. Elle sait quoi leur répondre, maintenant, aux voisins.

Oui, peut-être qu'à cause de sa mère tout cela vaut la peine. Les anarchistes ne peuvent peut-être pas se permettre d'avoir une mère.

Alors, il faut continuer, il faut signer des contrats, il faut être à l'heure. D'ailleurs, aurait-il le courage maintenant de retourner en arrière ?...

Douloureusement, Georges Brassens, né cette année au succès, y cherche son équilibre. Quand il l'aura trouvé, il retrouvera aussi la faculté d'écrire.

Dans la sombre forêt de la misère, un grand arbre noir avait poussé, bourré d'oiseaux. On a arraché l'arbre, on l'a planté dans un climat plus doux ; des jardiniers le soignent ; l'arbre a bien meilleure mine. Mais les oiseaux ne chantent plus.

CLARK GABLE

Lorsque M. Clark Gable est à Paris, ce n'est pas un événement, mais c'est un bien agréable spectacle.

Quand un monsieur retient depuis quinze ans la tendre attention de quelques millions de femmes entre seize et soixante-seize ans, on est toujours tenté d'aller voir de près comment il est fait.

M. Clark Gable est fort bien fait, et l'écran n'ajoute rien à sa séduction, au contraire. L'ayant vu de près, il n'est pas exclu que l'on soit tenté de le voir d'encore plus près. Seuls les sourcils légèrement épilés, au-dessus de l'œil vert pétillant, trahissent l'acteur. Dommage. Sinon, il aurait tout à fait l'air d'un homme, ce qui n'est pas tellement courant dans sa profession.

Le regard est direct, rieur, avec une pointe d'impertinence. Il a, des pieds à la tête, ce lustre que l'on voit aux chevaux bien soignés, bien entraînés et bien nourris.

Outre son physique et son talent, il a une auréole d'amant inconsolable, des galons d'aviateur gagnés pendant la guerre... Qui dit mieux ? Et il est célibataire.

Clark Gable, cinquante et un ans et quarante-huit films, est certainement le prototype le plus satisfaisant de l'homme-vedette.

L'homme-vedette est un produit de notre civilisation, produit qui se consomme de préférence entre neuf heures et minuit dans des salles obscures. Son rôle consiste à incarner toutes les vertus physiques et morales que les jeunes filles rêvent de trouver réunies dans les hommes tout court, et que les femmes ont renoncé à trouver dans leur mari, ce qui ne les empêche pas de rêver.

L'homme-vedette doit, de préférence, être habillé à la ville comme à l'écran de beauté virile, de courage, de désintéressement. Il doit tout sacrifier à l'amour et si on lui pardonne d'être piéton et misérable au début de sa vie et de ses films, c'est parce qu'on sait bien que tout s'arrangera à la fin dans le meilleur des mondes et des cabriolets décapotables.

Pour réussir M. Clark Gable échantillon parfait, il a fallu que six femmes s'en mêlent.

La première lui a donné avec la collaboration d'un M. Gable, foreur dans un puits de pétrole, la vie. Et puis, elle est morte, laissant un petit garçon de quatre ans avec des fossettes et des oreilles trop grandes.

La seconde lui a donné une grande malle en osier, pleine de provisions, le jour où il quitta la maison paternelle pour aller à la ville où il voulait devenir médecin.

Elle lui a donné en même temps ce dont tous les enfants du monde ont besoin, qu'ils vivent dans une ferme de l'Ohio ou dans un pavillon d'Asnières : de la tendresse, une miraculeuse tendresse, puisque Jenny Gable n'était pas sa mère, mais la deuxième femme de son père.

Elle a été celle qui vous inspire le courage de tout tenter parce que l'on sait qu'auprès d'elle on peut toujours revenir, célèbre ou assassin, riche ou voleur.

La troisième, Joséphine Dillon, lui a donné son métier. Elle était directrice de théâtre à Portland. Il était électricien, après avoir été successivement bûcheron, arpenteur, pointeur dans une usine de caoutchouc, aboyeur d'une troupe de comédiens ambulants. Le jour, il travaillait, le soir, il étudiait... Les résultats étaient, des deux côtés, médiocres. Et depuis le moment où, à dix-huit ans, il avait mis pour la première fois les pieds dans un théâtre, il se demandait si sa véritable vocation était bien la médecine.

En réparant la ligne téléphonique de Mlle Dillon, le timide électricien avoua qu'il rêvait de jouer la comédie. Elle avait dix ans et bien d'autres choses encore de plus que lui : une solide culture dramatique, une école à Los Angeles dont il fut bientôt un élève assidu, et beaucoup d'expériences. Celle de la vie, celle des hommes et celle des comédiens.

Joséphine Dillon avait trente-trois ans lorsqu'elle épousa le jeune Gable figurant aux grandes oreilles mais au petit avenir, disait-on. Elle en a aujourd'hui soixante et un, elle travaille dans une usine de stylos à bille. Elle est la seule qui n'ait jamais réclamé de pension alimentaire. C'est elle qui, en six ans de vie commune, a fait de William Gable, dit Billy, grand gars obscur et rude, spécialisé dans la figuration en uniforme à cause de sa taille, un comédien auquel on confia un vrai rôle sur une scène à Los Angeles et qui s'appela désormais Clark, Clark Gable.

La pièce s'appelait, elle, *Le Prix de la gloire.* C'était tout un programme. Mais la gloire n'a pas de prix fixe. Elle se vend à la tête du client.

Une quatrième femme la lui donna, avec une moustache, en même temps qu'elle lui apprenait l'art de se tenir à table, de dire bonjour à une femme sans bégayer et de ne pas trébucher en entrant dans un salon.

Elle avait onze ans et bien d'autres choses encore de plus que lui : l'oreille des grandes compagnies de films, parce qu'elle était imprésario, de la fortune, des relations et une grande habitude du monde.

Quand Clark Gable rencontra Ria Langham, il était un petit acteur de théâtre qui rêvait de jouer à Broadway, et que les compagnies de cinéma avaient rayé de leurs listes.

Pourtant un grand acteur l'avait aidé : Lionel Barrymore. Barrymore avait obtenu que l'on fasse tourner un bout d'essai au jeune Gable.

Le spécialiste des essais regarda longuement ce jeune homme musclé et timide et le fit tourner nu dans une peau de léopard, une fleur d'hibiscus derrière l'oreille.

Les résultats de l'essai furent ce qu'ils devaient être : grotesques. Et la taille de ses oreilles fut jugée définitivement rédhibitoire.

Ria Langham comprit très vite que le type « beauté des îles » ne convenait guère à ce solide fils de fermier. Elle réussit à décrocher pour lui un petit rôle de gangster à la M. G. M. En décembre 1930, il signait son premier contrat de deux ans avec cette compagnie. Les quarante-huit films qu'il a tournés depuis pour la M. G. M. ont fait ensemble soixante-dix milliards de recettes. Mais entre-temps un petit changement s'est produit dans le visage du séducteur le plus populaire de l'écran américain : il a laissé pousser sa moustache sur les conseils de sa femme numéro deux.

Cet événement a eu lieu en 1936. C'est, selon l'intéressé lui-même, le plus important de sa vie. Jamais on ne vit moustache plus rémunératrice.

Après s'être assis dans toutes les antichambres de Hollywood, après avoir été de ceux qui hésitent deux heures avant d'adresser la parole à une femme, après avoir été très pauvre et très obscur pendant sept ans, Clark Gable devint celui que l'on appelle encore en Amérique « le roi ». Le roi de cœur, naturellement...

Situation de tout repos et de cent cinquante millions par an. Est-ce aussi amusant qu'on l'imagine d'être le roi de cœur de son pays ?...

— Si je meurs, a-t-il dit, je veux qu'on inscrive sur ma tombe : « Ci-gît un veinard qui connaissait sa veine. »

Mais la publicité des vedettes américaines est si habilement faite que ces déclarations historiques sont toujours suspectes.

Tout est prévu : ce que M. Gable doit dire quand on l'interrogera, et ce qu'il doit dire qu'il a dit en 1930.

À travers les phrases bien faites et bien apprises, il faut reconnaître que les moins indulgents ne peuvent déceler aucune prétention. Même pas une véritable assurance.

Ses biographes racontent également qu'il ne se sépare jamais d'un petit médaillon, celui que portait la cinquième femme de sa vie, Carole Lombard, lorsqu'elle s'est tuée en avion.

Ainsi, même ce drame assez atroce s'est transformé, malgré lui probablement, en un élément de l'homme-vedette.

Carole Lombard, grande vedette elle-même et délicieuse comédienne, était devenue la troisième Mme Clark Gable, après que la deuxième eut consenti à divorcer au bout de onze ans de mariage.

Elle lui a donné non seulement trois ans d'un authentique bonheur mais le plus spectaculaire des chagrins d'amour.

Ce n'est bien sûr pas la faute de Clark Gable si la mort tragique de sa femme lui a conquis définitivement le cœur du public, autant que ses films.

Mais à un mari heureux, les spectatrices préféreront toujours un homme sanglotant sur une tombe et interdisant que l'on touche à la chambre de celle qu'il aimait.

Carole Lombard est enterrée dans la propriété de Californie où Clark Gable vit depuis vingt-cinq ans entre ses chevaux, ses chiens et ses cannes à pêche.

Une sixième femme a consolidé, involontairement peut-être, sa légende, Sylvia Hawkes, fille d'un garçon d'écurie, puis mannequin, puis girl, puis épouse successive de lord Ashley, de Douglas Fairbanks et du baron Stanley d'Alderly, avant de devenir la quatrième Mme Gable.

Elle ne l'est plus depuis quelques mois prouvant qu'aucune femme de chair ne se substituera aisément au fantôme blond du souvenir.

Elle a voulu transformer la chambre de Carole, dit-on. Lui ne dit rien, sinon qu'il ne peut plus supporter l'idée d'être marié, ni avec celle-là ni avec une autre. Il ne lui en coûtera que quinze millions par an de pension alimentaire.

Pour les voir arriver ensemble à Honolulu où ils vinrent passer leur lune de miel, en 1949, il y avait onze mille spectateurs...

Il porte encore, au bras, une gourmette en or marquée de cinq chiffres : son matricule d'officier aviateur.

— Avec ça, si j'avais été descendu, on aurait pu m'identifier, dit-il avec un clin d'œil un peu las qui signifie : « Comprenez bien que c'est une plaisanterie... Comment aurait-on pu, même mort, ne pas identifier Clark Gable ? »

Le magazine *Collier's* a affirmé que Goering avait promis un mois de permission au soldat allemand qui lui aurait ramené Gable mort ou vif.

Mais le capitaine Gable rentra sauf de ses missions de bombardement.

Il se trouvait à Paris en août 1948 et comptait visiter la Suisse et l'Italie lorsqu'il fut brusquement rappelé en Amérique par la mort de son père.

Depuis ses cheveux ont blanchi, son visage s'est durci, mais il demeure « le roi ».

Un roi qui ne veut plus faire que des reines d'un jour.

JACQUES GODDET

Le mois de juillet peut être chargé d'événements importants. Des Bastilles peuvent tomber... Des crises ministérielles peuvent éclater... Des traités peuvent être signés. Tout cela n'est rien, moins que rien.

À l'échelon national, l'événement de juillet c'est le départ du Tour de France, et l'homme de juillet, c'est Jacques Goddet, organisateur et directeur de cette compétition pour laquelle la moitié de la France se passionne tandis que l'autre moitié se divise en indifférents et en exaspérés.

Chacun son tour. Faisons celui de M. Jacques Goddet.

Pour les profanes de mon espèce, le Tour de France était jusqu'à présent un jeu bruyant aux règles mystérieuses dont le vainqueur essoufflé gagne un maillot jaune et se fait embrasser par une vedette à l'arrivée.

S'il s'était déroulé en hiver, je n'en aurais pas su davantage. En été, les radios, aussi largement ouvertes que les fenêtres, m'avaient vaguement appris qu'un pieux Italien du nom de Bartali courait plus vite qu'un gentil petit Français appelé Bobet. Et ce sont des choses qui vous agacent toujours un peu. Je savais enfin qu'un journal qui annonce : « Dugudu premier à l'étape », se vend deux fois plus que s'il déclare tout bêtement : « Dugudu a renoncé à constituer le ministère… »

Dans l'intimité glacée de l'un de ces bureaux que l'on dit modernes, parce qu'ils deviennent démodés mais jamais anciens, M. Goddet m'a d'abord donné une leçon de géographie. J'aurais affirmé que, pour tourner autour de la France, on passe, côté ouest, par Brest, Bordeaux et Bayonne. Avec infiniment de patience et les bonnes manières d'un monsieur qui a fait deux ans de collège près d'Oxford, Jacques Goddet a redressé ces vues de l'esprit. Dans l'Atlas de la pédale, les côtes de France passent par Gand et Clermond-Ferrand. Et il ne faut pas essayer de demander pourquoi si l'on ne veut pas s'attirer la commisération des sportifs.

La deuxième leçon fut de mathématiques. D'une mystérieuse règle de trois, il résulte que pour déplacer, pendant quatre semaines, une caravane de douze cents personnes, il faut que sept hommes travaillent pendant cinquante-deux semaines. De l'avis de tous ceux qui l'ont suivi, le Tour est, avec la Kermesse aux Étoiles et le Gala de l'Union des artistes, le chef-d'œuvre de l'organisation française, et M. Goddet le général de cette bataille toujours gagnée. S'il fait beaucoup rouler, il ne l'est jamais.

La troisième leçon fut de style. En l'attendant, j'ai eu le loisir de lire, dans son quotidien sportif *L'Équipe*, son article sur le championnat de France, où il écrivait notamment : « Ils ont tourné les jambes dans le vide de leur esprit, s'enfuyant à toutes pédales devant le spectre qu'ils redoutaient, creusant progressivement la tombe de leurs espoirs si tant est qu'ils en auront jamais... »

J'en arrivai enfin à la leçon d'histoire. Jacques Goddet n'est pas le père du Tour. C'est son frère. C'est-à-dire qu'associé à un homme de génie, Henri Desgranges, fondateur du journal *L'Auto*, Victor Goddet, administrateur avisé, conçut à peu près en même temps le premier Tour de France, et son fils Jacques.

Seules les mains de Jacques Goddet, de bonnes mains solides, trahissent ses origines simples et presque de la timidité. Il les tord, les fourre dans ses poches, les ferme, les regarde, les referme pendant qu'en un langage châtié, il instruit courtoisement son interlocuteur. Les mains parlent français, elles ont envie de faire des gestes, elles pourraient tenir une gauloise ou un pernod. Le reste est britannique : le teint cuit, la petite moustache blonde, l'œil bleu poli et ennuyé, la coupe du costume, une certaine raideur... Et on a l'impression qu'on pourrait le faire rougir.

On ne saurait dire s'il a adopté ce style qu'il découvrit à dix-huit ans, au cours d'un séjour en

Angleterre, parce qu'il convient à sa réserve naturelle, ou s'il a choisi de prendre et de garder un déguisement qui le séduisait.

À la tête de l'épreuve sportive la plus populaire, derrière les fleurs de rhétorique, on imaginait un autre homme, un chaleureux, un camelot, un Maurice Chevalier de la pédale et du chronomètre. Et on trouve un monsieur qui a l'air de fabriquer des textiles dans une usine de Roubaix et d'avoir des soucis à cause de ses échéances.

Vous croyez qu'il joue à la belote ? Erreur. C'est au bridge qu'il se délasse. On a toujours tort d'imaginer. M. Jacques Goddet est un homme d'affaires. Ses affaires consistent essentiellement à vendre le Tour de France pour plusieurs millions aux villes qui veulent le voir passer, à vendre son journal énormément pendant quatre semaines et convenablement le reste du temps.

Comme on ne vend bien que ce que l'on fait bien, il y emploie toutes les ressources de son esprit précis comme une machine à calculer.

Il n'a jamais été un sportif de compétition. Il monte à bicyclette comme vous et moi, mais pas beaucoup mieux. Pourtant, il maintient, grâce à la culture physique et à une abstinence d'autant plus méritoire qu'il est fort gourmand, une forme physique plus qu'honorable. On ne peut pas avoir de la tête et des jambes. Les autres ont les jambes, il fait la tête.

Du temps que Desgranges vivait encore et que l'autre fils Goddet, Maurice, assurait à la place de son père l'administration de *L'Auto* — dont *L'Équipe* est le succédané d'après-guerre — le « petit Jacques » apprit son métier en passant par tous les services du journal.

Toujours très soigné, toujours comme il faut, il suivit un jour la course Paris-Bordeaux, avec le journaliste chargé du reportage, Charles Ravaud. Le soir, on attendit en vain le papier de Ravaud. Trois fois, on vint le réclamer au reporter qui noircissait feuillet sur feuillet sans en terminer. Enfin, on lui arracha ses feuillets : ils étaient couverts de bâtons. Le malheureux, surmené, avait succombé à une crise nerveuse. Le « petit Jacques » fut sommé d'écrire l'article à sa place. Il n'était pas spécialement doué, il était bien fatigué, il ne savait pas encore travailler dans la hâte et le bruit ; il s'exécuta, douloureusement.

Depuis, il a continué.

Maintenant, Jacques Goddet écrit pendant le Tour son article quotidien qu'il tape directement à la machine. Il a exigé de ses rédacteurs qu'ils adoptent également ce système généralisé en Amérique, mais relativement peu répandu en France.

En tête d'une caravane de trois cents voitures, il circule dans une auto rouge que l'on a baptisée « la voiture amirale », délègue des estafettes, reçoit des messages par radio, bloque les routes, embouteille les lignes téléphoniques... C'est un composé de MacArthur, du colonel Bramble et de M. Duraton. Autorité, flegme et publicité. On cherche un coureur, on trouve un haut-parleur vantant aux populations haletantes les mérites d'un insecticide, mais qu'importe.

L'insecticide paye, les coureurs courent, Bartali confie ses pédales à la Sainte Vierge, les reporters rapportent et Jacques Goddet règne pendant vingt-cinq jours sur cette armée en campagne, qui met toujours l'ennemi en déroute.

L'ennemi, c'est le monsieur ou la dame qui ne veulent pas entendre parler du Tour de France. On le traque, on l'assiège, on le harcèle, on l'assomme et quand il se rend enfin, gémissant et vaincu, Jacques Goddet s'accorde quinze jours de vacances à Saint-Tropez avant de commencer à organiser le prochain Tour.

Il n'a ni le goût ni le temps de lire, rarement celui de sortir. L'aînée de ses trois enfants, Catherine, est une excellente skieuse. Quant à Maurice Goddet, le fantaisiste de la famille, il a épousé la comédienne Meg Lemonnier et s'est retiré dans son domaine de la Côte d'Azur, laissant à son frère les joies et les charges du pouvoir.

Conscient de ses devoirs et de ses intérêts, Frère Jacques ne dort pas. Il se contente de nous abrutir. Mais le Tour de France coûte près de cent millions, il faut évidemment les récupérer.

Si on le chargeait de reconstituer l'armée, il n'en coûterait rien aux Finances nationales. Sur le dos de chaque soldat, une étiquette rouge proclamerait seulement que grâce au shampooing Pan le combattant a toujours le cheveu brillant.

Malheureusement, il n'a aucune ambition politique. S'il formule un vœu dans le secret de son cœur, ce doit être celui de s'appeler un jour lord Goddet.

Les roues de sa fortune sont montées sur vélos : trois petits tours… et puis ça y est.

HENRI JEANSON

Le plus grand polémiste français a pratiquement abandonné le journalisme de combat pour le cinéma de tout repos. Il s'est rangé parce que Marcel Pagnol lui a dit :

— Ce n'est plus de ton âge, couillon, d'engueuler les autres dans *Le Canard enchaîné.* Maintenant, tu as l'âge de t'y faire engueuler.

Pagnol a eu tort. D'abord, depuis que Jeanson lit les journaux au lieu d'écrire dedans, il fait de l'auto-intoxication. Le matin, tôt levé, tôt rasé, il mâche et remâche en même temps que son petit déjeuner tout ce qu'il aurait écrit en réponse à tel éditorial de *L'Aurore*, à tel écho de *L'Humanité* — l'éventail de ses lectures et de ses ennemis ayant toujours été largement ouvert.

Or, au lieu de jeter son venin, il en beurre ses toasts et l'avale. S'il continue, il mourra empoisonné.

Ensuite, on n'engueule pas Henri Jeanson par écrit, fût-ce dans *Le Canard enchaîné.* Avec des phrases courtes, imitées des siennes, ou des phrases longues — pour ne pas avoir l'air de l'imiter — on peut le critiquer, le traiter pour la quatre-vingt-douzième fois de voyou cynique ou de fabricant de mots d'auteur, on peut persifler ou rager, on peut se promener pendant vingt-quatre heures les pouces dans son gilet en disant :

— Je ne suis pas fâché de ce que je lui ai passé !

Le lendemain, il répond ; et l'on s'aperçoit qu'on lui a simplement fourni l'occasion de faire rire à vos dépens. Au noble sport de l'escrime-stylo, il est champion du monde.

Et je soupçonne fort Marcel Pagnol d'avoir poussé Jeanson à abandonner le journalisme parce que lui-même ne se sentait plus de taille à répondre à son meilleur ami. Or, chacun sait que Jeanson n'est jamais plus féroce qu'avec ses meilleurs amis.

Quand il se penche sur une amitié trop profonde, il a tout de suite le vertige. Alors, d'un coup de reins, il se redresse et il écrit par exemple, à propos de l'*Essai sur le rire* de Pagnol : « Marius serait-il Pompé (e) ? »

Après, il se sent mieux. Pour un peu, il serait prêt à pardonner à sa victime le mal qu'il vient de lui faire.

Ce gros moustique zozotant, à tête de cochon de lait coiffé en brosse, a entretenu pendant trente ans les plus désagréables démangeaisons sur les épidermes célèbres. Son bourdonnement empêchait les préfets de police de dormir, ses piqûres donnaient la fièvre aux députés.

À ses débuts, un « ancien », qui s'y connaît, Henri Béraud, lui a conseillé : « Engueulez toujours des gens plus connus que vous. » Encore un conseil qu'il a suivi.

Pour ne plus l'entendre, on a essayé trois fois de l'asphyxier. La prison fit office d'insecticide. Mais dès qu'on l'a cru assommé, ses victimes assoupies ont été brusquement réveillées par son ironique bourdon et ont soupiré :

— Alors quoi ? On ne s'en débarrassera jamais ?

Non. Heureusement. Jeanson fait partie de Paris comme la Seine. On crache dedans, on passe dessus, on s'affole quand elle déborde, on raconte qu'elle est sale, mais on en est fier, et c'est d'elle que jaillissent aux grandes fêtes les feux d'artifices.

On prétend qu'il est lâche : c'est faux. Il n'a pas de courage physique parce qu'il n'a pas de force physique, et que, contrairement à ce qu'on pourrait croire, il a un cœur. Un cœur fragile qui s'est vite usé à battre trop vite.

Mais, à l'homme qui choisit pour cible quotidienne Jean Chiappe, préfet de police et qui le baptisa « Little Flic », on ne peut pas contester un certain courage.

— Je suis désolé de le faire surveiller, disait Chiappe. Pensez donc ! s'il lui arrivait quelque chose, on m'accuserait de l'avoir fait assassiner !

Maintenant, c'est le communisme qu'il combat, et surtout ceux qui flirtent avec les communistes. Il a claqué la porte du *Canard* parce qu'on voulait l'empêcher d'écrire qu'il admire André Malraux. Mais quand un hebdomadaire gaulliste lui a demandé des articles, le premier qu'il a proposé a immédiatement été refusé ; il y attaquait un auteur gaulliste.

Le voilà tranquille ; il perd sur les deux tableaux. Ce fut toujours sa façon à lui de jouer le double jeu.

Évidemment, lorsque Jean Murat, qu'il avait baptisé « Annabello », a voulu lui casser la gueule, il a répondu :

— Si vous voulez... Mais à quoi bon ?

Quand le fils de Cora Laparcerie, François Richepin, annonça :

— J'ai botté le derrière de ce voyou qui a insulté ma mère...

Il a dit :

— Richepin ?... Qui est-ce ?... Ah ! oui, un box-calf, taille quarante-deux !...

Parce qu'il préfère dire du mal de lui-même que de ne pas en dire du tout.

Si ses parents lui avaient enseigné la boxe ou le jiu-jitsu, s'ils avaient pu lui donner les beefsteaks et les vacances nécessaires à un gosse pâlot de la rue Mouffetard, il y aurait peut-être un sportif de plus et un polémiste de moins. Mais son père, instituteur, fils d'un ouvrier menuisier de Montluçon, est mort quand le petit Henri avait dix ans.

— Une chance, dit-il, sans ça, j'aurais fait le c...

C'est-à-dire qu'il aurait probablement obéi aux vœux de son père en tentant — qui sait — une carrière universitaire ? Ses grands-parents maternels étaient également ouvriers et Henri Jeanson déserta vivement les bancs du lycée Henri-IV pour aller auditionner, à seize ans, devant Antoine dans les *Stances* du *Cid*.

Il remporta un gros succès de rire, et la protection du père Antoine qui l'empêcha souvent de crever de faim.

Les occasions ne lui ont pourtant pas manqué. Il a été emballeur au Bon Marché, il a posé en pioupiou pour des cartes postales du style « Joyeuses Pâques », il a fait des exhibitions de danse nègre et, sur la scène du Little Palace, il imitait le déjà célèbre Maurice Chevalier en chantant :

Je fais mon marché, je r'mets ça,
Faut pas s'biler, je r'mets ça.
À la guerre comme à la guerre,
À quoi bon nous en faire.
Elle m'a plaqué ma grande gosse,
Au Casino, qué sale rosse..., etc.

La grande gosse que chantait alors Chevalier, c'était Mistinguett.

Ses multiples et lamentables essais dans la carrière de comédien fantaisiste, il s'en est souvenu en écrivant *Lady Paname*. Il les a oubliés quand il a écrit dans *Bonsoir* à propos de Véra Korène : « Cette comédienne si mauvaise qu'elle se siffle elle-même en parlant... »

À dix-neuf ans, il écrivait des critiques militaires sous le nom de général N... Le soir, il était caporal au théâtre dans *Champignol malgré lui*.

Ce sont les seules chances que cet antimilitariste persévérant a jamais eues d'être gradé.

Dans l'armée, il s'est contenté d'être canonnier de deuxième classe au camp de Mailly. Son temps de service s'est essentiellement écoulé en prison. À vingt ans et en 1920, le pacifisme virulent était d'une écœurante banalité. À trente-neuf ans et en 1939, c'est une originalité qui le conduisit à la Santé et devant le deuxième tribunal militaire.

Au procès, Marcel Achard sanglota. Louis Jouvet fut sublime. Saint-Exupéry fut bouleversant. Gaston Bergery — directeur de *La Flèche* où avaient été publiés les articles subversifs — fut éloquent, et Henri Jeanson compta ses amis. Les doigts d'une main lui suffirent.

Le malheur voulut que le seul homme de Paris qui prenait Henri Jeanson au sérieux soit président de ce tribunal. Il lui infligea cinq ans de prison pour lui apprendre à aimer l'armée. La leçon fut interrompue au bout de six mois par la capitulation du roi des Belges. Jeanson retrouva soudain la liberté et beaucoup d'amis.

Il fonda avec eux en 1940 le journal *Aujourd'hui* ; c'était une erreur. Il le quitta : ce fut la prison. Cinq mois au Cherche-Midi, relâché. La troisième fois où l'on vint l'arrêter, il eut la bonne idée de se trouver ailleurs. Il y resta.

Entre ses arrestations, il écrivait des dialogues de film. Mais, interdit par les Allemands, il ne les signait pas. Cela n'avait d'ailleurs aucune importance : on les reconnaissait tout de suite. Ses personnages ne parlent qu'une langue : le Jeanson.

Ses détracteurs disent : « Jeanson ? Ce n'est pas un auteur dramatique, on peut mettre ses répliques aussi bien dans la bouche du traître que de la jeune première. Ses mots ne sont que des mots d'auteur. » Peut-être. Mais ces mots-là, pendant que les autres auteurs les cherchent, lui, il les trouve.

Une fois, il fut pris de court. Il se trouvait chez une jeune comédienne, Marion Delbo (qui s'appelait alors Germaine). La mère de Germaine sonna : elle cacha précipitamment le jeune homme dans la salle de bains.

Soupçonneuse, la mère, qui veillait sur la vertu de sa fille, jeta un coup d'œil inquisiteur dans la pièce et y découvrit... le pantalon de Jeanson.

— Je vais t'expliquer, bredouilla Marion, ce n'est pas ce que tu crois... Un camarade qui passait... Il s'est senti souffrant... tu comprends ?... Alors, il s'est enfermé dans le cabinet de toilette.

Les minutes passent, les quarts d'heure défilent, la mère ne bouge pas. Jeanson non plus.

Alors la mère finit par s'écrier, en frappant à la porte :

— Eh bien !... il s'incruste !...

Ça s'est terminé par un mariage qui a duré longtemps, jusque pendant la guerre. Jeanson qui aime les parquets bien cirés et les côtelettes premières, voulut s'installer avec sa jeune femme dans l'ordre bourgeois. Ils prirent un appartement rue Fontaine et l'aménagèrent laborieusement. Le soir où l'on pendit la crémaillère,

Jeanson montra à son ami Joseph Kessel une bouteille et lui dit :

— Tu vois, on a pensé à toi... c'est de la vodka.

Kessel prit la bouteille, l'avala d'un seul coup, la regarda et la jeta dans la glace.

Brusquement déchaîné, il se mit à casser les meubles, à arracher les rideaux, à manger les vases... Sous cet ouragan, les invités et leurs hôtes, qui étaient eux-mêmes assez gais, décidèrent d'aller boire ailleurs. Et en rentrant, Jeanson et Marion trouvèrent, dans leur gentil petit appartement dévasté, Kessel couché avec la bonne.

Marion était charmante, douce et distraite. Dans un salon, on lui présenta un jour Roger Langeron qui avait remplacé Chiappe dans les articles de Jeanson en même temps qu'à la préfecture.

— Oh ! s'écria-t-elle, comme je suis contente, monsieur, de vous connaître ! Mon mari vous admire tellement ! ...

Elle avait confondu « Langeron » et « Langevin », le préfet et le savant.

Dans sa folle et timide jeunesse, Jeanson aima Fréhel, une Fréhel mince et célèbre.

— Notre histoire, disait-elle, ça ne durera pas. Alors, je vais te faire des souvenirs. Moi, tu ne m'oublieras pas !

Et pour se rendre inoubliable, elle jetait au restaurant les langoustes à la tête des maîtres d'hôtel, puis exigeait un seau à champagne rempli d'eau bouillante et s'y lavait gravement les pieds. Le fait est qu'il ne l'a pas oubliée.

Ce journaliste de la première heure l'est demeuré longtemps et le redeviendra sûrement parce qu'il ne peut vivre que dans l'agitation. Le mouvement perpétuel, la bousculade, la lutte contre la montre, le courant de passion qui traverse les rédactions, les copains, les bavardages au bistro, les histoires qu'il enchaîne, les unes sur les autres, intarissable, l'œil fureteur et la bouche humide, voilà son climat.

— Bonjour, chère petite... Je vous ai raconté l'histoire de...

Et hop ! Il ne s'arrêtera que si on l'arrête. Et je n'ai jamais vu personne en avoir envie.

— Je vous ai raconté l'histoire de mon duel ? Un jour, je vais dans un cocktail. Un monsieur s'approche et me demande : « Vous êtes Henri Jeanson ? » Je réponds oui, très content d'être moi-même. Il me gifle, je le gifle...

Il a beaucoup d'histoires qui commencent comme ça. Mais la légende tenace du coup de pied qu'il reçoit sans se retourner, c'est à son plus vieil ami, Marcel Achard, qu'il la doit.

Un jour qu'il se promenait sur les boulevards, il entend Achard le héler. Il fait semblant de ne pas le voir. Pourquoi ? Pour l'embêter, pour le troubler, pour l'agacer. Achard appelle, s'approche. Jeanson se plante devant la vitrine de la Grande Maison de Blanc et s'obstine à ne pas répondre. Alors, pour l'obliger à se manifester, Achard lui donne un formidable coup de pied. Et en suprême manifestation de mépris supérieur, Jeanson persiste à l'ignorer. Or, les deux larrons souvent affamés se retrouvaient alors le dimanche autour du thé copieux qu'offrait un écrivain, Paul Lombard. Là, ils racontèrent ensemble l'incident. Dix ans après, Jeanson attaquait avec véhémence Horace de Carbuccia, directeur de *Gringoire*. Paul Lombard appartenait à la rédaction de ce journal, il répondit en imprimant à sa façon l'histoire du coup de pied, qui est en fait caractéristique des rapports entre Jeanson et Achard.

Ils ont débuté ensemble, ils ont fait ensemble les chiens écrasés à *L'Œuvre* ; ils ont connu ensemble l'ivresse des premiers succès avec leur fameux journal *Bonsoir*, ils sont sortis ensemble de la misère et de la jeunesse. Et depuis trente ans, Jeanson martyrise Achard, essaye de se brouiller avec lui pour qu'il ne soit pas dit qu'il aura raté une seule cible. Depuis trente ans, Achard résiste et se débat dans le réseau d'histoires extravagantes que Jeanson propage pour le fâcher avec les uns ou les autres, sachant qu'Achard ne supporte pas d'être brouillé avec qui que ce soit et que, inlassable, il téléphonera, il démentira, il se démènera.

— L'ennui avec toi, lui répète Jeanson, c'est que tu n'as pas de caractère... Tu es immonde, je t'assure. Vous savez qu'il cache son âge ? Mais je l'ai obligé à avouer ! Il prétendait qu'il avait le même âge que moi ? Il a au moins un an de plus, au moins ! Je vous ai raconté le coup des cravates ? Il n'a pas été immonde ? Bon. Je vous ai raconté qu'il a pleuré parce qu'il ne voulait pas que Salacrou ait la Légion d'honneur avant lui ? Pauvre Marcel !

Le « pauvre Marcel » est prospère, célèbre, aimé et décoré. Jeanson est pauvre, bien qu'il soit l'un des auteurs de cinéma les mieux payés. Ses trois pièces furent d'honorables échecs et l'éblouissante série de ses articles et de ses films n'existe plus que dans certaines mémoires, alors qu'on joue encore *Domino* ou *Jean de la Lune.*

Sa boutonnière est vierge, son casier judiciaire ne l'est probablement pas puisqu'il a eu dix-sept ou dix-huit procès en diffamation ; on l'insulte, on le hait, oui. Mais lui, il ne sera jamais pour personne le « pauvre Henri ».

Il est malaisé d'aimer Jeanson et plus encore de le lui dire. Ça lui donne immédiatement envie de vous traîner dans la boue, histoire de vous prouver qu'on ne l'achète pas comme ça non plus. À moins qu'il ne se précipite chez un avocat pour vous faire savoir, sur papier bleu, qu'il se tient pour diffamé et qu'il en exigera réparation devant les tribunaux. Tout tremblant au fond de s'attendrir et de montrer le bout d'un Jeanson sentimental si profondément dissimulé qu'il l'oublie parfois lui-même, un Jeanson qui écrit avec un oiseau sur son épaule et qui a pleuré à l'enterrement de son grand-père.

Ce soi-disant paresseux se donne beaucoup de mal pour faire croire qu'il n'est pas consciencieux. Ce soi-disant goujat détesterait avouer qu'il est généreux. Ce soi-disant poltron n'a jamais eu, en fait, peur que de lui-même.

Mais quand un homme se déteste à ce point, comment voudriez-vous qu'il aimât les autres...

ANNA MAGNANI

Ah ! si on lui donnait Ingrid Bergman ! Si elle pouvait lui briser la tête, lui arracher les yeux, lui crier de sa belle voix rauque l'admirable répertoire d'injures que la petite fille des faubourgs de Rome lançait, il y a trente ans, aux garçons qui lui pinçaient les mollets !

Elle la hait, purement et simplement, comme elle fait toutes choses, comme seule une femme qui a été atteinte dans sa chair et dans son cœur peut haïr. Sans rémission, sans défaillance.

Elle ne parle jamais de « l'autre », et elle est assez grande comédienne pour rire très convenablement quand on a le mauvais goût de faire, devant elle, allusion à l'existence d'un certain Rossellini. Mais on la sent dangereuse comme une tigresse blessée. Dangereuse et si lasse en même temps... La lumière l'irrite, le bruit la torture, le garçon qui fait tinter la cuiller d'argent contre sa tasse de café, elle pourrait l'étrangler... Sa secrétaire qui oublie d'étouffer sa voix pour répondre au téléphone, elle la rappelle si durement à l'ordre que l'autre baisse en tremblant sa tête de jeune-fille-bien-élevée-qui-a-eu-des-malheurs-et-trois-petits-frères-à-élever-alors-vous-comprenez... À moins que ce ne soit un vieux père sourd... Et puis, au moment où, de rebuffade en rebuffade, elle atteindra l'heure de la révolte, Anna Magnani lui dira :

— Mais vous avez mauvaise mine, señora... Partez en vacances, voyons. Mais si, je vous paye le voyage, le séjour... Et puis, tenez, prenez ce manteau et cette valise, et ceci, et cela...

Et l'autre, bouleversée, baisera les pieds menus de sa bienfaitrice en se disant :

— Elle est si bonne... Et moi, pauvre folle, qui voulais la quitter !

De tous les grands hôtels de Paris, Anna Magnani choisit pour descendre celui où elle habitait avec Roberto Rossellini. Dans son salon trop grand, au plafond trop haut et aux meubles désuets, on la trouve pelotonnée sur un fauteuil, son beau visage tragique émergeant, très pâle, des lambeaux noirs de sa chevelure. Elle a l'air d'une émigrante sur le pont d'un paquebot de luxe.

Quand elle se lève pour prendre une cigarette, ses hanches, un peu lourdes, un peu basses, roulent sous la jupe étroite. Elle marche comme les fauves, en déplaçant autour d'elle des ondes mystérieuses. Et l'on songe qu'à côté de cette femme qui n'a plus vingt ans depuis vingt ans et dont le torse ravissant et fier ploie sous le poids d'on ne sait quelle immense fatigue, la plus éclatante des « pin-up girls » s'éteindrait.

Elle est entrée à l'École Sainte-Cécile — le Conservatoire de Rome — à seize ans et depuis elle n'a jamais cessé de jouer la comédie. Mais il y a à peine sept ans que l'on a reconnu en elle la grande actrice.

Entre la petite fille ardente et mal embouchée qui gagnait vingt-cinq lires par jour, en dépensait la moitié pour nourrir son chien, excitait les garçons, rêvait de devenir la Duse en mieux et vedette internationale, il y a tous les rêves déçus, toutes les chambres sordides, toutes les larmes de rage qui ont cerné son œil vert. Elle est passée du temps de l'espoir au temps du mépris.

Il y a quinze jours, elle a rêvé qu'on sonnait à la porte du petit appartement qu'elle habite à Rome, en plein ciel. Elle allait ouvrir : et c'était la Duse qui apparaissait, qui la prenait par la main, qui l'emmenait... Depuis, superstitieuse comme une romanichelle, elle cherche en vain la clef de ce rêve.

Ses origines sont obscures et à travers ce qu'elle ne veut pas dire, on découvre des parents très humbles et très pauvres, beaucoup trop occupés à gagner les spaghettis quotidiens pour s'inquiéter d'une gamine qui voulait être actrice.

On a raconté qu'elle était une enfant abandonnée. Elle m'a dit, elle, que ses parents vivent encore et que sa mère, toute fière qu'elle soit de la réussite de la petite, est intimement choquée, effrayée dans son âme simple de voir le visage de sa fille monstrueusement multiplié sur les écrans et les affiches. Est-ce vrai ? Est-ce faux ? Quand le sens permanent du théâtre et du drame rejoint la terreur sacrée des superstitieux, la vérité devient bien fragile. Peut-être que, dans son univers à elle, cela porte malheur de parler de ses parents...

Mais le peuple de Rome a toujours reconnu la « Nanarella » pour sienne et, lorsque dans les quartiers populaires elle apparaît, traînant son manteau de vison tout neuf comme un étendard, on l'applaudit comme si cet emblème du luxe inutile leur appartenait un peu à tous, les vengeait un peu tous d'avoir faim et d'avoir froid.

Pendant de longues années, elle a été une fille de théâtre courant derrière un engagement, sautant de la fausse prospérité, quand elle jouait, à la vraie misère lorsqu'elle ne jouait pas. L'homme qu'elle épousa et dont elle porte toujours le nom, le beau, le grand brun, le tumultueux Gioffredo Alessandrini, la trouvait si médiocre comédienne qu'il ne la fit jamais tourner dans les films qu'il mettait en scène.

Il fallait, pour que l'on découvrît la Magnani, que l'école italienne réaliste remplaçât les vieilles traditions mélodramatiques.

L'orageux ménage craquait déjà lorsqu'elle eut un enfant. Pour cette femme, qui pense avec ses entrailles, ce fut une bouleversante expérience. Elle était la première qui allait donner la vie ! Aujourd'hui encore, malgré les voyages en avion et les « Oscars », elle a un geste inimitable pour poser sa petite main aux ongles pâles sur son ventre, elle a un accent inimitable pour dire :

— Quelque chose remuait là...

Et sur son visage un instant apaisé, il y a l'éblouissement de ceux qui s'agenouillent devant un miracle.

Ce petit enfant, elle l'aima avec toute la violence qui l'habite et elle se demanda humblement de quelle faute épouvantable Dieu la punissait quand elle comprit que la chair de sa chair, que le merveilleux petit garçon qu'elle avait porté resterait toujours paralysé des deux jambes.

Elle voudrait de toutes ses forces avoir un autre enfant, mais elle a peur... Peur que le drame ne recommence, peur qu'un enfant normal ne soit brutal et méchant avec Luca. Tous ceux qui connaissent Luca le disent exceptionnellement beau et intelligent. Il vit avec elle à Rome, ou dans la maison qu'elle a achetée au bord de la mer, et où elle se réfugie quand elle a besoin de dormir, de se saouler de sommeil, d'air et de solitude. C'est pour lui qu'elle travaille, c'est pour assurer son avenir qu'elle exige d'énormes cachets, c'est à cause de lui que dans les minutes les plus heureuses, quand son rire fracassant tonne, elle flanche soudain, se vide de sa joie par l'irréparable fêlure.

Lorsque Luca est né, elle jouait des revues dans un music-hall parce que c'était la guerre et que les troupes de théâtre étaient disloquées. Pour circuler dans Rome, elle avait une voiture et un petit cheval. Ce cheval l'aimait et la suivait comme un caniche. Quand les transports réapparurent, la sagesse élémentaire commandait de vendre le petit cheval. Elle n'en eut pas le courage, le mit dans une écurie, continua à le nourrir jusqu'au jour où il lui fallut tant d'argent pour envoyer Luca se soigner en Suisse qu'elle se résigna en pleurant.

C'est au théâtre que Rossellini la découvrit. Elle tournait le jour *Rome, ville ouverte*, jouait le soir, en gémissant de douleur parce qu'elle avait les genoux en sang à force de reprendre les scènes du film où elle tombait. Contrairement à la légende, elle termina le film sans devenir pour le metteur en scène plus qu'une interprète. Ils étaient tous deux fort occupés ailleurs et fort absorbés, au reste, par leurs difficultés financières.

Rome, ville ouverte, hâtivement tourné par d'obscurs artisans, éclata comme une bombe sur tous les écrans du monde. On découvrit brusquement le réalisateur, l'actrice. On les fêta, on les couronna, on les unit dans le succès où ils plongèrent ensemble, nagèrent ensemble, jusqu'aux rives de l'amour.

Une femme italienne légitime, une autre allemande et moins légitime, une troisième française et tout à fait clandestine perdirent en même temps Rossellini qui avait trouvé une partenaire à la taille de son ambition et de sa fougue. Le grand hôtel de Rome où ils s'installèrent devint une succursale de l'enfer. Mais ils aimaient l'enfer

Un jour qu'elle avait décidé de le tuer, elle le poursuivit à travers les rues de Rome au volant de sa voiture, fonçant sur les trottoirs pour l'écraser... Il lui échappa en escaladant les marches d'une église.

On ne savait jamais pourquoi, comment, une scène allait éclater. Et quand elle n'éclatait pas, Rossellini, nerveux comme un intoxiqué qui n'a pas sa ration, la provoquait. C'était leur climat, leur drogue. Mais Anna Magnani est toujours imprévisible... C'est le jour où on l'attend ivre de rage qu'elle est douce, silencieuse, docile... Elle est déroutante comme un ciel d'orage que balaye le vent, sautant du rire aux larmes, des imprécations à la tendresse, elle est une femme auprès de laquelle toutes les autres semblent faciles à vivre, mais mornes, falotes, ennuyeuses.

Autour d'eux, il y avait toujours quelques chiens, quelques chats. C'est elle qui les a gardés. Les animaux la comprennent, lui obéissent comme s'il y avait entre elle et eux un langage secret. De l'animal, elle a l'intuition, l'instinct infaillible. Dès qu'une femme passait, elle savait avant lui qu'il se retournerait pour la regarder... Elle décèle ses ennemis à vingt mètres et devina à cent kilomètres qu'à Venise Marlene Dietrich s'intéressait trop au prochain film de Rossellini.

Cette fois, la scène eut lieu par téléphone, pour la plus grande satisfaction des demoiselles de la poste.

Ensemble, ils se déchiraient. Séparés, ils ne songeaient qu'à se retrouver. Ils étaient attachés à la même corde et dès que l'un bougeait, l'autre tressaillait.

Lorsque le nom d'Ingrid Bergman fut prononcé pour la première fois devant elle, à la suite de la lettre fameuse par laquelle la vedette américano-suédoise demandait à Rossellini d'écrire une histoire pour elle, Anna Magnani pressentit immédiatement le danger. Elle savait. Elle savait comme les oiseaux savent qu'il va pleuvoir. Lui riait et pensait :

« Cette fois, elle exagère. »

Alors il prit grand soin de lui cacher la suite de sa correspondance avec Bergman pour éviter que quelque éclat injustifié vienne enrayer la marche de ce qu'il considérait encore comme une affaire. Mais elle savait. Elle rôdait autour de lui, l'épiait, le flairait. Lorsqu'il annonça son départ pour l'Amérique, elle dit :

— Tu ne reviendras pas... Je suis sûre que tu ne reviendras pas.

— Je te jure que je serai là dans quinze jours, déclara-t-il.

— Bon. Alors signe-moi un papier... Si tu n'es pas là dans quinze jours, *Amore* m'appartient pour l'exploitation en France.

Amore était le film en deux parties, composé de *La Voix humaine* et du *Miracle* qu'ils venaient de tourner ensemble. Il signa. Et aujourd'hui ils sont en procès à ce sujet.

D'Amérique, il lui téléphonait trois fois par jour... Et ce dialogue passionné et tragique par-dessus l'Atlantique ne coûta que cinq cent mille francs.

La vie use tout, même l'amour, même le chagrin d'une Anna Magnani. Et quand on la rencontre le soir, toujours très entourée, son rire un peu cruel sonne souvent. Mais il semble qu'en elle quelque chose s'est cassé, que si elle aime encore, elle aimera autrement.

On a écrit qu'elle était « peu soignée ». C'est faux. Elle a, au contraire, le raffinement des Méditerranéennes, les chaussures et le linge parfaits des Italiennes. Mais l'imaginez-vous bouclée, lustrée et déguisée en ersatz de Parisienne ? Elle, elle se ferait pitié.

Prouver qu'elle est une grande, une très grande, une grandissime comédienne, se dissoudre dans son travail et s'y délivrer de tous les cris dont elle résonne, de toutes les larmes dont elle s'étrangle et puis avoir peut-être un autre enfant si elle ose, voilà la route sur laquelle elle s'est engagée.

Une route difficile, semée de tous les pièges que la gloire tend aux vedettes. Jouer n'est rien, mais choisir ses films, discuter ses rôles, garder l'argent qu'on gagne, ne pas émousser son instinct dans le luxe et la facilité comme les chiens perdent leur flair dans les appartements trop bien chauffés... Et puis, pour respirer, se laver, s'habiller, manger, pour vivre tout simplement, il faut tant de force certains jours.

Mais qu'on lui montre une scène, qu'une caméra tourne, qu'une rampe s'allume, et, redressant ses belles épaules, elle repartira comme ces chevaux de cirque qui tournent tant que joue la fanfare.

YVES MONTAND

Si on ne l'appelle pas Yves tout court — comme on dit Maurice, Sacha ou Tino — c'est parce qu'il n'est pas encore l'amant bien-aimé des salles soumises ; il est le nouveau, le séducteur que l'on regarde en se demandant si l'on va glisser dans ses bras musclés, celui qui est encore au stade passionnant de la conquête. Chaque soir, quand il entre en scène, une sorte de combat s'engage entre lui et cette femelle aux mille têtes qu'est une salle. Chaque soir, il sort épuisé mais triomphant de ce long rendez-vous, au moment où la salle vaincue et hurlante de joie supplie : « Encore… Encore une… » Quarante-cinq minutes, quatorze chansons qu'il attaque les jambes coupées, si faible, dit-il, que si une main le poussait à cet instant, il tomberait.

Et puis il chante, et c'est un peu plus que du joli travail. C'est la voix d'une époque où la poésie sent le métro au lieu de fleurer l'églantine, où les folles maîtresses s'appellent des petites mômes et où les sanglots s'expriment en Bdabadabadou frénétiques. Il chante comme les garçons de sa génération sentent. Et, en l'écoutant, les filles découvrent lentement que ses larges épaules se creusent tout naturellement là où elles aimeraient poser la tête, que son grand corps aux reins souples a l'air construit tout exprès pour qu'on vienne se jeter contre lui.

Il arrive d'ailleurs qu'elles y viennent. Quand il passe au théâtre de l'Étoile, on casse les vitres pour voler ses photos. Il reçoit cent lettres par semaine. Mais il a horreur des folles et les dégrise d'un mot rude.

Hors de la scène, Yves Montand n'est plus d'ailleurs qu'un homme comme les autres.

Quand on parle de lui, on évoque immanquablement Maurice Chevalier, ce qui est un nonsens. La différence qu'il y a entre eux se mesure en kilomètres. Chevalier a jailli du pavé de Paris. Montand est encore tout pétri de terre et de soleil, comme les paysans de Toscane, ses ancêtres.

Il est né un vendredi 13 dans un bourg campagnard des environs de Florence... Venise ? C'est la légende pour l'exportation, le futur chanteur naissant parmi les gondoles et blablabla et blablabla.

Il a grandi dans les faubourgs de Marseille, il y a ramassé des taloches, des mégots et les accents conjugués de tous les gosses de sa rue, Italiens, Arméniens, Marseillais. Il a été un de ces petits garçons tout noirs aux yeux brillants et aux mains sales qui traînent plus volontiers leurs galoches usées, leurs rêves et leurs fonds de culotte sur les pierres chaudes du Vieux-Port que sur les bancs de la communale. Livi Yves : fait le pitre en classe en singeant les dessins animés, notait son professeur.

Il a rêvé d'être navigateur, cow-boy, et à onze ans il livrait des pâtes alimentaires parce qu'avec le salaire d'un ouvrier journalier qui a trois gosses, on n'élève pas des bacheliers s'il arrive qu'on élève des futures vedettes.

Toute son enfance lui colle encore à la peau.

Avant d'épouser Simone Signoret, il habitait avec un piano blanc. Le reste se casait autour, tant bien que mal, dans deux petites pièces mangées par le désordre. Un trou dans une vitre pour que passe le mirus... Ce n'était ni beau ni laid. Une sorte de niche chaude, où il s'était couché, las des chambres d'hôtel, et où elle était venue le rejoindre.

Pour se coiffer, elle disposait d'un petit bout de glace dans le petit bout d'antichambre.

Mais, tremblants au bord de cet amour tout neuf, ils ne voyaient rien, ils n'entendaient rien, ils s'aimaient... Et on n'a encore rien trouvé de mieux pour meubler un appartement.

Ils en étaient à ce stade de l'amour où le malheureux qui se trouve en tiers se dit : « Qu'est-ce que je fais là à les embêter quand ils ont tellement envie d'être seuls... » et se sent indiscret, tout froid, tout grossier.

Quand Montand disait : « Simone, donne-nous du whisky, mon chéri... », on avait l'impression de surprendre une étreinte et on se demandait : « Où va-t-elle trouver le whisky ? Sous le piano ? Sur un fauteuil ? Ou dans la penderie ? »

Il la suivait des yeux, malheureux, inquiet dès qu'il ne la sentait plus sous son regard, et avouait :

— C'est à cause d'elle que je ne suis pas parti en Amérique... Quand on a la chance qu'un truc comme ça vous arrive, on n'a pas le droit de l'abîmer. L'Amérique, j'irai plus tard. L'amour, ça ne se remet pas... Il ne faut jamais laisser passer ce qui est merveilleux... Elle est belle, hein ? Vous la connaissiez ? Au début, elle m'impressionnait... C'est vrai, ça m'impressionne les vedettes... Elle me dit qu'elle est méchante. Ce n'est pas vrai... Elle est... cruelle... voilà... Cruelle... Un peu comme Édith...

Édith, c'est Piaf. Hé oui, bien sûr qu'il va en être question. D'abord parce que sans elle il n'y aurait peut-être pas d'Yves Montand.

Des pâtes alimentaires, il était passé grouillot dans le petit salon de coiffure de sa « frangine » Lydia, puis métallo, puis docker, puis rien. Un gars qui traînait en 1939 avec le ventre creux, et qui n'aimait que le cinéma. Lorsqu'il découvre qu'un copain gagne cent cinquante francs par jour en chantant. Alors il essaye, lui aussi. Un métier de plus. La musique, il l'a depuis toujours dans la peau, dans la voix, dans ses grandes mains. Mais quoi, il y en a d'autres, d'autres auxquels on a au moins appris le solfège, le piano, d'autres qui ont débuté à l'Alcazar, cette espèce de foire aux débutants de Marseille, et que le public a accueillis à coups de trompette de tramway ! On ne les a plus jamais revus.

Lui, tout de suite, il « accroche » malgré sa mauvaise diction. Il sort de scène abasourdi en répétant : « J'ai eu du succès, j'ai eu du succès… » Et puis il va toucher son allocation de chômage en attendant les engagements. Zéro. Rien. Fini l'espoir, il restera ouvrier. Et il ne chante plus que les dimanches dans les bistros où il imite Trenet, Chevalier, pour amuser les copains. Et les copines, bien sûr. C'est là qu'un imprésario l'entend et lui propose du travail. Il hésite… Sa sœur, ses amis le poussent… Qu'est-ce qu'il risque ? De perdre son boulot aux Chantiers de Provence, évidemment… Il en trouve un autre : pendant cinq ans, il chantera dans la banlieue de Marseille, puis dans les bonnes salles. Il a son petit succès, sa place sur l'affiche, il croirait presque qu'il est arrivé. Il « monte » à Lyon, puis il affronte Paris à l'A. B. C. en février 1944.

Le premier soir, quand il entre avec sa veste à carreaux, on lui crie du balcon : « Zazou ! »

Il en pleurerait. Jamais il n'osera reparaître en scène avec sa veste ridicule.

— Mettez un veston marron, conseille quelqu'un.

— Impossible, dit un autre. André Claveau chante en costume marron. Vous aurez l'air de l'imiter.

Il hésite… et il entre en bras de chemise, sans cravate… Alors, tout à coup, il chante avec son corps, avec ses bras, il s'étire, il respire, il rit…

C'est comme si son veston abandonné l'avait ficelé.

Mais Paris ne se conquiert pas comme ça, avec un drôle d'accent, même pas méridional, et des chansons même pas américaines, où il est beaucoup question de cow-boys. Trop.

Au Moulin Rouge, où il passe après l'A. B. C., il y a une petite bonne femme qu'il appelle avec mépris « la marchande de cafard ». Piaf. Elle, elle le trouve vulgaire.

Huit jours après, il pleure quand elle chante, parce qu'« elle lui fait mal ». Et elle sourit quand il chante, parce qu'elle découvre tout de suite le petit creux dans la grande épaule. Et puis, elle met ce jeune poulain caracolant à l'entraînement.

La suite, tout le monde la connaît : deux ans plus tard, Yves Montand passe en vedette au théâtre de l'Étoile, débarrassé pour toujours du « genre américain », raclé, poli, dépouillé, précis et comme ivre de sa jeune force triomphante. Dans ses veines, il charrie désormais Édith Piaf, cette drogue miraculeuse qui arrache aux hommes ce qu'ils ont de meilleur.

Elle, toute petite, cachée dans les plis lourds du rideau, assiste à sa plus étonnante réussite. Ce garçon que la salle de l'Étoile applaudit, elle l'a soutenu, imposé, extirpé aux petits succès où il allait s'enliser ; elle lui a appris à travailler, à lire, à s'enrichir de chaque joie, de chaque meurtrissure ; elle l'a enfanté. Ce soir, elle lui donne Paris.

Elle fait encore un vœu : celui de ne pas boire pendant un an si Yves signe le contrat que lui propose Carné pour *Les Portes de la nuit.*

Et puis elle le quitte. Elle ne peut plus rien pour lui. Ou plutôt si : elle peut le faire souffrir. Et après, il chantera mieux encore, comme ces oiseaux auxquels on crève les yeux. Quand Piaf le quitte, Yves Montand reste « sonné », selon sa propre expression, pendant trois ans.

Maintenant, chacun d'eux sait qu'il peut appeler l'autre à l'aide, à tout moment, qu'il y a entre eux l'amitié unique qui succède aux grandes amours.

Montand, guéri, va de par le monde, chantant. À Marseille, un vieil ouvrier journalier, son père, hoche la tête, tout étonné.

Sur cette pente qu'il gravit si vite, jusqu'où ira Yves Montand ? Son premier film fut un échec. La caméra le paralysait. Avec une pudeur de vrai homme, il avait honte de dire « je t'aime » devant trente personnes qu'il connaissait par leur prénom.

Survint Clouzot avec un rôle dans *Le Salaire de la peur.*

Et on ne résiste pas à Clouzot.

Montand fut humble, docile, soumis, excellent. Mais est-ce là son véritable métier ? Bien sûr que non. Et celui qui, seul sur une scène, a tenu au bout de sa voix un public suspendu ne saurait retrouver le goût de cette joie quand il n'est plus que le haut-parleur photographié par lequel un metteur en scène s'exprime.

Enlevé de la scène, Montand se sent inculte, terriblement ignorant, maladroit à communiquer autrement qu'en chantant toute cette houle qui le soulève. Il a tant à dire sur la grande misère de l'homme et sur la douceur d'aimer une fille aux yeux bleus, qui lui a offert à son tour un morceau du monde.

Il a quitté sa niche. Avec sa femme, il habite maintenant sur la rive gauche un appartement confortable, original, mais soigné. C'est une ancienne boutique qu'il a fait aménager. Tout y est du meilleur goût et il faut mal connaître Simone Signoret pour s'en étonner. Mais qui la connaît bien ? Nulle ne prend plus de soin que cette étrange créature à se faire passer pour ce qu'elle n'est pas.

Les actrices d'autrefois enrichissaient leur nom de particules, laissaient volontiers entendre quelque glorieuse et clandestine paternité et qu'elles avaient été élevées au couvent des Oiseaux, s'empressaient avec la notoriété d'acquérir quelque vernis.

Simone Signoret a fait avec obstination le contraire. Son vernis à elle est fait de grossièreté dans le vocabulaire, d'agressivité permanente, d'ostentation à vouloir vous faire croire qu'elle est ignare et issue des amours d'un alcoolique et d'une fille de rues.

Que craque le noir camouflage sous lequel une jeune fille bourgeoise, ombrageuse et blessée s'est curieusement réfugiée, et on surprend une femme profonde, grave, sensible, dont ni le cœur ni l'esprit ne recèlent l'ombre de cette vulgarité qu'elle s'obstine à affecter.

Seulement à peine s'est-elle découverte qu'elle disparaît dans quelque ricanement à l'adresse de la société en général et de n'importe qui en particulier. Et on oublie que cette panthère est un épagneul et on risque d'oublier de l'aimer alors qu'elle en a tant besoin et qu'elle a tant d'amour, elle, à donner.

Droite, généreuse, entière, elle le donne tout vif à Yves Montand. Et lui, en bon Méditerranéen, se conduit en propriétaire. Parfois il se raconte qu'il va tout lâcher, qu'il aura trois, quatre, cinq enfants, que bientôt il se transformera en père de famille absorbé par des rougeoles et des jeux de construction. Quand il le dit, avec les grandes rides tristes qui creusent soudain son visage, on le croirait presque. Lui, il le croit. Mais que sait-il de lui-même ?

Il lui reste tant à explorer encore dans les richesses du monde.

Pour le moment, il découvre la magie des mots et, pêle-mêle, les romans de la Série Noire, Baudelaire, Bergson et Prévert.

Dans l'univers de la pensée, il erre seul, déconcerté. Peut-être à quarante ans sera-t-il pédant et écrivailleur... Peut-être restera-t-il ce bel animal inquiet et timide, qui court dans la montagne, près de la terre, quand il a besoin de reprendre des forces... Peut-être sombrera-t-il dans la belote, les apéritifs, l'épaisse satisfaction du commerçant enrichi qui sait faire prospérer son fonds...

Sortant de sa jeunesse comme on sort d'un vieux costume trop étroit, il cherche encore ses propres frontières.

L'enfermeront-elles dans le joli succès, passent-elles beaucoup plus loin, du côté de la célébrité internationale ?

Limiteront-elles son horizon aux grosses voitures, aux gros cachets, au gros effort, ou s'inscrivent-elles beaucoup plus loin, du côté de la véritable ambition ?

On le saura dans dix ans, quand le jeune Yves Montand, détaché, bien repassé, reposera dans la naphtaline parfumée des souvenirs.

Le vieux costume est en train de craquer sur lui. Un regard bleu, tendre et lucide surveille l'opération.

MARCEL PAGNOL

Marcel Pagnol, je le vois dans vos yeux, tout ankylosé dans sa gloire, embaumé, enroulé dans ses bandelettes de pellicule, appuyé sur un recueil d'histoires marseillaises, cloué pour l'éternité entre une bouteille de pastis, un jeu de boules et la photo de Raimu.

Eh bien, non. D'abord, il ne boit pas de pastis et préfère le whisky. Les boules, il s'y intéresse beaucoup moins qu'à la désintégration des atomes. Les histoires marseillaises, elles tiennent moins de place dans sa vaste mémoire cultivée que les discours de Cicéron. Enfin, Raimu est mort, que diable ! C'est infiniment regrettable, mais ce n'est pas une raison pour enterrer Pagnol à cinquante-sept ans, fût-ce sous des couronnes de lauriers, et pour oublier qu'il sait écrire — comme il sait parler — sans accent.

Il y avait une fois un auteur dramatique. Il était pauvre, mais il ne savait pas qu'il l'était puisqu'il ne connaissait pas de riches. Il gagnait trois mille deux cents francs par mois au lycée Condorcet, s'ennuyait fort avec la fonctionnaire de l'économat qu'il avait épousée et qui n'arrivait pas à lui donner un enfant, préparait une agrégation d'anglais, et traînait sa tête noire, chaude et têtue dans les salles de rédaction.

Et puis, le soir, de sa grande écriture ronde et calme, il écrivait. Il écrivait des poèmes, des tragédies en vers, des comédies en prose, il écrivait toujours deux choses à la fois. Par exemple, *Marius* et *Topaze*.

Assis par terre, il les lisait à un autre jeune homme qui prétendait également écrire des pièces. Quand il avait fini, l'autre lisait à son tour. C'était Marcel Achard.

Pagnol lit toujours ses pièces, assis par terre, à Achard, assis par terre. Il est demeuré presque aussi leste et souple qu'au temps où, boxeur amateur, il se faisait mettre k.-o. par Kid Francis. Il couvre toujours des feuillets blancs de son écriture solide d'homme sans nerfs. Il se met tout nu, le soir, dans sa chambre, et il écrit, pendant que sa femme dévore des livres d'histoire.

Mais les pièces qu'il écrit, on ne les joue plus. Parce qu'il a peur. Il a peur d'être ridicule s'il ne fait pas quatre cents représentations. Est-ce que M. Marcel Pagnol, de l'Académie française, peut risquer d'avoir moins de succès que le petit prof'd'anglais ?

Ah ! si seulement il avait besoin d'argent, de combien de chefs-d'œuvre aurait-il encore enrichi le théâtre français !

Il a préféré s'enrichir lui-même, et il a parfaitement réussi parce que rien n'est plus facile que de gagner cent millions quand on en a dix bien à soi, beaucoup de bon sens et une invincible répugnance à payer des impôts.

Sa femme le supplie de lui écrire trois actes. Elle parvient parfois à le traîner au théâtre. Alors, en sortant, il lui dit, rêveur :

— Ça, tu sais, Jacquot, j'aurais été capable de le faire.

Il y a deux pièces dans ses tiroirs. Un Judas, une comédie...

— Il faut que je le ruine, soupire Jacqueline Pagnol, il faut absolument que je le ruine pour qu'il soit obligé de se faire jouer.

Elle se pelotonne au fond d'un fauteuil, s'enroule dans ses longs cheveux blonds de jeune fée et réfléchit — si fort que ses yeux bleus s'obscurcissent — à la meilleure façon de mettre son mari sur la paille.

Mais de ce côté-là, il n'y a aucun espoir. La fortune de Marcel Pagnol est solide comme lui, saine comme lui. Et s'il a pris tant de soin et tant de plaisir à l'édifier, c'est parce que la fortune ne se discute pas, ne se conteste pas, ne se critique pas, ne vieillit pas comme le talent ou l'œuvre d'un auteur dramatique.

Pagnol est l'homme des additions qui tombent juste, des moteurs qui tournent rond et des femmes qui font des petits sans façon. Quand une montre ne marche pas, il veut savoir pourquoi. Il la démonte, la remonte... Il ne se déplace d'ailleurs jamais sans une provision d'écrous et de clefs anglaises, transforme les guéridons Empire en établis et fait ainsi le désespoir des patrons d'hôtels où il loge, lorsqu'il est à Paris.

Or, les pièces de théâtre sont des montres dont personne ne connaît vraiment le mécanisme. Et si, aujourd'hui, il a peur d'en afficher de nouvelles, c'est peut-être parce qu'il ne comprend pas lui-même comment il a fabriqué les premières et pourquoi elles ont eu tant de succès.

Son intelligence vigoureuse et patiente a fait cent fois, mille fois le tour du problème, sans l'élucider.

— J'ai écrit, à vingt-cinq ans, *Marius* pour un acte et *Topaze* pour une scène, en me disant que Shakespeare était un bébé. L'acte a été coupé, la scène aussi. Shakespeare est resté Shakespeare, et moi, quand je pense à ces deux pièces, le soir en m'endormant, je me dis que je suis un c..., tu comprends ?

S'il ne le dit pas vraiment, c'est parce qu'il pense qu'on n'aurait jamais laissé un c... entrer à l'Académie française. C'est un peu pour cela qu'il est si content d'y être.

Mais jamais homme célèbre ne fut, au fond de lui, plus près de se prendre pour un imposteur, moins sûr d'avoir le génie qu'on lui prête. Il redoute profondément la foule, les quêteurs d'autographes, les admirateurs, les visages nouveaux.

— Qu'est-ce que tu veux répondre à quelqu'un qui vous dit : « Monsieur Pagnol, vous êtes un génie ! » Si on te dit le contraire, là tu sais quoi répondre !

Oui, là, il répondrait, en levant très haut son menton pointu :

— Pardon, monsieur, parfaitement, j'ai du génie ! D'ailleurs, pourquoi croyez-vous qu'on m'a foutu dans le *Larousse* ?

Encore une bonne chose, le *Larousse*. Une fois qu'on y est, on ne peut plus vous en sortir. Mais, à force de réfléchir aux raisons pour lesquelles Marcel Pagnol est un grand auteur dramatique, son inspiration se sclérose. Il sait qu'il a le don du dialogue, qu'il peut faire parler une jeune vierge, un évêque ou un directeur de prison avec des mots justes.

— Quand j'écrivais *Marius*, me raconte-t-il, j'avais une dactylo qui m'aimait, qui m'aimait ! C'est simple, elle me couvait... Non, je ne couchais pas avec, grâce au Ciel ! Seulement, quand je lui dictais, par exemple : « Je suis été... » au début d'une réplique de César, elle rectifiait ! Elle pensait : « Ce pauvre M. Pagnol, il ne sait pas le français, il a fait une faute. » Eh bien, cette fille-là, tu vois, elle aurait peut-être écrit un bon roman, mais jamais une bonne pièce...

Quand Romain Coolus et Lucien Fabre sont venus le trouver pour l'inciter à poser sa candidature à l'Académie, il s'est demandé pendant une minute si on ne se moquait pas cruellement de lui. Ses collègues lui firent valoir qu'avec la mort de Maurice Donnay, l'Académie ne comptait plus d'auteur dramatique.

— Mais je n'y connais personne, gémissait-il. Ils ne voudront pas de moi !

Pierre Benoit lui conseilla de commencer les visites d'usage par Mgr Grente.

— Fais attention, lui recommanda-t-il. Tu ne t'assieds pas avant qu'il te le dise…

Pagnol se présente devant l'auguste prélat, tout droit, tout raide. Lui, le fils du petit instituteur d'Aubagne, il faut qu'il énumère ses titres à l'immortalité devant un archevêque.

— Si vous êtes blackboulé, lui demande Mgr Grente, que ferez-vous ?

Alors, Pagnol oublie les formules apprises et retrouve sa simplicité foncière pour répondre :

— Je me représenterai, Monseigneur.

— Vous me plaisez, dit l'archevêque. Asseyez-vous.

Et Mgr Grente se donna beaucoup de mal pour que Marcel Pagnol soit élu. Yves Mirande aussi. Le jour du vote, il vint chercher Jacqueline Pagnol et lui dit :

— Je connais un saint, quand on lui met un cierge, ça ne rate jamais. Allons-y ensemble…

Et pendant que les immortels délibéraient, Yves Mirande et Jacqueline Pagnol priaient avec ferveur à Notre-Dame-des-Victoires, le saint qui ne rate jamais.

Jacqueline est la deuxième femme légitime de Pagnol. C'est elle qui l'a demandé en mariage. Elle a vingt-huit ans de moins que lui et l'aime depuis qu'elle a quatorze ans. C'était une très étrange petite fille, secrète et violente, qui écrivait des vers et les récitait, chez Agnès Capri, chez Carrère. Quand Pagnol sortait de son bureau, à une heure, il la trouvait assise dans l'ombre, qui attendait. Alors, il l'emmenait parfois déjeuner dans un petit restaurant de la place Pereire. Pendant la guerre, il l'oublia. Il était amoureux de Josette Day, qui avait entrepris d'en faire un dandy.

Elle mit quelques années à y renoncer. Quelques années qu'ils passèrent ensemble, à Marseille. Là, Pagnol avait fait construire des studios, et dans ces studios, une villa. Il y vivait, roitelet tout-puissant d'une cour docile, interdisant à Josette de sortir, fût-ce pour aller chez le coiffeur.

Non pas qu'il soit tyrannique, mais il a l'âme d'un pacha. Pacha-Pagnol se serait merveilleusement accommodé d'un harem. Il aurait transformé en eunuques quelques-uns de ses amis d'enfance moins heureux que lui, au lieu de les employer dans ses bureaux, et leur aurait confié la garde de ses femmes. À chacune d'elles, il aurait fait un « petit », et se serait retrouvé, à l'âge mûr, à la tête de cinquante enfants Pagnol. Il aurait été un très bon pacha, gentil avec ses serviteurs, compatissant pour ses eunuques.

Faute d'avoir trouvé des femmes assez compréhensives, il a eu bien des ennuis. Sa première épouse lui a refusé longtemps le divorce. Orane Demazis, jeune fille d'une bonne famille d'Oran, refusait de faire un petit hors du mariage. Une jolie girl anglaise du Casino de Paris, Kitty, accepta le marché que lui proposait Marcel Pagnol.

— Je te fais un enfant, tu me le donnes, je te donne un million et on ne se voit plus.

Mais lorsque le petit Jack vint au monde, Kitty le garda et refusa le million.

Orane Demazis finit, elle aussi, par avoir un fils. Mais elle le garda jalousement pour elle. Pagnol ne le voit pas. Il sait que le petit est intelligent, qu'il a été désigné pour le concours général, qu'il fait des études brillantes et qu'il déteste cordialement son pacha de père, dont il ne porte d'ailleurs pas le nom. Et de deux.

Une gentille secrétaire accepta sans trop de façon de lui donner encore deux fils. Et de quatre.

Mais Josette Day, produit raffiné et très civilisé d'une époque résolument hostile aux pauvres pachas, refusa obstinément de faire office de reproductrice. Le rôle de productrice lui eût davantage convenu.

Pagnol en fut assez malheureux pour commencer à boire un peu plus qu'il ne convenait. C'était l'époque où les Allemands souhaitaient vivement sa collaboration. Le chef du cinéma allemand en France, Alfred Greven, était un vieil ami de Pagnol. Il dirigeait à Berlin le théâtre où l'on avait joué *Marius*. Quand il comprit que Pagnol n'accepterait de bonne grâce aucune compromission, il se souvint de leur amitié pour lui donner un bon conseil : vendre ses studios, ses agences de films, disparaître.

Pagnol, qui comprend vite, ne se le fit pas répéter deux fois, il acheta un magnifique domaine et s'y enferma.

Quand il rentra à Paris, il trouva dans son bureau une jeune fille qui lui dit :

— C'est moi, Jacqueline. Est-ce que vous me trouvez toujours trop jeune ?

— Alors, conclut Pagnol, je lui ai fait Frédéric et je l'ai épousée.

Depuis, Jacqueline n'écrit plus.

— C'est parti avec Frédéric, dit-elle.

Frédéric, qui a aujourd'hui six ans, est un curieux petit personnage qui compose au piano et fait des mots d'auteur.

Un jour qu'on l'avait enfermé dans un cabinet noir, son père lui demanda à travers la porte :

— Qu'est-ce que tu fais là-dedans ?

— Moi, je ne fais rien, répondit Frédéric. Mais ce qu'on me fait, à moi, c'est honteux !

— Frédéric sera dans le *Larousse*, dit Pagnol. On mettra : « fils du précédent ». Et si j'ai une colonne, lui, il en aura quatre.

Le fait est que cet enfant un peu pâlot, aux yeux trop grands, est singulièrement doué. Pagnol s'oppose à ce qu'on le confie à une nurse. Alors, c'est le père de Jacqueline qui s'en occupe.

— Grand-père, lui dit Frédéric qui l'adore, tu as une tête d'ultimatum.

Toute la famille vit essentiellement — Dieu et le fisc savent pourquoi — à Monaco, où Marcel Pagnol est consul du Portugal. Dans un immense appartement qui est « au premier sur la rue et au trois centième sur la mer », explique Pagnol.

Il est extrêmement fier d'être né le jour même, à l'heure même, et à une lieue de l'endroit où se déroula la première projection cinématographique. C'est comme s'il était le frère jumeau du cinéma. Il est fier de toutes sortes de choses, sauf de ses pièces.

Cher Pagnol, gai, rusé, chaleureux, divertissant, rassurant et clair comme un grand mur blanc en plein midi, si je refuse absolument de vous prendre pour un buste coiffé d'un bicorne, c'est parce que je suis sûre d'avoir entendu battre encore votre cœur ardent de jeune homme pauvre sous l'effigie de plâtre barbouillé d'aïoli que vos biographes proposent à la postérité.

JEAN ROSTAND

M. Jean Rostand est un homme parfaitement inquiétant. Il peut, dans son laboratoire, faire des monstres. Il peut, dans son salon, dire gentiment :

— Je ne crois pas que la vie ait un sens... et vous laisser repartir sous la pluie, accablé de l'avoir entendu énoncer ce que toujours on redoute de croire.

Le biologiste le plus connu de notre temps est timide. Il n'aime pas le Jean Rostand qu'il propose aux yeux des autres. Ce n'est pas tant qu'il craigne d'être mal compris, mais plutôt qu'il se déplaît, tel qu'il devient en société.

Sa volubilité traduit son inquiétude. Ses mains fines et très blanches tourmentent sa pipe. Derrière des verres épais, ses yeux très vifs, très noirs, tournent comme des bêtes inquiètes et puis, soudain, se posent, tout droits. Sa chevelure ressemble à une couronne trop grande qui aurait glissé du crâne à la nuque.

Visiblement indifférent à son apparence physique, il semble soucieux d'éviter que l'on se trompe et que l'on trompe à son sujet.

C'est ce souci qui lui donne le courage d'affronter parfois des inconnus auxquels il essaye de se montrer dans la lumière froide de la vérité scientifique.

— Me voilà, semble-t-il dire. Éteignez, je vous prie, pour me regarder, les projecteurs de la renommée. Ils me déforment, m'irritent, me contraignent à me montrer modeste, ce que je ne suis pas, ou vain, ce que je ne suis pas non plus. Me voilà, assemblage de molécules, petit tas de chromosomes dont la mosaïque compose Jean Rostand, cinquante-huit ans, biologiste anxieux.

Volontairement retranché depuis trente ans de toute vie sociale, ce savant doux et simple crée un climat singulier parce qu'il ne joue à aucun des jeux qui président aux relations humaines. Il n'y a pas un Jean Rostand qui parle et un autre qui pense à ce qu'il convient ou non de dire. Hors quelques règles très simples de courtoisie, il ignore l'attitude. Si bien que devant lui on ne sait laquelle prendre pour ne pas se sentir truqué. Devant ce visage nu, on éprouve que l'on est maquillé.

Le cas de Jean Rostand est peut-être unique à notre époque parce qu'il tient à des circonstances extrêmement rares. L'homme le plus pur, le plus vrai, est toujours contraint d'adopter tôt ou tard un comportement qui le déforme parce qu'il ne peut pas vivre seul sur une île déserte. Il lui faut exercer un métier, plier ou s'insurger, mais toujours se heurter aux autres, les subir ou les vaincre mais toujours les affronter. Vivre seul c'est encore une façon de tenir compte des autres, de les refuser, de les renier, de se couper de l'humanité.

Ces hésitations furent épargnées à Jean Rostand. Quand il prit conscience de sa timidité, du malaise où le plongeait la vie de société, il était assez riche grâce à l'œuvre de son père pour ne s'imposer aucune obligation. Il s'installa à Ville-d'Avray, dans la grande maison qu'il habite toujours, et dont il ne sort pratiquement pas.

Une de ces grandes maisons sans beauté mais dotée d'une âme parce que les objets, les meubles, les livres, les souvenirs, les échos des ans passés s'y accumulent sans que jamais on y retranche rien.

Passionné de biologie depuis l'enfance, il prit la fuite devant les hommes mais ce fut pour mieux trouver l'homme, pour tenter de surprendre le mystère de son origine, de ses maux, de son destin. À se pencher dans le silence de son laboratoire sur des milliers de crapauds et de grenouilles pour déceler les lois de l'hérédité et de la reproduction, il est devenu plus proche de l'humanité qu'un tribun.

Solitaire, il n'eut jamais à souffrir la solitude parce qu'il épousa très jeune sa cousine germaine, Andrée Mante, qu'Edmond Rostand aimait à regarder valser tant elle avait de grâce. Elle connaissait Jean Rostand depuis l'enfance et portait en elle les ressources d'une vie intérieure assez intense pour accepter une existence de recluse.

Un fils, François, mathématicien et philosophe, qui a aujourd'hui trente ans, forme avec sa mère le cercle étroit mais rayonnant où le savant se réchauffe quand sa froide raison menace de lui glacer le cœur.

Tout s'est ordonné autour de Jean Rostand pour qu'il n'ait jamais à abdiquer la moindre parcelle de lui-même. Résultat : un personnage qui ne ressemble à personne, une œuvre scientifique considérable au bout de laquelle, se substituant sans trembler à un Dieu qu'il ignore, il créera peut-être la vie sans le secours de l'homme. La femme suffira. C'est ce qu'on appelle la parthénogenèse.

À ne pas confondre avec l'insémination artificielle, qui est déjà réalisée à l'échelle humaine. La parthénogenèse, c'est la fécondation d'un œuf féminin par lui-même, sans intervention d'aucun élément mâle ; c'est l'écroulement de la loi fondamentale de la reproduction qui exige l'association du principe mâle et du principe femelle. Et, se fécondant ainsi elles-mêmes, les femmes ne produiraient que des femmes. Affolante perspective dont le père des grenouilles sans père fait le tour sans effroi.

Assuré que le problème se posera et se posera vite aux savants, il aimerait connaître les réactions de l'opinion publique, il voudrait surtout être encore là lorsque la première vierge donnera le jour à une fille, renouvelant scientifiquement le miracle de l'Immaculée Conception.

— Qu'on me donne quinze ans, dit-il. J'ai besoin de vivre encore quinze ans.

Alors il pensera peut-être au petit garçon bouclé qui traînait sans vergogne son joli costume de velours beige dans la terre humide du jardin de son père, à Cambo, pour observer les fourmis et dont la vocation si impérieuse triompha de tous les pièges.

Enfant gâté du plus gâté des poètes, il n'alla pas à l'école parce que les Rostand vivaient à Cambo, parce qu'il paraissait inhumain à des parents si tendres de mettre leurs fils en pension. Gouvernantes et précepteurs divers prodiguèrent à Maurice et à Jean Rostand un enseignement divers.

Gavés de gloire, écrasés d'amour, nourris de lyrisme, ne sautant que sur des genoux célèbres, n'entendant que des paroles historiques, l'un devint plus poète que nature tandis que l'autre s'appuyait sur la nature pour ne pas vaciller.

Chacun conserva à sa manière la nostalgie de ces vertes années. Et c'est un peu le monde magique cher à l'enfance, l'univers où d'un coup de baguette les fées transforment les princes en crapauds que Jean Rostand a poursuivi en transformant à son tour les crapauds en princes.

Esprit scientifique, il devint plus scientifique encore pour ne pas sombrer dans le bain de littérature où il barbotait, et en dépit d'une instruction fantaisiste décrocha, bien avant l'âge requis, bachots, certificats, licences, sans savoir, prétend-il, un mot d'histoire et de géographie.

Un poète, Leconte de Lisle, devait être son parrain, mais il mourut quelques semaines trop tôt. Un poète, son père, lui dédia *Chantecler*.

C'est en observant les animaux qu'Edmond Rostand avait réunis, pour étudier les personnages de *Chantecler*, que Jean Rostand se prit d'amitié pour les crapauds. Le père les mit en vers, le fils les mit en pièces.

La mort brutale d'Edmond Rostand survenant tout de suite après la guerre bouleversa le jeune homme. Il avait vécu « jouant au bord du travail du poète à l'âge où les enfants jouent au bord de la mer ».

Amour et piété, admiration jamais démentie pour la noblesse, la droiture du caractère de son père, le jetèrent alors à son tour dans la littérature, les pamphlets, les articles inspirés.

Il ne fit jamais œuvre romanesque parce qu'il manque, dit-il, d'imagination. Mais il écrivit dans une langue parfaite quatorze essais — *La Loi des riches, Ignace ou L'Écrivain, Valère ou L'Exaspéré, Julien ou Une Conscience*, etc. — qui composent, avec une trentaine de traités scientifiques, l'œuvre que la ville de Paris récompensa en lui décernant son Grand Prix.

Auscultant l'homme, « ce miracle sans intérêt », pour tenter de lui trouver un sens, puis auscultant la nature pour tenter de découvrir le sens de l'homme, cherchant une réponse à l'éternelle question : « Pourquoi sommes-nous sur la terre ? Pourquoi la vie existe-t-elle ? Quel est le sens de notre existence, la valeur de notre activité ? » Il a traversé des années et encore des années.

Il a tout lu, beaucoup trop lu, dit-il. Et il regrette le temps perdu à fouiller dans les livres pour trouver cette réponse. Personne ne la lui a donnée, personne ne la lui donnera que la science froidement désespérée, puisqu'il se tient à la raison, quitte à y suffoquer.

« La science, a-t-il écrit, n'a guère fait jusqu'ici que donner à l'homme une conscience plus nette de la tragique étrangeté des conditions, en l'éveillant pour ainsi dire au cauchemar où il se débat. »

Plus qu'éveillé, comment se débat-il, lui, au sein du cauchemar ? Où trouve-t-il la sérénité nécessaire pour poursuivre ses travaux ? Où puise-t-il la force de soutenir une existence où rien ne vient l'étourdir, le distraire du cauchemar, une existence de trappiste privé de Dieu ? ...

Il ne lit plus, sinon les ouvrages indispensables à son activité, et parfois pour se détendre, Vigny, Mallarmé, les journaux. La musique est pour lui un bruit étrange, incompréhensible, qu'il respecte parce que sa femme est musicienne, mais qui ne lui apporte rien. Quelquefois, avant d'aller à huit heures trente se coucher, il écoute la radio et prend un bref plaisir à entendre Piaf. Il est insensible au luxe, aux joies esthétiques. Il ne voyage jamais, ne sort de chez lui que pour aller pêcher crapauds et têtards dans les étangs alentour, ignore le théâtre, le cinéma, non par principe ou par mépris, bien au contraire, mais parce que, faute d'en éprouver le besoin, l'effort serait trop grand de s'y rendre. La politique ? Comment la prendrait-il au sérieux, lui qui a écrit : « La société a sans doute le droit de se protéger contre les protoplasmes antisociaux ; mais il faut bien qu'elle sache, que, lorsqu'elle croit châtier un homme, elle ne punit jamais qu'un œuf ou des circonstances. »

Le succès, la gloire ?... Il a dit aussi : « Comment participer encore à l'agitation humaine une fois qu'on en a saisi l'insignifiance ? »

Il l'a saisie et pourtant il participe à l'agitation puisqu'il travaille et se passionne pour ses travaux. Tout est néant, mais il compte les pattes des grenouilles. Comment s'accommode-t-il de ce néant ? Comment, vivant très proche d'une femme profondément croyante, n'est-il pas tenté de revenir sur sa certitude ? Ne pas croire, dit-il, qu'une chose existe parce qu'il serait trop horrible qu'elle n'existât pas. Il n'y a pas de preuve par l'horrible.

S'il est permis de chercher à comprendre où le biologiste rationaliste trouve l'oxygène qui permet à l'homme oppressé de respirer, on peut esquisser la conclusion suivante :

Puisque l'homme n'est rien, puisqu'il ne se rattache à aucun système supérieur, puisque la science lui enseigne que « tout ce à quoi il tient, tout ce à quoi il croit, tout ce qui compte à ses yeux a commencé en lui et finira avec lui » — pensée intolérable qui le plonge dans l'angoisse — la science doit aussi lui enseigner à composer avec cette angoisse et finira peut-être par créer un nouvel homme capable d'accepter sans douleur son étroite condition. En attendant, chaque homme peut tenter d'améliorer la condition humaine.

Il fait grand cas de la psychanalyse, il a travaillé pendant longtemps avec un ami psychanalyste qui l'a puissamment aidé à vaincre sa timidité, et il se demande si les progrès de cette science-là ne finiront pas par modifier assez profondément les réactions humaines pour que la vérité scientifique devienne tolérable.

Pour lui, tout saignant qu'il soit de cette vérité implacable, il repousse avec détresse, avec regret mais avec horreur tous les dogmes. Christianisme et communisme le trouvent également hérissé. Il refuse tous les cachets contre le mal de l'homme.

On donnerait une fausse idée de Jean Rostand en laissant à croire qu'il agite constamment ces problèmes. Mais la forme même de ses travaux l'oblige à s'y heurter plus souvent que le plus angoissé des hommes devant le mystère de la vie.

Nullement jaloux de sa science, il ne s'offusque pas, au contraire, quand on lui accorde le don de vulgariser ses connaissances et ses découvertes au bénéfice du public le moins averti. Il aimerait néanmoins que la notoriété qu'il en retire ne dépasse pas la valeur de ses travaux. Que Jean Rostand soit connu de tous et que Wolf qui, à Strasbourg, peut fabriquer tous les monstres qu'il veut, ne soit connu que des initiés, voilà qui le choque.

Il confesse aussi que son impatience le dessert, qu'il a moins de goût pour les longs cheminements, les infinis tâtonnements que pour les conclusions rapides. Il lui est toujours resté quelque chose du garçon de quinze ans qui entreprit d'injecter des hormones mâles à des lapines pour provoquer à volonté des naissances mâles. Le soir où naquit la première portée de lapins, il les fourra dans un panier, courut chez le professeur Jean Lhermitte qui se trouvait en vacances à Cambo, le trouva en train de dîner, le supplia d'ouvrir le ventre des lapins pour voir s'ils étaient mâles. Lhermitte quitta la table, fit l'opération tandis que Jean Rostand attendait, tremblant d'émotion et d'impatience. Les jeunes lapins étaient parfaitement réussis. Ce fut peut-être une des plus grandes joies de sa carrière.

Mais les joies de cette sorte sont rares dans la vie d'un chercheur.

En ce moment il lui faut, pour les expériences auxquelles il se livre, examiner dix mille grenouilles. Où trouve-t-on tant de grenouilles ? Dans la maison aux sortilèges de Ville-d'Avray, on pose cette question à Mme Rostand aussi naturellement qu'on demanderait ailleurs : « Où achetez-vous votre café ? »

Elles arrivent de partout, expédiées par des amis connus et inconnus qui écrivent : « Les voulez-vous ? » Et on envoie un bidon dans lequel les grenouilles voyagent jusqu'à Ville-d'Avray où Jean Rostand fait personnellement leur connaissance, rend la liberté aux milliers qui sont taillées sur le patron courant des grenouilles et garde les autres, les ratées, les pas-de-chance.

Si l'une d'elles, indignée, trouvait soudain un jour l'usage de la parole et lui demandait :

— Monsieur Rostand, vous qui en savez si long sur nous, dites-moi un peu... D'où vient l'homme au nom de qui vous voulez me faire aussi grosse que le bœuf malgré les avertissements de M. de La Fontaine ?

Il lui répondrait, toujours affable :

— D'une certaine lignée animale qui ne semblait en rien promise à un tel destin sortit un jour la bête saugrenue qui devait inventer le calcul intégral et rêver de justice. Pour lui tout est tragiquement simple. Rien à comprendre, rien à attendre et il n'y aurait même pas à souffrir si l'on pouvait faire différemment.

Et puis il se remettrait au travail pour ne plus y penser.

CÉCIL SAINT-LAURENT

Un visage pâlot de gosse qui éteint la lumière trop tard et qui s'endort avec *Aphrodite* sous son traversin, une fossette au milieu du menton.

Son vrai nom, Jacques Laurent, lui sied infiniment mieux que celui sous lequel il a d'abord atteint la renommée : Cécil Saint-Laurent.

Il a une tête de petit frère, celui qui oublie de prendre son calcium avant les repas, qui vous tape pour aller au cinéma et avec qui on a de merveilleux souvenirs de fous rires pendant les déjeuners de famille.

Amoureux de sa femme, il forme avec elle un couple très sympathique mais paradoxal.

C'est lui, le fils d'avocat, et c'est elle qui est licenciée en droit. C'est lui l'auteur célèbre et c'est elle qui est éditée à la N. R. F., sous le nom de Claude Martine, le sien.

C'est lui qui gagne de l'argent mais c'est dans son tout petit appartement de jeune fille à elle qu'ils vivent entre les malles qui leur servent de bibliothèque lorsqu'ils ne sont pas dans le Midi.

C'est lui le bohème, le désordonné, le dépensier, le garçon qui travaille la nuit et qui dort jusqu'à midi, mais c'est elle qui est issue d'une famille d'artistes, puisqu'elle est la fille du comédien Henri Rollan.

Ils sont mariés depuis quatre ans mais on a, à les voir, l'impression qu'ils forment un de ces vieux couples solidement installés dans le quotidien, où une femme intelligente, cultivée et active décharge l'homme de toutes les corvées, y compris celle de conduire la voiture, parce qu'il est trop distrait. Et, en même temps, ils ressemblent à une paire d'étudiants en fête.

Il a toujours été premier en composition française et en histoire, dernier en mathématiques ; il continue à savoir compter. Seulement maintenant, ses compositions se tirent à cent soixante-quinze mille exemplaires, son éditeur se charge des multiplications et son percepteur des soustractions.

— Jacques fera son droit et sera avocat comme moi, disait son père, Me Laurent-Cély, du barreau de Paris.

« Jacques sera ingénieur des mines et fera un beau mariage », rêvait sa mère.

« Serai-je un peintre ou un romancier ? » se demandait l'élève le plus indiscipliné du lycée Condorcet.

Avec un camarade de classe, il commença par être journaliste et par écrire à quinze ans, pour vingt francs, des articles fort graves, dans un hebdomadaire : *Choc*, dirigé par un colonel. Le camarade est sagement devenu opticien rue de la Chaussée-d'Antin, l'hebdomadaire et le général ont disparu et Jacques Laurent a été sommé de passer son bachot.

S'il a réussi, c'est parce qu'il est remarquablement persévérant, ou que les examinateurs en ont eu assez de le retrouver à chaque session.

Il se souvient encore avec angoisse d'un oral de géographie où on lui demanda de tracer le contour de l'Amérique et d'en indiquer les principales productions. Tout en dessinant au tableau noir, il se disait :

« Elle a une drôle de gueule, mon Amérique. Et qu'est-ce qu'ils peuvent bien produire dans ce pays ? Des films, ça c'est un fait. Et du colza, sûrement du colza, il y en a partout !... »

Au bout d'un quart d'heure, il livra à l'examinateur épouvanté un continent où il manquait simplement le golfe du Mexique et qui produisait exclusivement de la pellicule au nord et du colza au sud.

Depuis, ses connaissances en géographie ne se sont pas sensiblement améliorées, et son plus long voyage l'a conduit en Suisse, où il a passé quarante-huit heures ! Mais la documentation et l'imagination aidant, il a si bien décrit la Guyane, dans *Caroline chérie*, que des lecteurs d'Arcachon, qui avaient habité le pays, sont venus, tout attendris, le féliciter de sa précision.

Il n'a jamais osé leur avouer qu'il avait puisé l'essentiel de ses renseignements dans le *Grand Larousse*.

Il y a des auteurs qui souffrent, par manque d'imagination, de sujets. Lui, il en aurait plutôt trop. Les idées, les personnages et les situations se bousculent et se chevauchent dans sa tête, le tourmentent, le harcèlent. Alors, il les distribue : cette scène d'amour est pour Cécil Saint-Laurent, auteur populaire. Ce souvenir est pour Jacques Laurent, auteur sérieux et essayiste. Ce document est pour Albéric Varenne, historien grave.

On conçoit que la cohabitation de ces trois auteurs, plus quelques autres de moindre importance, sous la même enveloppe humaine tendre et frêle, menace l'équilibre nerveux du gentil Jacques Laurent et en fasse le conducteur le plus dangereux de Paris.

Ce n'est pas un homme, c'est un torrent qui charrie à la fois l'or et le sable et les pierres et les feuilles. À trente-cinq ans, il a déjà signé de quinze noms plus de quarante ouvrages, dont trente-cinq purement alimentaires, un traité d'histoire, *Caroline,* son fils, et enfin le roman chéri, celui qu'il a nourri d'ortolans tandis qu'il donnait aux autres des fayots, celui qu'il porte comme une blessure : *Les Corps tranquilles.*

Comme les mères qui préfèrent le plus faible de leurs enfants, parce qu'il leur donne plus de soucis, il cherche et trouve d'excellents motifs au médiocre succès de ce gros livre qui lui coûta quatre ans de travail.

Les critiques ont été indisposés par la vogue de *Caroline chérie*... Les libraires ont abusé les lecteurs en leur faisant croire qu'il s'agissait d'un ouvrage de la même veine... Le public lettré s'est cabré, en oubliant que Voltaire soi-même a écrit sous cent vingt-trois pseudonymes différents. Tous ces arguments avec lesquels il se console sont certainement exacts, mais Jacques Laurent est beaucoup trop intelligent pour ne pas savoir, au fond de lui-même, qu'il n'a pas tout à fait réussi ses *Corps tranquilles*.

Pour pouvoir écrire la nuit ces mille soixante-huit pages touffues, il a commis pendant des mois ce qu'il appelle ses « romans pour bonnes ». Un jeune homme, titré de préférence, une jeune fille pure, un château, un obstacle à leur amour, un grand bal constituaient le fond d'une recette éprouvée. Temps de fabrication : quarante-huit heures. Rapport : vingt mille francs net. Le métier ne serait pas mauvais si l'on n'y trouvait pas tant de concurrents déloyaux ! Que de vieilles demoiselles, que de sentimentaux pharmaciens s'offrent à produire gratuitement ces roses œuvrettes, pour la seule joie de voir leur nom imprimé sur une couverture...

Ce fut tout de même sa principale source de revenus entre 1943 et 1945. Il venait d'être démobilisé, la guerre avait interrompu ses études avant qu'il passât le dernier certificat de licence qui l'eût sacré philosophe, il fallait bien vivre. Et vivre pour lui, cela signifie d'abord écrire. Si on l'empêchait d'écrire, je crois qu'il exploserait.

Ses parents, désolés, désapprouvaient naturellement l'étrange entêtement de leur fils unique à déconsidérer une famille qui s'honore d'avoir quelques liens avec Paul Bourget. Et ils avaient bien raison, comme tous les parents qui s'opposent à laisser leurs enfants s'engager dans des carrières dites artistiques ou littéraires.

Si lesdits enfants n'ont pas l'énergie nécessaire pour passer outre, quitte à crever de faim pendant quelques années, ils ne sont pas faits pour ces champs de bataille.

Il rencontra un jour un camarade de Condorcet, Charles Fremanger, qui cherchait lui aussi un moyen de gagner de l'argent. Ils décidèrent ensemble de se lancer dans l'édition, empruntèrent à droite et à gauche, signèrent des traites et commencèrent par imprimer un roman d'Edgar Poe. On avait pris soin d'indiquer le nom de l'auteur en caractères minuscules et d'ajouter, en grosses lettres : « Traduit de l'américain. »

C'était une sorte d'imposture ? D'accord. Quand on a eu vingt ans pendant l'Occupation, il y a des mots qui perdent leur sens et des sentiments bien démodés. Que deux garçons jeunes et avides d'argent n'en aient pas fait d'autres, en 1944, plaide plutôt en leur faveur. D'ailleurs, quand ils éditèrent ensuite les *Mémoires d'un âne*, ils n'essayèrent pas de faire croire qu'il s'agissait d'un nouveau Walt Disney, vous savez ? La comtesse de Ségur se vend toujours.

Enivré par ces succès, Fremanger caressa des projets grandioses que Jacques Laurent désapprouva. Ils se séparèrent et, quelques mois plus tard, l'éditeur assagi vint retrouver son ami.

— Puisque *Autant en emporte le vent* et *Ambre* font

des succès, il faut essayer d'écrire la même chose en français, dit-il.

— Pourquoi pas ? répondit Jacques Laurent.

— Tu t'en charges ?

— Non, je n'ai pas un sou, il faut au moins quatre mois, avec quoi est-ce que je vivrai pendant ce temps-là ?

Fremanger proposa une petite mensualité et de lui payer une secrétaire.

Et, pendant cinq mois, Jacques Laurent dicta l'après-midi les aventures de Caroline, et écrivit le soir *Les Corps tranquilles*. Son premier public fut constitué par sa secrétaire qui protestait lorsque Caroline devenait vraiment trop légère. Alors il inventait vite un subterfuge pour sauver *in extremis* la vertu vacillante de son héroïne.

Le livre une fois imprimé s'avéra invendable.

— Trop gros, disaient les libraires. Prend trop de place !

L'éditeur hésitait entre la faillite et le suicide. L'auteur, lui, n'avait rien risqué mais se désolait pour son ami lorsqu'un soir le représentant qui promenait *Caroline chérie* à travers Paris rentra triomphant en déclarant :

— J'en ai placé cent !

— Ce n'est pas le moment de plaisanter, répondit l'éditeur.

Mais le lendemain, Lyon en commandait trois cents, puis deux mille à compte ferme. Bordeaux suivit, et bientôt toute la France. Les deux amis n'ont jamais réussi à savoir, en dépit d'enquêtes sérieuses, pourquoi les Lyonnais furent les premiers à découvrir *Caroline*.

Me Laurent-Cély, horrifié, félicita sombrement son fils d'avoir eu au moins le tact de choisir un pseudonyme et fut longtemps avant d'avouer à ses confrères qu'il était, en quelque sorte, le beau-père de *Caroline chérie.*

Maintenant, Jacques Laurent est délivré des romans à vingt mille francs, mais pas de ses démons.

Il a le sentiment d'avoir beaucoup de choses à dire et il les dit. Il dicte à sa femme, il dicte à sa secrétaire.

Pendant qu'il écrivait, au jour le jour, *Le Fils de Caroline chérie* qui paraissait en même temps en feuilleton, il découvrit en lisant un livre de médecine qu'il souffrait d'une appendicite gangreneuse.

« Voyons, se dit-il, j'ai huit jours d'avance, l'opération me prendra trois jours, nous sommes dimanche, donc je convoque ma secrétaire pour jeudi à la clinique. »

Il fit sa valise, se présenta chez son médecin et lui dit :

— J'ai une appendicite gangreneuse. Vous pouvez m'opérer demain matin ?

— Quoi ? dit le médecin, ahuri. Mais vous n'avez rien du tout, mon pauvre ami. Vous n'avez que de mauvaises lectures et beaucoup trop d'imagination.

Ce n'est pas l'avis des lecteurs de Cécil Saint Laurent. Quant à ceux, beaucoup moins nombreux, de Jacques Laurent, quelques lignes de François Mauriac dans *Le Figaro* les multiplièrent brusquement à la suite d'un article où le jeune écrivain prouvait que Sartre était le successeur naturel de Paul Bourget. Sartre réfuta gravement au cours d'une conférence. Depuis, Jacques Laurent a créé une revue *La Parisienne*, avec laquelle il joue à l'homme de lettres.

De temps en temps, un de ses amis, soucieux, lui dit :

— Tu sais que la Bourse baisse ?... Et l'or a pris deux points hier !

« La Bourse baisse, c'est bien ennuyeux ! se dit Jacques Laurent. Et l'or monte, c'est bien fâcheux !...

Il est déjà prêt à se tourmenter, à perdre trois kilos en dix minutes et puis soudain, il s'écrie, enchanté :

— Mais je n'ai pas d'actions, je n'ai pas de titres ! Et je n'ai pas d'or non plus, d'ailleurs !

Il dépense allégrement tout ce qu'il gagne parce qu'il est typiquement un ambitieux de son époque pour qui l'argent est un moyen et pas un but. Un moyen d'avoir une voiture américaine, de vivre généralement dans le Midi où il se porte mieux qu'à Paris parce qu'il est délivré du courrier et du téléphone, un moyen de payer facilement son tailleur, un moyen d'éliminer les soucis qui empêchent de penser.

Il a aussi de son époque le sens de la publicité, l'avidité et les nerfs trop fins des surmenés. Il veut tout : le succès populaire et l'autre, la fortune mais pas ses tracas, l'amour mais pas ses complications, des enfants mais livres tout prêts à huit ans. Et pour acheter tout cela, il sait qu'il faut payer, payer avec du travail. Encore qu'en ce qui concerne les enfants, le problème reste entier.

Il a un goût prononcé pour les confidences féminines dont ses lectrices l'abreuvent d'ailleurs généreusement, surtout lorsqu'elles prennent « Cécil » pour une femme ; il a la passion des vêtements étranges et fait exécuter pour le Midi par la couturière de sa femme les chemises et les shorts qu'il dessine lui-même et que son tailleur refuse énergiquement de réaliser, il est à la fois fantaisiste et réaliste, fragile et dur.

C'est Mickey Mouse avec la fécondité d'Alexandre Dumas, le physique de Rimbaud et l'ambition de devenir Balzac.

SPENCER TRACY

Oserais-je avouer que je nourrissais secrètement une grande tendresse pour Spencer Tracy ? Ah ! pourquoi faut-il que les grands acteurs soient si souvent mauvais quand ils disent leur propre texte !

Celui de Spencer Tracy est d'ailleurs réduit au minimum. Il dit oui, il dit non, il dit : « Qu'est-ce que ça coûte ? », il dit : « À Paris, on mange bien... » Et puis, quand il a épuisé les ressources de sa conversation, il fait un petit clin d'œil, un gentil petit clin d'œil, un peu triste. Et voilà.

Peut-être est-il timide... Oui, c'est ça, il est timide, ce séduisant quinquagénaire. Et puis, il a peur. Peur que l'on dise que. que l'on ne dise pas que... que l'on répète que... Quoi ? Qu'il s'est trouvé, par hasard, à Paris, en même temps que Katharine Hepburn, qu'il habite par hasard le même hôtel, et qu'ils se rencontrent, par hasard, tous les jours dans les mêmes restaurants ?

Il paraît qu'en Amérique, on en ferait un drame. Ici nous n'en faisons même plus des vaudevilles, mais il l'ignore évidemment. Il ne connaît Paris et la France que pour les avoir traversés une fois avant la guerre, puis il y a quelques mois. Encore ces traversées l'ont-elles conduit essentiellement dans les grands hôtels et dans les bons restaurants pour étrangers, ceux où les plats n'arrivent jamais à la hauteur de l'addition.

Devant moi, une journaliste persévérante tentait de lui arracher des confidences capitales.

— Monsieur Tracy, quelles sont, s'il vous plaît, les qualités masculines qui séduisent les femmes ?

Il a réfléchi, son bon visage s'est crispé dans un effort intense, et puis il a répondu :

— Demandez à mon ami Humphrey Bogart.

Clin d'œil.

— Monsieur Tracy, un homme doit-il être bien habillé pour plaire aux femmes ?

— Demandez à mon ami Robert Taylor.

Nouveau clin d'œil. Monsieur Tracy, qu'y a-t-il derrière votre apparence d'Irlandais solide et ennuyé ? Le vide, et dans ce vide, un mystérieux petit mécanisme qui se déclenche lorsqu'on crie : « Silence, on tourne !... » ou bien un être humain compliqué et subtil qui traduit parfois avec génie la souffrance, l'amour, la pitié que vous avez profondément éprouvés ?... Mais ce sont là questions qu'on ne pose pas. On peut seulement imaginer.

Tout ce qu'on sait de Spencer Tracy se traduit en quelques mots : c'est un « chic type », dont la vie a été traversée par un drame douloureux. Son fils John est né sourd, incurablement sourd. La vie vend toujours ce que l'on croit qu'elle donne.

Ce fils infirme, c'est le prix que Tracy paye sa carrière, qui l'a classé parmi les dix acteurs les plus populaires de son pays.

Dès qu'il a gagné de l'argent, il a fondé le « John Tracy Clinic », où l'on éduque gratuitement les enfants sourds-muets sous la direction de sa femme.

Mme Tracy est une ancienne comédienne, Louise Treadwell, qu'il a connue dans une troupe ambulante du temps qu'il débutait obscurément au théâtre.

C'était alors un Irlandais têtu et bagarreur, fils d'une honorable famille du Wisconsin, où l'on se flatte, du côté maternel, d'être de vieille souche américaine, c'est-à-dire émigré avant la guerre de Sécession. Son père dirigeait une entreprise de transports routiers.

Le cinéma made in Hollywood reflète si mal l'âme de cette immense province que sont les États-Unis qu'on se représente aussi mal ici la vie de l'Américain moyen.

Spencer Tracy a été un de ces innombrables petits garçons qui vont à l'école en semaine et à la messe le dimanche, puis qui entrent à l'Université vers quinze ans. C'est à l'école qu'il a connu son plus vieil ami, l'acteur Pat O'Brien, avec lequel il a fondé le club le plus fermé du monde : celui des Irlandais, composé de quatre membres. Les deux compagnons, James Cagney et Franck MacHugh.

Comme beaucoup de garçons de son pays, il s'est engagé en 1917 et il s'est bien battu, avec les fusiliers marins. Quand il a repris ses études interrompues, il a travaillé sérieusement pour devenir médecin.

Il aurait fait un bon médecin, non ? À qui les malades vaguement éprises auraient volontiers confié leur vie et leurs ennuis.

Mais le Ripon College avait comme beaucoup d'autres une section d'art dramatique qui montait des spectacles joués par les étudiants. Et vous avez deviné la suite, la vocation soudaine, la médecine abandonnée pour le théâtre.

Spencer Tracy est lauréat de l'American Academy of Dramatic Arts, qui est à peu près l'équivalent de notre Conservatoire.

Et puis c'est l'histoire de tous les bons acteurs, les petits rôles, les tournées, les chambres misérables, les rôles plus grands, les chambres aussi et enfin le succès dans un rôle qui a déjà révélé Clark Gable sur une scène de Broadway.

Le soir de la première, il a dix-sept rappels, il est entouré, félicité, embrassé, cerné... Dans un coin, un acteur sans engagement se fait tout petit, hésite à s'approcher ; c'est Pat O'Brien, le copain, le vieux copain d'enfance.

Alors, dans un geste en somme assez naturel, Tracy abandonne les complimenteurs et va lui serrer la main. Geste naturel mais peu commun, probablement chez les acteurs fêtés puisque O'Brien en parle encore avec émotion et que toutes les biographies de Tracy destinées à la consommation courante mentionnent longuement cette surprenante attitude.

Il fallait vous dire, tout de même, que ce n'est pas lui qui en fait état. Il n'est pas comme ça, pas le moins du monde, et s'il parle peu, ce n'est du moins jamais de lui.

Sa carrière à Hollywood a été foudroyante. Il est depuis 1935 sous contrat à la Metro Goldwyn Mayer qui lui assure maintenant deux films par an.

On raconte qu'il a une passion enfantine pour le chocolat. Il s'en défend. L'amour du chocolat serait-il également contraire aux bonnes mœurs telles que les envisagent les clubs des vieilles filles, aux États-Unis ?... Ceux qui l'entourent à Paris m'ont affirmé qu'il en réclamait souvent, chaque fois qu'il se sentait fatigué. Mais je suppose que cet important détail ne provoquera pas l'un de ces solennels démentis par lesquels les intéressés confirment les informations qui les chiffonnent.

On peut supposer que ses amis connaissent un homme bon, généreux, sans vanité après soixante films où, avec une économie de moyens très rare dont est née toute la nouvelle technique dramatique à l'écran, il a donné de la chair et du sang à des personnages en pellicule. Jean Gabin l'admirait fort, autrefois, et il y a certainement une similitude non seulement entre le physique des deux hommes, mais entre leurs procédés dont la sobriété va jusqu'au dépouillement.

Tracy a emporté de Paris le souvenir d'une ville où les admirateurs sont discrets. Si « la rue » l'a souvent reconnu, elle ne l'a pas poursuivi et a rarement identifié l'étrange créature anguleuse, au visage plissé et aux yeux étincelants qui marchait à côté de lui avec des grands pas de garçon.

Katharine Hepburn est rentrée du Congo belge, où elle tournait *African Queen*, en déclarant, d'accord avec son partenaire Humphrey Bogart, qu'en ce qui la concernait, elle ne voyait aucun inconvénient à ce que l'on rende l'Afrique aux Africains. Entre autres mésaventures, la troupe a été attaquée nuitamment par une armée de fourmis. Bogart et le metteur en scène, John Huston, ont aussitôt donné l'alarme, mais Hepburn prit leurs clameurs pour des vapeurs de whisky et resta tranquillement dans son lit, où cent mille fourmis se firent une joie d'aller vérifier *de visu* si les vedettes sont aussi savoureuses qu'ensorceleuses.

— Ensuite, elle a refusé de nous adresser la parole pendant deux jours..., conclut Bogart, qui raconte également l'histoire du sorcier.

Cet homme méfiant avait persuadé les Noirs sollicités pour la figuration que les Blancs les mangeraient. Quatre ou cinq héros se décidèrent néanmoins à braver l'appétit des Blancs en déclarant : « Si nous ne sommes pas mangés les autres viendront. »

— Nous avions absolument besoin d'eux, dit Bogart. Alors nous ne les avons pas mangés. Et nous nous sommes nourris de haricots, d'asparagus et de whisky. De sorte que chaque fois qu'un moustique nous piquait, il tombait raide mort.

Ces souvenirs et d'autres moins... piquants récoltés à Paris lui donnent une conversation nettement plus animée que celle de son ami Spencer Tracy.

Mais sur la toile blanche, le miracle se produira encore, les yeux clairs parleront encore et j'y trouverai, avec des millions de spectateurs, les étoiles qui s'éteignent lorsque M. Tracy n'est plus que lui-même.

ORSON WELLES

Orson Welles, ce gros chien noir joueur et cruel, a tellement tiré sur la laisse avec laquelle Hollywood attache ses captifs, qu'il a fini par la casser.

Alors, libéré, il erre à travers le monde, pauvre et munificent, captivant et odieux, génial et ridicule.

Mais la laisse cassée pend encore de son cou puissant. Il la traîne derrière lui, il se prend les pattes dedans, il la mordille... Comme il ne pouvait décidément pas s'en débarrasser, il en fit une pièce : *Le homard qui ne pense pas*, satire des mœurs de Hollywood.

Il ouvrit ainsi une soupape à cette amertume que son pays lui a laissée au cœur en lui refusant les moyens de s'exprimer.

Orson Welles est irritant comme ces meubles qui ne passent par aucune porte. Il détruit tous les alignements, il rompt toutes les harmonies, il dépasse tous les devis, il est — physiquement et cérébralement — d'un format excessif. Ce qui provoque chez autrui toutes sortes de réactions.

Les uns préfèrent renoncer au meuble et fermer leur porte. C'est ce qu'ont fait les Américains en lui refusant des crédits pour tourner de nouveaux films comme réalisateur.

Il semble bien que l'époque américaine de Welles soit finie. À seize ans, revenant d'Angleterre où on lui avait refusé un permis de travail comme comédien et ne réussissant pas à trouver d'engagement en Amérique, il déclara qu'il « montrait son c... à Broadway ».

À dix-sept ans, c'est *Macbeth* qu'il montrait, entièrement joué par des nègres, sur la scène subventionnée par le gouvernement pour donner du travail aux chômeurs. À vingt ans, il fondait le Mercury Theater et jouait Jules César en uniforme fasciste. En même temps, pour alimenter la caisse de son théâtre, il écrivait des romans policiers et des émissions radiophoniques. À vingt-trois ans, son nom était brusquement célèbre dans toute l'Amérique à la suite de son émission sur l'invasion des Martiens. À vingt-cinq ans, il réalisait l'un des films les plus considérables du cinéma américain : *Citizen Kane.* À trente-cinq ans, toutes les portes lui sont fermées dans la cité du cinéma. Il a d'ailleurs largement contribué à les claquer.

S'il avait effectivement montré « son c... » à Broadway, il y a quatre ans, au lieu de lui montrer sa version personnelle du *Tour du monde en 80 jours,* il eût peut-être remporté un certain succès. Mais dans cette opérette à grand spectacle on ne reconnut pas le génie du jeune et pauvre directeur du Mercury Theater.

Orson Welles est fini, ont déclaré les Américains. Vedette, acteur, d'accord... Animateur, non. Et ils l'ont repoussé sur le palier. Fini ? Ou gênant ?

D'autres viennent regarder l'objet avec un mélange de curiosité et circonspection.

— Est-ce qu'il mord ? Quand on le touche, est-ce qu'il éclate ? Parfois ? Tiens, comme c'est intéressant...

Quelquefois, ils s'approchent et lui donnent de l'argent, comme ce producteur français qui lui versa cinq millions et demi pour qu'il supervise *Le Portrait d'un assassin.*

Le producteur prétend qu'il n'a rien supervisé du tout, naturellement, sinon la disparition des millions qu'on lui réclame par voie de justice.

D'autres encore, subjugués par sa puissance, son œuvre et son charme, s'enchaînent à son char, approuvent d'un bloc *Citizen Kane* et sa façon de mettre les pieds sur la table au restaurant ; *The Magnificent Amberson* et l'idée délicate qu'il eut au Brésil de se mettre à sa fenêtre pour arroser les passants d'un jet naturel ; *Macbeth* et le goût qu'il a de jeter son chewing-gum sur les épaules nues des femmes.

Les derniers enfin redoutent que ce jeune géant génial ait la courte carrière d'un enfant prodige et que, passé le prodige, il ne reste que l'enfant, le vieil enfant gâté imbibé d'alcool.

Quel que soit l'avenir d'Orson Welles, son passé suffit à en faire l'une des figures les plus passionnantes d'un temps pauvre en hommes libres.

Il a monté deux cents pièces, joué trois cents rôles et réalisé trois des films les plus marquants de son époque avec une indifférence totale pour l'argent. Pas seulement pour celui des autres.

Il a annoté à seize ans, en se promenant au Maroc, les œuvres de Shakespeare avec une pertinence telle que l'édition fait encore autorité dans les bibliothèques américaines. Il a fait le tour du monde à onze ans et débuta en Irlande à quinze ans en persuadant le directeur du Gate Theater de Dublin qu'il était un célèbre acteur américain. Il aurait pu devenir un grand peintre, il est certainement un grand poète, il parlait à deux ans l'anglais d'un adulte cultivé, il est un prodigieux produit de la vieille Europe et de la jeune Amérique.

Mais on dirait que ces deux sources auxquelles il s'est abreuvé refusent de se mélanger pour produire un carburant normal. Américain en Europe, Européen en Amérique, toujours déplacé, toujours incongru, inadapté, inadaptable, Orson Welles incarne assez tragiquement l'homme d'une époque où le corps franchit l'Atlantique en douze heures, tandis que l'âme et l'esprit épouvantés se révoltent et saignent.

C'est à quelque lointain ancêtre italien qu'il doit son étrange prénom, dérivé d'Orsini. C'est à une vieille famille du Middle West, où l'on compte un amiral, qu'il doit son allure de seigneur et l'authentique courtoisie qui lui est naturelle quand il oublie d'être d'une puante grossièreté.

C'est à quelques ancêtres qui vécurent centenaires, à un père qui avait soixante-quatre ans lorsque Orson vint au monde, qu'il doit sa taille, sa stature et cet organisme de fer qui résiste à trois jours de travail consécutifs sans sommeil et sans nourriture, arrosés d'un flot généreux de whisky et couronnés par trois poulets froids engloutis d'un coup de fourchette.

Sa mère, pianiste, assez connue, son père, inventeur de machines à laver la vaisselle, évoluaient dans un milieu intellectuellement fort avancé, où l'on trouvait néanmoins que le jeune Orson avançait encore plus vite.

Il avait à dix ans, alors que son père le promenait à travers l'Europe et l'Orient, la maturité, les lectures et les jeux d'un garçon de vingt ans. Ce qui explique probablement pourquoi il conserve, à trente-cinq ans, tant de vestiges de puérilité.

Au fond de tous ceux qui lisent Homère à l'âge où il est sain de jouer à la marelle demeure une éternelle nostalgie de l'enfance escamotée.

On prétend que lorsqu'il pénétra pour la première fois dans les studios que l'on mettait à sa disposition pour tourner son premier film, il murmura :

— Quel magnifique train électrique !

Oui, c'était un beau jouet. Quand les enfants malmènent trop les trains électriques, la résistance saute. Entre les mains d'Orson Welles, où tout est jouet, les résistances sautent vite, à être perpétuellement surchauffées.

Tyran impétueux, il use ses interprètes, ses femmes, ses voitures, ses interlocuteurs qu'il assomme à raison de deux cent cinquante mots à la minute. Tout moteur humain qui tourne à côté de lui à un régime normal sent soudain la pression de ses pieds plats qui pèsent de tout leur poids sur l'accélérateur.

Alors le sang des femmes coule plus vite, la pensée de Cocteau ou de Pagnol, ses amis, s'accélère encore, le cœur des hommes bat plus fort, le talent de ses interprètes jaillit plus sûr. Il captive, il ensorcelle, il entraîne sur son tapis magique où l'on se sent soudain survolant avec lui ce monde médiocre qui grouille en bas, enchaîné à ses petites besognes, à ses petits soucis.

Mais sa première femme, Virgina Thompson, l'a quitté, épuisée, emmenant leur fille Christopher. Mais sa deuxième femme, Rita Hayworth, l'a quitté, épuisée, emmenant leur fille Rebecca et déclarant : « On ne peut pas vivre vingt-quatre heures sur vingt-quatre heures avec un génie. »

Hercule réformé pour pieds plats, il l'avait connue à Los Angeles, où il faisait, sous une tente, une exhibition d'illusionnisme pour les soldats. Vous avez déjà deviné qu'il a aussi étudié la magie. L'un de ses tours consistait à couper Rita en deux. Il finit par avoir envie de posséder le morceau complet.

Quant à la comédienne italienne Léa Padovani, avec laquelle la rumeur publique le fiança, elle a résumé ainsi la situation :

— Quand je l'ai connu, j'étais une belle fille gaie et jeune. En quelques mois, il a fait de moi une femme vieille, lasse et à moitié folle.

Et elle l'a envoyé accélérer ailleurs.

— Une seule chose est pire que de n'être pas marié, dit Orson Welles, c'est d'être marié.

S'il est invivable, ce n'est pas de sa faute, enfin, pas entièrement. Il n'est pas un homme, mais au moins cinq hommes, dix hommes, du pire au meilleur.

Il y a le Welles qui parcourt les rues nocturnes avec une voiture munie d'une sirène mugissante..., qui se présente à une réception à l'ambassade de France à Rome en costume de marin américain et va s'enivrer à la cuisine..., qui injurie un libraire lorsque celui-ci lui suggère d'acheter un livre de Salvador Dali, en hurlant :

— C'est un sale exhibitionniste !... Sachez qu'il y a une chose sur terre que je méprise : c'est l'exhibitionnisme...

Ce Welles-là, les Italiens le prennent pour le diable et sur son passage, à Rome, les doigts se plient pour conjurer la *jettature*...

Ce Welles-là est exécrable. C'est malheureusement celui qui se manifeste le plus souvent, c'est celui qu'on rencontre à Saint-Germain-des-Prés, accompagné du garde du corps essentiellement chargé de le dessaouler, et de quelque starlette prête à subir toutes les goujateries plus l'haleine empuantie d'un buveur qui fume vingt cigares par jour, pour l'honneur d'être photographiée avec lui.

Ensuite, elles disent : « Orson Welles, c'est une brute... Et il n'est même pas drôle... »

Non, celui-là n'est pas drôle. C'est le mufle, le bluffeur, le truqueur.

Et, comme il s'ennuie, il feint d'être encore plus ivre, pour qu'on lui fiche la paix, pour qu'on le laisse écouter sa chanson intérieure.

Il y a un second Orson Welles, l'homme de théâtre. Celui-ci, sa troupe éperdue d'amour et d'admiration l'appelle « Dad » (Papa). Celui-là n'est jamais content de lui et ne le sera jamais parce qu'il tend de toutes ses forces à la perfection. Celui-là est fidèle à ses collaborateurs, exige et obtient d'eux une adhésion totale, un don aveugle. Il les veut vides pour mieux les posséder, inanimés pour mieux les électriser. Il n'a avec eux aucun rapport humain, aucune familiarité. Il est en même temps le fleuve bouillonnant qui les irrigue et le vampire qui aspire leur vie.

Celui-là travaille soixante-douze heures d'affilée, remanie complètement une scène parfaitement au point parce qu'une nouvelle idée jaillit qui l'améliorera peut-être, réécrit son *Faust* entièrement parce que la partition que lui livre Duke Ellington lui inspire une nouvelle version.

On le voit rarement avec une de ses interprètes et ceux qui acceptent de tourner ou de jouer avec lui ne posent pas de questions. Même quand il les abandonne, sans argent, au Maroc et qu'on le cherche partout. Il est revenu trois semaines après de Sicile où il s'était retiré pour écrire ses deux pièces.

Il y a le Welles taciturne et habité de rêves, qui se promène dans les rues de Paris tout seul, à pied, se perd et erre des heures parce qu'il est trop orgueilleux pour demander son chemin.

Il y a le vagabond qui décide à cinq heures de prendre à six l'avion de New York pour Paris, qui n'a pas de domicile, pas de valise, pas un sou dans sa poche et aucune raison de faire ce voyage.

Mais ses actes ne sont jamais à base de raison. C'est pourquoi Orson Welles est parfaitement imprévisible.

Sa patrie, c'est l'hôtel. Sa famille, le monde. Quelquefois, il écrit à sa fille Rebecca une longue lettre illustrée de merveilleux dessins. Seulement, il ne sait jamais où l'envoyer.

Il y a le Welles vedette, qui tourne à prix d'or des rôles qui l'ennuient pour pouvoir ensuite réaliser à ses frais les films qui l'amusent... Sur le dos de celui-là le metteur en scène Gregory Ratoff exaspéré cassa un jour une canne.

Orson Welles quitta dignement le studio. On attendit l'explosion, l'orage, le cyclone...

On le vit revenir souriant et tendant à Ratoff la canne neuve qu'il avait été lui acheter.

S'il y avait dix mille Orson Welles, a dit de lui l'écrivain Richard Wright, la société se désintégrerait comme une bombe qui fait explosion.

Il n'y en a qu'un, mais avec autant de visages qu'il y a d'êtres en face de lui parce qu'il est réceptif, comme une femme, et sensible en dépit de sa propre puissance à toutes les forces qui émanent d'autrui.

Chaque interlocuteur lui propose un personnage qu'il compose aussitôt pour l'étonner, pour le séduire, pour s'en défendre, un peu pour le simple plaisir de capter les ondes qu'émet l'autre, de s'y accorder.

La dernière fois que je l'ai vu, c'était au milieu de cent personnes réunies pour un cocktail. Il se pavanait, pérorait, distribuait ses regards éclatants, lançait des phrases définitives sur les femmes qui en gloussaient d'aise.

— Une femme doit haïr les autres femmes, criait-il. Si elle les aime, c'est un veau... Moi, je hais les femmes...

Et posant soudain un œil d'ogre sur une jeune personne visiblement affligée par cette déclaration :

— Je les hais en général... pas en particulier

Il faisait son numéro, il était odieux. Et puis, un remous l'a poussé contre un miroir.

Il s'est regardé, et comme s'il ne pouvait plus supporter son propre spectacle, il a brisé son reflet.

À la place de sa tête, il n'y eut plus soudain qu'une étoile, une grande étoile noire.

FRANÇOISE GIROUD VOUS PRÉSENTE LE TOUT-PARIS

NOUVEAUX PORTRAITS

DU MÊME AUTEUR

Aux Éditions Gallimard

FRANÇOISE GIROUD VOUS PRÉSENTE LE TOUT-PARIS
NOUVEAUX PORTRAITS (*repris en Folio, n° 3486, avec* Françoise Giroud vous présente le Tout-Paris)
LA NOUVELLE VAGUE. *Portraits de la jeunesse*

Aux Éditions Fayard

C'EST ARRIVÉ HIER
HISTOIRES (PRESQUE) VRAIES
LA RUMEUR DU MONDE
LES FRANÇAISES
ARTHUR OU LE BONHEUR DE VIVRE
LEÇONS PARTICULIÈRES
COSIMA LA SUBLIME
UNE FEMME HONORABLE
LA COMÉDIE DU POUVOIR
ON NE PEUT PAS PLAIRE À TOUT LE MONDE

Aux Éditions du Seuil

GAIS-Z-ET-CONTENTS (volume 3)
CHIENNE D'ANNÉE
JOURNAL D'UNE PARISIENNE

Aux Éditions Grasset

DEUX ET DEUX FONT TROIS
MON TRÈS CHER AMOUR...
CE QUE JE CROIS

Aux Éditions Plon-Fayard

CŒUR DE TIGRE

Aux Éditions Robert Laffont

JENNY MARX OU LA FEMME DU DIABLE

ALMA MAHLER OU L'ART D'ÊTRE AIMÉE

Aux Éditions Orban

LES HOMMES ET LES FEMMES avec Bernard-Henri Lévy

Aux Éditions Maren Sell

ÉCOUTEZ-MOI avec Günter Grass

Aux Éditions du Regard

CHRISTIAN DIOR

Aux Éditions Mazarine

LE BON PLAISIR

Composition Nord Compo.
Impression CPI Bussière
à Saint-Amand (Cher), le 3 janvier 2013.
Dépôt légal : janvier 2013.
1er dépôt légal dans la collection : mars 2001.
Numéro d'imprimeur : 124701/4.
ISBN 978-2-07-041655-4./Imprimé en France.

251767